시창작 활동 교육 프로그램 사례 연구

시창작 활동 교육 프로그램 사례 연구

Case Study on Education Program of Poetry Creation Activities

권현지 지음

곰곰나루

내면 성찰과 정체성 형성을 위한 시창작을 기대하며

　　지금까지의 시창작교육은 전문 시인의 육성이라는 점에서 창작 주체가 한정되어 왔다. 이에 문학 비전공자를 대상으로 한 시창작교육은 문단에 등단하기 위해서가 아닌 인간의 내면 성찰과 표현으로서 기능하여야 한다는 필요성이 제기되었다. 또한, 창작교육이 전문적인 문예창작 활동으로 제한될 때 예술적이고 심미적인 체험에 대한 교육의 기회가 소홀히 다뤄질 수 있다는 우려의 목소리가 등장하였다. 이처럼 시창작 주체에 대한 변화의 요청이 2000년대부터 디지털 매체를 통해 활발하게 논의되기 시작했다. 앞으로의 시창작교육은 다양한 정체성을 바탕으로 학습자의 전공에 국한되지 않는 균형 있는 방향으로 폭넓게 논의될 수 있다. 이는 문학 비전공자를 대상으로 한 시창작 활동 교육을 통해 가능하다.

　　문학 비전공자를 대상으로 한 시창작 활동 교육은 시에 대한 장벽을 낮춰 누구나 자기 내면의 이해와 성찰을 바탕으로 세계와 타인을 바라보는 세계관을 생성하는 데 기여한다. 이러한 과정에서 개인은 정체성을 형성한다. 이때의 창작은 자기 정체성을 점검하는 도구가 된다. 창작은 개인에게 생각과 감정을 정리하고 결합할 수 있게 도우며 타인과 관계를 맺는 능력인 정서지능을 강화한다. 또한, 문학 비전공자를 대상으로 한 시창작 활동 교육은 타 분야와 문화예술의 상호 관련성을 기반으로 상상력을 확장하고 창의성을 공유할 수 있다. 이러한 과정은 문학 비전공자들이 일상에서도 시를 향유할 수 있는 계기로 작용할 것이다.

이 책 '시창작 활동 교육 프로그램 사례 연구'는 1부와 2부로 구성되었다.

1부에서는 매체 활용을 중심으로 시창작 활동 교육 프로그램 사례를 살펴보았다. 매체를 교육 도구로 활용하여 온택트 시대에 따른 시창작교육의 방향성을 제시하고 문학 비전공자 학습자의 매체 활용 능력과 시의 접근성을 높이는 시창작교육의 교수-학습 방안을 마련하는 데 목적을 두었다. 블랜디드 수업 방식, 비대면 온라인 수업 방식, 온라인 녹화 방식 등으로 분류하여 실제 사례를 들어 분석하면서 교수방법의 특징을 도출하였다. 이러한 매체의 활용 방식은 각각의 매체 효용성을 밝히는 데 도움이 되며, 직접적으로 문학 비전공자에게는 매체의 활용 능력뿐만 아니라 심미성 향상과 시적 향유에까지 영향을 줄 수 있다.

첫 번째 단계에서는 이론적 배경으로 매체를 활용하는 교수법을 중심으로 매체를 활용한 교수법의 해외이론을 살펴보았다. 이에 호반의 시각화 이론, 데일의 경험의 원추이론, 하인니히 외의 ASSURE 모형 등을 점검하였다. 또한, 매체의 활용성을 중심으로 기존 연구인 매체를 활용한 수업모형을 확인하였다. 이를 기저로 매체를 활용한 시창작 활동 교육의 수업모형 설계(안)을 구축하였다.

두 번째 단계에서는 Dan Coldeway의 시간과 장소에 따른 교육의 방법과 개념을 기저로 블랜디드 수업 방식, 비대면 실시간 수업 방식, 온라인 녹화 수업 방식 등 매체를 활용한 세 가지 교육 방식을 가져왔다. 이에 Romiszowski(2004)의 구조화된 이러닝의 정의 개념을 확장하여 수업 방식의 학습 방법에 따라 개인적인 자기학습과 집단/협력학습으로 분류하여 학습 활동을 구체화했다. 먼저 블랜디드 방식의 시창작 활동 교육 프로그램은 중학생 학습자를 연구 대상으로 온라인과 오프라인 병행형으로 수업을 진행하였다. 비대면 방식에서는 실시간 화상회의 매체인 줌과 구글 클래스를 사용했으며, 대면 방식으로는 1:1로 직접적인 소통을 했다. 이에 매체별 활용의 장단점을 분석했다. 다음으로, 비대면 방식의 시창작 활동 교육 프로그램은 일반 성인(30대~70대) 학습자를 연구 대상으로 비대면 방식으로만 수업을 진행하였다. 이에 비대면 방식으로 실시간 화상회의 매체인 줌과 네이버 밴드를 사용했다. 이에 매체 활용의 장단점을 분석했다. 마지막으로, 온라인 녹화 방식의 시창작 활동 교육 프로그램은 소셜 미디어 사용자 불특정 다수를 연구 대상으로 사이버 교사 촉진형으로 수업을 진행하였다. 온라인 녹화 수업 방식에서는 유튜브와 구글 클래스를 사용했다. 이에 매체 활용의 장단점을 분석했다.

세 번째 단계에서는 두 번째 단계에서 진행하였던 매체별 교육 사례의 결과를 비교·분석하였다. 이에 학습자 설문조사를 실시하고 그 결과를 분석·정리하였으며 작품 피드백을 통해 보완점을 제시하였다. 또한, 각각의 수업 방식에 대한 매체의 활용성을 하드웨어적 측면, 소프트웨어적 측면, 휴먼웨어적 측면으로 분류하여 매체의 활용성을 비교하고자 했다.

2부에서는 청년공간을 중심으로 시창작 활동 교육 프로그램 사례를 살펴보았다. 청년을 대상으로 '청년공간'에서 이루어진 시창작교육 프로그램 운영 사례를 분석함으로써, 시창작교육에 대한 수강생들의 지속적인 참여에 '청년공간'이 미치는 영향을 밝혀, 지역사회 내 '청년공간'에서의 시창작교육 프로그램이라는 모델의 근거를 축적하는 것을 목적으로 하였다. '청년공간'에서의 시창작교육 프로그램은 청년들에게 예술창작 경험을 통해 타인의 작품에 대한 문해력을 높이고, 자기 작품에 대한 창의적 논리력을 높이는 계기로 작용한다. 청년들은 이러한 과정을 통해 사회적 관계 속에서 타인에 대한 이해와 배려가 습득되고, 자신에게는 자존감이 향상되어 개인적, 사회적 역량이 강화될 수 있다. 이처럼 지역사회와 연계된 시창작교육은 개인의 정서적, 사회적 역량 강화에서 나아가 지역사회의 문화적 발전을 유도할 수 있는 효과를 기대할 수 있다.

첫 번째 단계에서는 문학교육 프로그램, 청년공간, 복합문화공간, 지각된 가치, 행동의도에 대한 이론적 고찰을 하였다. 이에 유휴산업시설을 활용한 복합문화공간의 공간적 특징 요소 중 상징성·전문성·참여성·예술성 등이 체험경제이론의 경험적 요소인 오락적 체험, 교육적 체험, 일탈적 체험, 심미적 체험 등으로 접목될 수 있으며, 이는 청년공간에서 시창작교육 프로그램 인식으로 적용될 수 있다고 보았다. 또한, 김지흔·진철웅(2022)의 연구 모형을 적용하여 청년공간에서 이루어진 시창작 프로그램의 지각된 가치가 시창작 프로그램의 행동의도에 영향을 미치도록 기능한다는 가설을 설정하였고, Sweeny와 soutar(2001)의 기능적·사회적·감정적 가치를 지각된 가치로 적용하였다. 이와 같은 논의를 통하여 청년공간에서 어떠한 장소 특정적 요인이 지각된 가치, 학습자의 행동의도에 영향을 주는지 파악하고, 이로써 수강생들의 교육체험에 대한 지속적 참여 의도를 높여 궁극적으로 청년공간이 발전하기 위한 방안을 모색하였다.

두 번째 단계에서는 청년공간에서 시창작 활동 교육 프로그램의 실제 운영 사례로 프로그램의 운영 목적 및 방향, 운영 내용 및 과정 등을 살펴 추후 프로그램으로의 확장 가능성을 타진하고자 하였다.

세 번째 단계에서는 청년공간에서의 시창작교육 프로그램의 구축 필요성을 제시하였다.

문학 비전공자를 대상으로 한 시창작 활동 교육 프로그램은 동시대성, 학습자의 맥락, 매체 활용성, 연계 기관, 기관의 지역성, 공간성, 교육 목적 및 대상, 프로그램의 커리큘럼에 따라 연구 결과가 달라질 수 있다. 본 연구는 참여자 설문조사에서 계측할 수 없는 많은 변수로 설문조사에 대한 신뢰도를 정밀하게 도출해 낼 수 없다는 한계점을 가진다. 그러나 이는 차기 교육 프로그램을 제언할 수 있도록 방향을 제시하고 있다는 점에서 강점이 있다. 또한, 본 연구는 문학 비전공자 학습자에게 효과적인 시창작 활동 교육을 제공하기 위한 일환으로 4차 산업혁명 시대에 따른 시창작교육의 방향성을 제시하고 있다는 점에서 의의가 있다.

더불어 이 연구를 위해 오랫동안 지켜봐 주시고 가르침을 주신 김수복, 강상대 교수님께 존경과 감사를 전한다. 이시영, 박덕규, 최수웅 교수님의 조언과 가르침에 감사드린다. 또한, 임수경 교수님의 깊은 애정과 쓴 가르침에 연구를 시작할 수 있었다. 안도현, 한원균, 김중일 교수님의 엄격하고 애정어린 조언으로 연구를 갈무리할 수 있었다. 함께해 준 나의 수강생 학습자들에게도 고마운 마음을 전한다. 그리고 책의 진행을 맡아 세심하게 살피고 감각을 발휘해 주신 곰곰나루에 심심한 감사를 표한다. 마지막으로 소중한 가족들에게 이 자리를 빌려 사랑을 전한다.

2023년 봄과 여름 사이
권현지

차례

제2부 시창작 활동 교육 프로그램의 장소적 지평 : 청년공간을 중심으로

1부

시창작 활동 교육 프로그램 사례 연구

매체 활용을 중심으로

제1장

서론

1. 연구의 필요성과 목적

이 연구는 창작 주체인 문학 비전공자 학습자에게 효과적인 시창작 활동 교육을 제공하기 위한 일환으로, 매체를 교육 도구로 활용하여 온택트[1] 시대에 따른 시창작교육의 방향성을 제시하여 문학 비전공자 학습자의 매체 활용 능력과 시의 접근성을 높이는 시창작교육의 교수-학습 방안을 마련하는 데 목적이 있다.

제4차 산업혁명 시대는 우리에게 새로운 시대적 가치에 따른 변화를 요구한다. 이러한 추세에 따라 문학은 교육의 방향성을 재정비해야 할 기로에 서 있다. 1990년대의 시문학까지는 일상, 개인, 타자, 욕망, 탈주, 질주 등의 미시적 차원과 관련된 다원화된 가치들에 주목했다. 1980년대부터 시작된 시문학의 분화는 현실참여시, 급부상된 여성시, 생태시, 신서정시, 환상시 등과 같은 다원성의 미학[2]이라는 특징을 보여주었다. 1990년대 중반부터 시청각 매체의 급속한 발전 속에서도 문학은 위기라는 우려에도 불구하고, 대중문화와 밀접한 관계를 맺으며 시의 고급 장르의 위치를 확고히 다졌다. 타 장르보다 시는 분량이 짧다는 점에서 교육적 특장점을 가지며, 교육 대상자의 교육 수준에 한정되지 않는다는 점에서 접근이 용이하다.

그러나 이와 같은 특성에도 지금까지의 시창작교육은 전문 시인의 육성이라는 점에서 창작 주체가 한정되어 왔다. 이에 문학 비전공자를 대상으로 한 시창작교육은 문단에 등단하기 위해서가 아닌 인간의 내면 성찰과 표현으로서 기능하여야 한다는 점[3], 창작교육이 전문적인 문예창작 활동으로 제한될 때 예술적이고 심미적인 체험에 대한 교육의 기회가 소홀히 다뤄질 수 있다는 점[4] 등 시창작 주체에 대한 변화의 목소리로 2000년대부터 디지털 매체를 통해 활발하게 논의되기 시작한다.[5]

슈밥[6]에 따르면, 디지털 매체를 통한 관계의 등장, 타문화의 사고방식에 대해 노출되기 시작하면서 사람들은 과거와 달리 다양한 정체성을 가지고 관리하는 데 익숙해지고 있다.[7] 개인의 정체성은 다양한 가치를 새롭게 받아들임으로써 형성될 수 있는 것이기 때문에 앞으로의 시창작교육은 다양한 정체성을 바탕으로 학습자의 전공에 국한되지 않는 균형 있는 방향으로 폭넓게 논의될 수 있다. 이는 문학 비전공자를 대상으로 한 시창작 활동 교육을 통해 가능하다.

문학 비전공자를 대상으로 한 시창작 활동 교육은 시에 대한 교육의 장벽을 낮춰 누구나 자기 내면의 이해와 성찰을 바탕으로 세계와 타인을 바라보는 세계관을 생성하는 데 기여한다. 이는 각 개인의 창작은 자기 정체성을 점검하는 과정으로 이어진다. 창작을 통해 개인은 생각과 감정을 정리하고 결합해 자기 자신 및 타인과 관계를 맺는 능력인 정서지능을 강화할 수 있다. 또한, 문학 비전공자를 대상으로 한 시창작 활동 교육은 타 분야와 문화예술 간의 상호 관련성을 기반으로 상상력을 확장하고 창의성을 공유[8]할 수 있다. 이러한 과정은 문학 비전공자들[9]이 일상 속에서도 시를 향유할 수 있는 계기가 될 것으로 예상된다. 본 연구는 문학 전공자에서 확장된 문학 비전공자를 대상으로 여러 매체를 교육도구로 활용해 시창작 활동 교육을 시행하고자 한다.

1990년대 후반부터 퍼스널 컴퓨터의 등장, 2000년대 SNS와 스마트폰, 랜선의 활성화 등 매체의 실용성에 주목되어 왔다. 2000년대 초반 문학 전공자를 대상으로 이론화시킨 창작방법의 핵심인 구성주의에 기초한 교수-학습방법은 학습자들에게 실제적(authentic) 역량을 효과적으로 길러 줄 수 있다는 인식의 확산과 함께 디지털 학습공간의 교육적 활용으로 일반화[10]되었다. 최근 이러한 변화는 코로나19 이후 비대면을 통한 교수-학습이 급부상하면서 매체를 활용한 교육의 관심으로 증대되고 있다.[11] 이러한 흐름을 기반으로 현재, 매체 활용을 중심으로 한 시창작 활동 교육 프로그램을 시행할 수 있다.

기존 대면 방식의 시창작교육이 주로 영화, 광고 등의 시청각 매체를 활용하여 시각과 청각적 정보를 동시에 활용하였다면, 최근의 시창작교육은 비대면 실시간 화상회의 매체를 통하여 시각 및 영상 자료와 같은 실제적인 자료를 통해 학습자와 상호작용에 용이하다.

오늘날 유비쿼터스 정보사회로 진전되면서 학생들뿐만 아니라 성인들도 필요한 지식·정보의 탐색과 획득을 주로 정보통신 매체에 의존하고 있는 현시점에서[12] 비대면 실시간 수업 방식은 시각 및 영상 자료를 통해 학습자들이 학습내용에 집중할 수 있게 유도하며, 토의·토론 등과 같은 모둠 활동을 통해 지식을 공유하는 협력학습을 가능하게 한다. 이는 학습자의 학습동기 유발 및 향상으로 이어진다. 또한, 매체는 학습자들과 학습도구의 연결을 통해 실제적인 활동에 효과적으로 적용될 수 있다. 최근 상호작용 매체로 실시간 화상회의 매체인 줌(ZOOM)이 주로 활용되고 있다. 비대면 수업에서 학습자들은 줌의 마이크와 채팅창을 통해 토의·토론을 진행한다. 웹 검색을 통해 필요한 정보를 선택하여 과제를 해결할 수 있다.

줌의 화면공유 기능, 소모임 기능 등을 통해 다른 학습자의 과제물이나 의견을 공유할 수 있으며, 구글 클래스를 통해 자신의 개별 환경에서 시간과 장소에 구애받지 않고 학습 과제물을 게시할 수 있다. 이에 본고에서는 블랜디드 수업, 온라인 녹화 수업 등으로 교수 방법을 구분하고 줌과 유튜브 매체를 활용하여 문학 비전공자를 대상으로 시창작 활동 교육 프로그램을 시행하고자 한다. 매체를 활용한 시창작 활동 교육은 사람-기기-사물이 통합되는 초연결사회 속에서 기존의 지적 역량을 초월한 융합·창의적 산출물을 만들어내는 신지식 역량[13]을 강화한다. 이에 학습의 효과와 효율성을 증대시킬 수 있는 다양한 학습 프로그램의 구안 및 적용은 제 4차 산업혁명 시대 새로운 학습 환경의 기반을 제시할 수 있다는 점에서 시창작교육의 발전에 기여할 수 있을 것으로 판단된다.

시창작 활동 교육은 세계와 대상을 바라보는 예술적 감수성을 신장시키고, 삶에 대한 성찰을 가능하게 한다. 매체 활용을 중심으로 문학 비전공자를 대상으로 한 시창작교육은 매체의 특성을 분석하고, 그에 따른 매체의 효용성을 도출하여 실제 학습현장에서 문학 비전공자에게 통합적으로 적용 가능한 매체를 활용한 시창작 교수-학습 모형을 제시하는 것이 필연적이라고 할 수 있겠다. 시창작을 논할 때 정답을 제시할 수 없다는 한계 즉, 시창작은 과학화하기 어려우며 그것이 어떤 원리 혹은 법칙 아래 놓이기 어려운 예술[14]이라고 할 때, 매체를 교육 도구로 활용한 시창작 활동 교육은 정보나 가치관 등을 습득하는 데 보다 비판적이고 능동적인 수용 능력을 신장하고 나아가 표현능력을 향상[15]시킬 수 있다는 이점이 있다. 이는 창작 주체인 문학 비전공자를 대상으로 시의 기법이나 이론의 위주가 아닌 시의 접근성을 높이는 방법이다. 시창작 행위는 창작 주체가 의식하고 있는 체험이나 무의식 저변에 있는 체험까지 포함해서 이루어지는 행위[16]라고 할 때, 매체를 교육 도구로 활용한 시창작 활동 교육은 학습자의 무의식에 잠재되어 있던 생각을 시청각 매체, 상호작용 매체를 통해 촉진하고 연상작용을 통해 이미지화할 수 있게 돕는다. 이로써 학습자들이 시적 소재를 도출하는 등 실제 체험이 활성화된다. 매체를 활용한 시창작 활동 교육 프로그램은 특정 계층의 사람들이나 전문인들이 아니라 일반인들도 얼마든지 창작에 참여하고 재생산할 수 있다[17]는 논의와 연결된다.

이러한 필요성에 의하여 본 연구는 블랜디드 수업 방식, 비대면 온라인 수업 방식, 온라인 녹화 수업 방식 등으로 분류하여 실제 사례를 들어 분석하면서 교수 방법의 특징을 도출한다.[18] 이러한 매체의 활용 방식은 각각의 매체 효용성을 밝히는 데 도움이 될 것이고, 직접적으로 문학 비전공자에게는 매체의 활용 능력뿐만 아니라 심미성 향상과 시적 향유에 영향을 줄 수 있다. 그 분석 내용을 토대로 현재 문학 비전공자에게 적용할 수 있는 매체를 활용한 시창작 활동 교육 방법을 제시한다. 교육 대상자로는 문학 비전공자인 중학생, 일반 성인(30~70대), 소셜 미디어 불특정 다수라는 한정된 사례로 접근이 가능하겠다. 이와 같은 교육 대상자는 블랜디드 교육 방식, 비대면 교육 방식, 온라인 녹화 교육 방식 등을 적용하는 데 있어서 프로토타입을 추출할 수 있는 적합한 대상자라 할 수 있다. 이에 대해서는 3절 연구 범위에서 언급한다.

이 연구는 현재 교육현장에서 시창작교육에 대한 구체적이고 실질적인 지도 방법을 제시하여, 매체 활용에 따른 시창작 활동 교육에 대한 기대 효과를 예측하고, 더 나아가 제4차 산업혁명 시대에 맞는 효과적인 교육방법론의 모색으로서 매체를 활용한 시창작 활동 교육 모형을 제시한다. 그 과정에서 강의 방식에 따른 특징과 장점을 제시하고, 수업 방법에 따른 구체적인 매체 활용을 중심으로 시창작교육 모형을 제시함으로써 궁극적으로 시의 대중화를 위한 방법으로 시창작교육의 확장에 기여하고자 한다.

2. 선행연구 검토

본 연구는 4차 산업혁명과 온택트 시대에 따른 새로운 시창작 방법을 모색하고 매체를 활용한 시창작 모형을 기저로 하여 효과적인 시창작교육 방법을 제시하고자 한다. 따라서 선행 연구의 검토는 (1)시창작교육에 대한 관점연구와 (2)시창작교육의 실질적인 방법론적 접근연구 (3)매체 수업모형 등 세 가지 방향으로 접근하고자 한다.

시창작교육의 관점론

창작교육에 관한 연구는 2000년에 들어오면서 집중적으로 논의가 시작된 학문이므로, 그 범주에 대한 의견은 학문분류나 연구재단 등 분분히 논의되고 있는 실정이다. 따라서 학문분류가 문학교육의 하위분류냐 문학교육과의 동일한 위상으로써 독자적 분류냐에 따라 연구논점이 나뉜다. 그러므로 본 연구에서는 시창작교육으로 접근하는 관점을 다시 두 가지 유형으로 분류하고자 한다. 먼저, 창작교육을 문학교육의 범주 내 포함시켜 시 독해와 창작 욕구를 동시에 논의한 연구가 있고, 그와는 다른 영역으로, 창작교육을 국어교육과 문학교육이 가진 동일한 위상에서 독립적으로 진행한 연구가 있다. 연구자별로 선행연구를 정리하면 다음과 같다.

먼저, 창작교육을 문학교육 범주 내 포함시키는 관점이다. 시기상 최순열의 박사학위논문을 시작으로, 유영희의 박사학위논문, 임수경의 박사학위논문을 발전시켜, 문신의 박사학위논문으로 완성되고 있다고 볼 수 있다.

최순열은 문학교육이 한 교과목으로 독립하여 설정되어야 할 당위성에 중점을 두었다. 문학은 어떤 경로이든 생산되고 수용되는 과정을 거치면서 완성되며 문학교육에서는 이 과정이 전반적으로 연결되어 다루어져야 한다는 필요성을 피력하였다. 이 연구에서는 문학은 현실에 대응하는 행동 양식의 하나로, 개인과 사회의 가치 체계의 표현 수단, 해석방식이라고 하였다.[19] 이 연구에서는 문학교육을 문학적 생활의 참여 능력을 증진해야 함을 논의로 전개했다는 점에서 의미 있다. 그러나 이 연구는 문학교육의 읽기 차원에 논점이 집중되어 있으며, 쓰기 등의 활동이 통합적으로 제시되고 있지 않다.

전국 대학(교)에서 문예창작학과 신설이 되기 시작한 1999년 이후 유영희는 시창작교육을 문학교육의 한 부분인 시교육에 초점을 맞추어, 창작교육의 방법과 과정에 주목했다. 동시대의 문법에 맞는 창작교육을 시행함으로써, 이 시대를 살아가는 창작 주체들이 문학에 대해 잘 이해할 수 있는 현장에 적용 가능한 방안이 모색되어야 함을 피력했다.[20] 이 연구에서는 시 텍스트에서 특히 이미지에 초점을 두고, 이미지 형상화라는 용어를 설정하여, 창작 주체와 사고 작용의 관계뿐 아니라 창작 주체의 이미지 형상화 과정에 대해 고찰하였다는 점에서 의미 있다. 그러나 이 연구는 창작교육의 모든 체계와 내용, 방법, 효과에 대해서는 다루지 않았다.

이에 임수경은 시창작교육을 문학교육의 하위범주로 규정하는 대신, 창작 활동의 실기교육에 특이점을 두었다. 실제 교육현장에서 문학교육과는 다르게 교수자의 일방적인 이론 전달방식을 따르는 것이 아닌, 학습자와의 인터렉티브 활동에 중점을 두며 주체성을 강조할 수 있는 교육방법론의 필요성을 피력했다.[21] 이 연구에서는 현대시의 새로운 창작 방법을 체계화하고, 수용 과정에서 작용하는 원리와 이론을 밝혀, 시창작교육에 대한 효율적인 방법론을 제시하고, 학습자의 수용 능력과 시적 상상력을 확장하는 교수-학습 방안을 마련하고자 하였다는 점에서 의미 있다. 그러나 이 연구는 학습자들의 창작 과정에 대한 객관적인 학문적 연구방법을 도출해내지 못했다.

이를 발전시켜, 문신은 시창작교육이 문학교육 안에서 적극적으로 강화될 필요가 있다고 보았다. 전문적인 문예 작품을 창작 혹은 생산하기 위한 창작자의 정서 체험 양상을 규명하고, 그것을 통해 고등학교 문학 과목에 반영할 수 있는 시창작교육의 내용을 제시하여, 인간의 정신 활동 결과로써 시를 생산할 수 있음을 피력하였다.[22] 이 연구에서는 창작자의 정서 체험 양상을 상정하고, 그에 따라 기성 시인들의 시창작 배경을 검토하여, 그 결과를 시창작교육의 실천적 내용으로 제시하고자 하였다는 점에서 의미 있다. 그러나 이 연구는 정서 체험을 형상화할 수 있는 체계적인 교육 내용을 제시하지 못했다.

이와는 다르게 창작교육을 국어교육, 문학교육의 동일 선상에서 서로 밀접한 관계에서 자리한다고 보는 관점이다. 시기상 김이상의 박사학위논문, 유병학의 박사학위논문, 홍홍기의 박사학위논문, 김명철의 박사학위논문, 손예희의 박사학위논문 등이 있다.

김이상은 시창작교육을 시교육의 범위 안에서 파악하고, 시교육 연구가 문학교육, 국어과 교육의 발전에도 크게 기여할 수 있다는 상호보완적 관점에서 보았다. 현장에서는 자연스럽게 작품에 접근하여 작품을 이해하고 즐길 수 있는 문학 감상 교육을 중심으로, 문학교육은 현실적 문학교육 토대 위에서 이상적 문학교육을 지향하는 방향으로 나아가야 함을 피력했다.[23] 이 연구에서는 문학 감상의 튼튼한 기반을 위해서는 기초적 문학 이론이 체계적으로 지도되어야 하며, 적절하고 체계적인 문학창작교육은 학생들의 문학에 관한 관심과 심미감을 길러 문학 감상 능력을 발전시키는 데 기여해야 함을 강조했다는 점에서 의미 있다. 그러나 이 연구는 시교육의 궁극적 목적인 시적 언어의 특성과 바람직한 인간 형성이라는 양측면을 충분히 고찰하지 못했다.

유병학은 문학교육의 문제점을 개선하면서 현행 교육과정이 요구하는 바람직한 문학교육의 바탕을 시교육을 통해 마련하는 데 중점을 두었다. 이러한 점에서 시문학이 지니는 본질적인 특성과 그 교육적 의의를 검토하여 시교육이 효과적으로 이루어질 수 있는 실제적 지도 방법의 필요성을 피력하였다.[24] 이 연구에서는 시교육의 지도 실제인 시문학의 이해교육과 감상교육, 그리고 창작교육을 구체화하고자 기존의 연구 성과를 바탕으로 교육과정과 학교교육의 교수-학습 이론에 근거한 실제적인 방법을 모색하고자 하였다는 점에서 의미 있다. 이 연구는 초·중·고등학교의 시문학 교육을 총체적으로 논의하였으나, 각급 학교의 학년별로 지도해야 할 방안에 대해서는 제시하고 있지 못하고 있다.

홍흥기는 시창작교육을 국어교육, 문학교육의 동일 선상에서 보았다. 기존의 시교육론이 시 텍스트의 이해·해석·수용·감상의 측면에 관심이 집중되었다면, 그 대척점에서 시창작교육에 관한 연구는 이루어져야 하며, 온전한 시교육론을 위해서 창작교육은 간과될 수 없음을 피력했다.[25] 이 연구에서는 예술고등학교 과정의 문예창작과 시창작 전공 학생 2·3학년을 주요 교육대상으로 개념적 지식으로서의 시론을 시창작의 세 단계 과정에 적용하고, 이를 학습자들의 시창작에 방법적으로 응용하도록 함으로써 시상을 포착하고 전개하는 단계에서의 창작 능력을 견지하고자 했다는 점에서 의미 있다. 그러나 이 연구는 한정된 연구 대상을 중심으로 진행되었기 때문에 수업 환경에서 일반적으로 적용될 수 없다.

김명철은 시창작교육을 문학교육의 방법적 과정으로 연계하여, 학습 현장에서 창작 활동의 실제적 적용 가능성을 중점으로 두었다. 시창작 과정을 수행하는 창작 주체의 입장에서 시의 이미지 유형을 보다 포괄적인 방식으로 분류하여 창작 주체의 관점에 따른 현대시의 경향성을 구분하고 각 경향성의 이미지화 기법의 필요성을 피력했다.[26] 이 연구에서는 중등 및 일반 대학생들을 대상으로 시창작 과정에 대한 아마추어적 최소한의 감각 익히기를 주안점으로 두어, 학습자들이 자신의 시적 경향성을 파악하고, 이 경향성에 해당하는 이미지화 기법을 익혀 시창작 수행 과정에 직접적으로 활용할 수 있는 학습 모형을 제시하였다는 점에서 의미 있다. 그러나 이 연구는 통합적인 시창작 단계가 아닌 이미지화 기법에 따른 시창작교육의 단계를 제시하였기 때문에 실제 교육 현장에서 일반적으로 적용할 수 없다.

이를 발전시켜, 손예희는 시창작교육을 시교육의 범주 안에서 파악한다. 상상력을 교육의 내용으로 가져오기 위해서 시를 수용하는 데 작용하는 주체의 적극적인 상상 활동에 주목하고자 하였다. 또한, 학습 독자의 존재 확장과 전환을 이루기 위해 상상력은 교육적으로 유의미한 방식으로 재개념화되고 구조화되어야 할 필요성을 피력했다.[27] 이 연구는 창조적 상상력을 통한 시창작의 가능성과 텍스트에 대한 향유의 의미를 발견하고자 했다는 점에서 의미 있다. 그러나 이 연구는 학습 독자의 발달 단계에 따른 상상적 경험의 교수·학습 방법에 대한 구체적인 논의가 필요하다.

이상에서 선행연구를 분석한 결과 시창작교육은 창조적 상상력을 통해 시창작의 가능성과 시 텍스트에 대한 향유의 의미를 발견하고자 하는 시도로서 학습자들의 시 텍스트의 이해와 감상 능력을 시창작의 방법적 과정으로 연계하는 교육 모형이 구안되어야 함을 주로 설명하고 있다. 또한, 학습자들이 문학에 대한 관심을 불러일으키고, 심미감을 길러 문학 감상 능력을 발전시키는 데 크게 기여하기 위해서는 국어교육, 문학교육, 시창작교육이 동일 선상에서 바라보아야 함을 논한다. 그러나 현재 실제 교육 현장에서 적용 가능한 통합적 수업모형은 미비한 실정이다. 이에 시창작 활동 교육의 한계점을 보완할 방안으로 문학교육, 시창작교육을 연계한 새로운 시창작 교수-학습 모형이 제시되어야 한다고 판단된다.

시창작교육에 있어서 무엇보다 중요한 것은 동시대성과 학습자의 맥락 등을 고려하는 것이다. 그러나 시창작교육은 실제 교육 현장에서 전공자를 대상으로 한 교육으로 제한되어 있다. 또한 시의 이론 및 기법을 전달하는 데 치중되어 있다. 시창작교육은 문학 비전공자를 대상으로 매체를 활용한 시창작 활동 모형을 통해 보다 통합적인 수업의 방향으로 접근되어야 확장적인 측면에서 교육효과를 기대할 수 있을 것이다.

시창작교육의 방법론

시창작교육의 방법론에 관한 연구는 2000년대부터 시인의 시작품의 분석을 통하여 시창작 방법론을 도출하고자 하는 움직임으로 활발했다. 이는 시창작교육교육의 방법론을 실제 교육 현장에서 적용하고자 하는 연구로 이어졌으며, 현재에는 주로 매체를 활용한 시창작 방법론에 대한 연구로 완성되고 있다. 그러므로 본 연구에서는 시창작교육의 방법론을 두 가지 유형으로 분류하고자 한다. 먼저, 시인의 시작품 분석을 통하여 시창작 방법론을 도출하고자 하는 연구가 있고, 그와 다른 영역으로, 시창작교육의 방법론을 실제 교육 현장에서 적용하고자 하는 연구가 있다. 연구자별로 선행연구를 정리하면 다음과 같다.

먼저, 시창작교육의 방법론을 기성 시인의 창작방법에서 도출하고자 하는 관점이다. 시기상 이태희와 송문석의 박사학위논문을 시작으로 공광규의 박사학위논문, 김혜영의 박사학위논문, 김혜원의 박사학위논문으로 이어지고 있다고 볼 수 있다.

이태희는 정지용 시의 창작방법에서 전통 계승의 측면을 살피는 데 중점을 두었다. 한국 현대 자유시가 전통시가와 그 맥락을 함께 하고 있다는 점에서 전통계승의 구체적 양상에 대한 점검의 필요성을 피력하였다.[28] 이 연구에서는 개별적 시인의 창작방법을 탐구하여 한국시를 모색하는 과정에서 하나의 전범적인 사례를 제시하고 있다는 점에서 의미 있다. 그러나 이 연구는 서구지향적 창작방법도 함께 규명되어야 전체적인 정지용 시의 창작방법 규명이 가능하다.

송문석은 시인의 의도가 텍스트화되고, 이 텍스트가 독자를 통해 작품화하는 과정과 동인을 규명하여 교육방법을 마련하는 것에 중점을 둔다. 시인의 대상에 대한 사고와 정서에서부터 독자를 통한 개별적 구체화까지의 전과정을 텍스트로 보고 이 과정에 적용하는 원리를 다룰 수 있도록 하는 인지언어학적 방법이 필요함을 피력하였다[29]. 이 연구는 작품의 생산과 객관적 수용상의 사고와 정서는 통일될 수 있고 재창조의 결과로 나타난 작품과도 일정한 관련성을 맺어야 한다는 논의를 전개했다는 점에서 의미 있다. 그러나 이 연구는 사고나 정서의 강약과 방향성을 정확히 계량하기 어렵다.

공광규는 신경림 시의 창작방법에 대해 연구하고자 시작 방법상 특이하게 구사하는 방법적 특징을 논증하는 데 중점을 두었다. 신경림 시의 창작방법에 관하여 해명하는 것을 목적으로 세부적 방법들이 어떤 양상으로 시의 형식에 관여하여 기존 시의 주형적 틀을 혁신 및 확장하였는지 시에 관한 연구의 흐름을 10년 단위로 나누어 창작방법에 대한 점검의 필요성을 피력하였다.[30] 그러나 이 연구는 시작품의 구조와 구성 원리를 밝히는 창작방법에 대한 접근이 본격적으로 이루어지지 않고 있다.

김혜영은 김영랑 시의 창작 방법적 특징이 시 속에서 어떠한 의미를 구축하는지를 고찰하여 김영랑의 시 세계를 구명하는 데 중점을 두었다. 김영랑 시에 나타난 전통적 율격과 판소리 운율, 유미적 세계관에 대한 고찰을 통해 시의 미적 가치와 언어의 시적 기능이 이루는 관계를 점검하는데 필요성을 피력하였다.[31] 이 연구는 김영랑이 가지고 있는 사상의 기저를 파악해 낼 수 있다는 점에서 의미 있다. 그러나 이 연구는 시의 요소인 형태와의 관련성을 살피지 못하였다.

김혜원은 오규원이 영상 이미지를 그의 시창작 방식으로 수용한 사실에 착안하여 그것이 그의 시에 어떠한 양상으로 드러났는지에 대해 중점을 두었다. 오규원의 시와 영상 이미지의 상호 관련성을 분석하고, 영상 이미지의 의미 양상과 미학적 특성에 대한 점검의 필요성을 피력하였다.[32] 이 연구는 오규원 시의 창작 방식을 롤랑바르트의 이미지론을 통해 문학 이론을 넘어 영상 이론과의 상호 관련성 속에서 파악하고자 하였다는 점에서 의미 있다. 그러나 이 연구는 오규원의 시 세계를 영상 이미지가 보여준 미학적 특성에 따라 규명하고자 하였기 때문에 보다 포괄적인 측면에서 분석되지 못했다.

이와는 다르게 시창작교육의 방법론을 실제 교육 현장에서 적용하고자 하는 관점이다. 시기상 김영도의 박사학위논문을 시작으로, 황보현의 박사학위논문을 발전시켜, 전상우의 박사학위논문으로 완성되었다고 볼 수 있다.

김영도는 시인과 소설가라는 전문적인 문인의 배출보다는 문학을 향유하는 계층의 증대와 문예 교육의 대중적 차원에 중점을 두었다. 시와 사진의 융합을 통한 새로운 융합형 문예교육콘텐츠를 위한 이론적 토대 마련의 필요성을 피력하였다.[33] 이 연구는 현대인들에게 카타르시스를 제공하는 문학, 특히 시의 존재가치에 대한 깨달음과 위안을 사진과 융화시켜 대중적 차원에서 향유할 수 있는 융합형 문예교육콘텐츠를 탐색하고자 했다는 점에서 의미 있다. 그러나 이 연구는 실제 교육 현장에서 적용 가능한 온전한 융합형 문예콘텐츠를 구현하지 못했다.

황보현은 시창작의 원리와 트리즈 원리 간의 상호연관성을 살펴보고 시창작교육에 활용할 수 있는 교육과정과 사례를 제시하는 것에 중점을 두었다. 창의적 사고가 필요한 시대에 시창작교육에서는 사고기법의 교육과정이 도입되어야 함을 피력하였다.[34] 이 연구에서는 시간의 분리, 공간의 분리, 조건의 분리, 전체와 부분의 분리 원리 등을 바탕으로 탐구를 시도하여, 트리즈 원리의 각 발명 사례나 경영혁신을 이끌어내는 사고 기법을 시창작의 원리, 시적사유 등의 연결지점을 검토하고 시창작의 원리를 네 가지로 분류하였다는 점에서 의미 있다. 그러나 이 연구는 트리즈의 40가지 모든 원리가 시창작 원리와 대입되지 않는다는 한계가 있다.

전상우는 생태시창작 원리를 탐구하고, 생태시창작교육을 제안하는 것에 중점을 두었다. 심층생태주의는 일상의 인지, 정서, 행동의 변화와 사회적 실천을 위해서 어떤 이타적인 행위를 해야 하는지 구체성이 낮은 측면이 있어 한국의 불교적 사유와 만나 보완될 필요가 있음을 피력하였다.[35] 이 연구는 생태시창작을 통해서 자연과 인간이 공존과 공생을 유지하고 전 지구적인 생태 문제의 해결에 동참할 수 있다는 기대를 담아내고 있다는 점에서 의미 있다. 그러나 이 연구는 다양한 발달 단계의 학생들에게 맞는 프로그램과 교수 학습 방법 등의 교육과정, 교육적 효과에 대한 사례 연구 등이 뒷받침되지 못했다.

이상에서 선행연구를 분석한 결과 시창작교육의 방법론은 시인의 시작품을 통해 시창작 방법론을 도출하고자 하는 시도를 시작으로 시창작교육의 방법론을 실제 교육현장에서 적용하고자 하는 연구로 이어지게 되었으며, 현재에는 매체를 활용한 시창작 방법론에 관한 연구로 나아가고 있음을 확인할 수 있다. 이는 실제 교육 현장에서 적용 가능한 수업모형이 다양한 방법론을 통해서 지속하여 발전되어야 할 필요성을 피력한다. 디지털화가 가속되고 있는 현 실정에서 관련하여 실제 교육현장에서 적용 가능한 매체를 활용한 시창작 수업 모형은 미비한 실정이다. 이에 일반적으로 교육 현장에서 적용 가능한 매체를 활용한 시창작 교수-학습 모형이 구체적으로 제시되어야 한다고 판단된다. 매체를 활용한 시창작 교수-학습 모형을 구안하기 위해서는 기존 시창작 수업 모형과 매체에 대한 수업모형을 살펴 보다 구체적인 수업의 방향을 제시해야 할 것이다.

매체에 대한 수업모형

이 장에서는 교수매체의 개념과 매체를 활용한 수업모형의 기존 선행연구를 살펴보고자 한다.

매체란 media를 번역한 용어로 라틴어 medius에서 파생된 것이며 사이 between이라는 의미가 있다. 매제는 무엇과 무엇 사이를 맺어 주는 역할[36]을 한다. 교수매체는 교수-학습 과정에서 학습자가 수업을 효과적으로 진행하기 위한 수단을 의미한다. 매체를 활용한 원격 교육은 시간과 공간의 제약이 사라져 학습자 주도의 학습이 가능하고 국내외 기관과 연계 가능하다는 장점이 있으나 새로운 교육방식 개발에 어려움이 존재한다는 단점이 있었다. 코로나19 이전 인터넷 강의로 대표되던 이러닝 시장은 코로나19로 인한 온라인 개학과 언택트 산업 즉, 정보통신기술(ICT)이 접목된 교육사업으로 변화[37]를 일으키고 있다. 이러한 변화의 추세에 따라 매체에 대한 수업모형은 2021년도에 들어오면서 집중적으로 논의되기 시작하였으며, 최근 계속해서 비대면 매체를 활용한 연구가 다양한 분야에서 논의되고 있는 실정이다.

따라서 비대면 매체를 활용한 연구의 특성에 따라 연구 논점이 나뉜다. 그러므로 본 연구에서는 매체에 대한 수업모형의 접근 방식을 다시 세 가지 유형으로 분류하고자 한다. 먼저, 화상강의 수업모형 개발을 위한 실행연구가 있고, 다음으로 비대면 수업에서 성공 요인에 대한 인식 연구가 있으며, 마지막으로 비대면 프로그램의 사례를 접목한 프로그램의 효과성 연구가 있다. 연구자별로 선행연구를 정리하면 다음과 같다.

먼저 화상강의 수업모형에 대한 내용이다. 도성경의 박사학위논문, 김경천의 박사학위논문 등으로 이어지고 있다고 볼 수 있다.

도성경은 몽골인 학문 목적 한국어 학습자를 대상으로 학위논문 쓰기 지도를 위한 화상강의 모형 개발을 위한 실행 연구에 중점을 두었다. 코로나19로 인한 교육 체제의 대전환 과정에서 주목받고 있는 주요 이슈는 비대면 수업, 원격 교육, 이러닝, 온라인수업 등이며, 화상강의는 한국어 원어민 교수자가 부족한 국외 한국어 교육 현장에서 지리적 제약을 벗어나 한국 현지의 교수자로부터 교육을 받을 수 있는 좋은 대안이 될 수 있다는 필요성을 피력하였다.[38] 이 연구는 학위논문 쓰기 지도를 위한 화상강의 교수-학습 모형을 설계한 후, 몽골인 학습자를 대상으로 교수 실행을 통해 개선점을 찾아 보완하여 최종적으로 학위논문 쓰기 지도를 위한 화상강의 모형을 개발하고자 하였다는 점에서 의미 있다. 그러나 이 연구는 단일 시도 사례로서 후속 연구를 통해 화상강의 모형이 보완되어야 한다.

김경천은 교육현장에서 가장 보편적으로 사용되고 있는 소프트웨어 줌을 활용하여 음악 수업에 최적화하는 설정 방법을 정리하는 데 중점을 두었다. 라디오를 기반으로 한 전파 교육은 미디어의 발달로 사라지고 온라인 시청각 교육이 일반화되었으며, 더 나아가 사회 관계망을 구축하는 온라인 서비스의 발달이 폭발적인 파급효과를 보이면서 SNS가 교육 분야에서 주도적인 역할을 하게 됨에 따라 소프트웨어나 플랫폼의 기능 중 상호작용은 비대면 교육을 현실화하는 핵심 기술이라는 점을 피력하였다.[39] 이 연구에서는 가창 교육의 모형을 개발하여 실효적 비대면 교수학습 방법을 연구하고자 오페라의 아리아를 소재로 가창을 교육하는데 이론과 실기를 융합하도록 설계하였으며, 이를 통해 비대면을 활용한 가창 교육의 효과성을 점검하고자 했다는 점에서 의미 있다. 그러나 이 연구는 누구나 알 수 있는 오페라 아리아를 선택하여 비대면 가창 수업을 진행했을 경우 대면 수업과의 차이점과 그에 따른 장단점은 무엇이 있는가의 문제에서 교수자의 지식과 교육 콘텐츠 그리고 교수학습 운영 방식에 따라 차이가 발생할 수 있다는 점, 학습 효과나 학습자들의 만족도에 차이가 발생할 수 있다는 점 등의 한계점을 가진다.

다음은 비대면 수업에서 성공 요인 인식에 대한 내용으로, 대표적으로 공다영의 박사학위논문으로 논의가 시도되고 있다고 볼 수 있다.

공다영은 변화된 교육 환경에서 비대면 수업시스템이 성공하기 위한 방안을 알아보는 것에 연구의 중점을 두었다. 현대 비대면 수업시스템은 도입기와 성장기 중간 단계로, 성공적으로 활성화되기 위해 갖추어야 할 요인과, 상호지향성모델을 이용하여 비대면 수업시스템 성공 요인의 중요도와 성과에 대한 교수자, 학습자, IT관리자 상호 간의 인식 차이를 비교하는 것의 중요성을 피력하였다.[40] 이 연구에서는 비대면 수업 시스템의 성공 요인에 대한 중요도와 성과에 대해 학습자, 교수자, IT관리자는 서로 다른 인식을 가지고 있으며, 각자 자신의 업무와 직접적인 관련이 있는 요인에 대해 높은 관심을 보였다는 점, 다른 이해당사자들에 대해서는 다소 추측하는 경향을 보인다는 점 등의 결과를 도출하였다는 점에서 의미 있다. 그러나 이 연구는 비대면 수업시스템에 관한 연구들이 미비한 상황에서 진행된 연구로, 기존 선행연구에서 도출된 11개의 성공 요인 이외에 다른 요인들이 존재할 가능성이 있다는 한계점이 있다.

마지막으로 프로그램 효과성 연구에 대한 내용이다. 강은혜의 박사학위 논문으로 논의가 시도되고 있다고 볼 수 있다.

강은혜는 청소년 비대면 프로그램의 사례를 통해 제4차 산업의 핵심기술을 활용한 기업의 CSR 프로그램의 효과성에 중점을 두었다. 교육을 통한 CSR은 실체가 없어 수치로 측정하기는 어렵지만, 인생관을 형성하고 정신적·물질적 만족도로 나타나는 감정적인 특징으로 사회변화에 따라 지속적인 개선의 방향을 모색할 필요가 있다는 점을 피력하였다.[41] 이 연구에서는 제4차 산업혁명의 핵심기술을 적극적으로 활용하는 CSR 교육 프로그램의 사례를 분석하고 결과를 제시함으로써 기업의 CRS 교육프로그램이 나아갈 방향과 창의 융합형 인재 육성이 학문적 발전에 기여한다는 점에서 의미 있다. 그러나 이 연구는 비대면을 고려하지 않고 만들어진 기존 교육 프로그램을 비대면 환경에서 진행하여 효과를 도출하고자 하였다. 이에 효과성 검증에 있어 연구 결과를 일반화할 수 없다는 한계점이 있다.

이상에서 선행연구를 분석한 결과 매체 수업모형에 대한 기존 연구는 주로 줌 매체를 활용한 수업모형을 개발을 중심으로 진행되고 있으며, 비대면 프로그램의 사례를 통한 효과성 검증 연구, 비대면 수업시스템이 성공하기 위한 방안 연구 등으로 나아가고 있음을 확인하였다. 매체에 대한 기존 연구에서는 일반적으로 비대면 화상강의 매체를 통한 실제 교육 사례를 주로 다루고 있다. 그러나 문학 비전공자를 교육 대상으로 비대면 화상강의 매체를 교육 도구로 활용하여 시창작 수업 모형을 설계, 실제 교육 사례에 적용하여 효과를 검증한 사례 연구는 미비하다. 이에 매체를 활용한 시창작교육은 매체의 특성, 학습 대상, 교육 환경의 특성을 고려하여 줌을 주요 매체로, 비대면 환경에서의 구체적이고 실질적인 학습 모형의 구안을 통해 시행될 수 있다. 실시간 화상회의 매체를 활용한 교육의 장점은 학습자의 상호작용이 가능하다는 점, 수업 참여가 용이하다는 점, 화면공유 기능을 통한 학습 자료와 즉각적인 피드백 제시가 가능하다는 점, 장소나 시간에 구애받지 않고 주제에 따른 토의 및 토론 활동이 가능하다는 점, 학습자 간의 동기부여가 가능하다는 점 등의 특징이 있다. 이에 시창작교육은 매체 활용을 중심으로 블랜디드(on-offline) 방식, 비대면 방식, 온라인 녹화 방식 등으로 진행될 수 있겠다.

본 연구에서 언급하는 매체를 활용한 시창작 활동 교육은 코로나19 이후 비대면 교육 방식이 주요 학습 방식으로 진행되고 있다는 점, 향후 미래 교실 환경의 탐색으로써 미디어를 활용한 교육 환경의 적응이라는 점에서 의의가 있다. 또한, 그동안의 시창작교육이 전공자를 대상으로 진행되었다면, 이제는 전공에 대한 구분에 따라 교육이 한정되는 것이 아닌, 문학 비전공자를 대상으로 시행될 수 있다. 이는 시창작교육이 인문학의 범주를 넘어 시의 대중화라는 가치를 실현할 수 있다는 점에서 이 연구의 궁극적인 목적이 있다.

3. 연구방법 및 범위

기존의 대면 수업에서 웹을 기반으로 시청각 자료를 수업 자료로 활용하였다면, 비대면 수업에서는 상호작용 매체인 줌을 통해 실시간으로 시각 및 영상 자료를 수업 자료로 활용할 수 있다. 실시간 화상회의 매체를 활용한 수업은 사진, 그림, 디지털 이미지, 인터넷 비디오, 팟캐스트 등의 시각 및 영상 자료와 같은 실제적인 자료를 통해 학습자들의 학습 동기를 촉진할 수 있도록 돕는다. 이에 학습자들은 주체적으로 학습을 수행해나가는 법을 터득해 나가게 된다. 또한, 토의·토론 활동에서 채팅창, 마이크, 화면 공유 등의 매체 기능을 통해 협업이라는 리더십 가치를 실현할 수 있다.

Dan Coldeway는 원격 교육을 시간과 장소에 따라 네 가지 형태[42]로 구분하였다.

구분		장소	
		같음	다름
시간	같음	1. 전통적인 교실 교육	4. 실시간 원격 교육
	다름	2. 다른 시간에 이루어지는 수업 (이부제 수업, 컴퓨터 랩, 학습에 따른 분반수업)	3. 비실시간 원격 교육

<표 1> Dan Coldeway의 원격 교육의 형태

Dan Coldeway의 원격 교육의 형태에 대한 표는 다음과 같이 정리될 수 있다. 첫째는 같은 장소와 같은 시간에 이루어지는 수업이다. 이는 교실 수업에 해당한다. 둘째는 같은 장소와 다른 시간의 수업이다. 이는 이부제 수업, 컴퓨터 랩, 학습에 따른 분반수업에 해당한다. 셋째는 다른 장소와 다른 시간의 수업으로 원격 교육의 형태에 해당한다. 이는 인터넷 강의, 녹화 강의에 해당한다. 넷째는 다른 장소와 같은 시간에 이루어지는 수업이다. 이는 실시간 원격 수업에 해당한다.

본 연구에서는 Dan Coldeway의 원격 교육의 형태에 대한 표의 개념을 기저로 블랜디드 수업 방식, 비대면 실시간 수업 방식, 온라인 녹화 수업 방식 등으로 매체를 활용한 교육 방식의 세 가지 형태를 가져오고자 한다. 또한, 이 개념을 확장해 Romiszowski(2004)의 구조화된 이러닝의 정의 개념을 기반으로 학습자를 각각의 교육 방식에 매칭[43]하고 실제 사례를 기반으로 분석을 시행하고자 한다. 이는 3장에서 구체적으로 다뤄보고자 한다.

먼저 (1)블랜디드 수업 방식은 강의실 수업과 e-러닝이 가진 한계를 극복하고자 e-러닝과 강의실 수업의 장점을 활용하여 서로의 단점을 보완하는 수업 형태[44]이다. 블랜디드 수업 방식은 오프라인 중심 온라인 보충형, 온라인 오프라인 병행형, 온라인 중심 오프라인 보충형 등의 세 가지 활용 유형으로 분류된다.

본 연구에서는 블랜디드 수업 방식을 온라인 오프라인 병행형으로 진행할 것이다. 온라인 오프라인 병행형 수업 방식은 시공간이 한정된 오프라인 수업에서 벗어나 학습자가 자신의 학습 환경에서 자율성을 기반으로 주체적인 학습을 할 수 있게 돕는다. 또한, 온라인 오프라인 병행형 수업 방식은 개별학습, 전체학습, 소집단학습, 토의, 협력학습 등을 통해 학습집단의 특성에 맞는 효율적인 수업 방식을 제공한다. 온라인 오프라인 병행형 수업 방식은 시각 및 영상 자료를 기반으로 이론과 실기를 병행하여 학습자의 이해와 쓰기를 유도한다. 따라서 본 연구는 위와 같은 효과를 창출하기 위해 중학교 학습자들이 매체를 활용한 시창작 활동 교육에 적합하다고 판단하였다. 왜냐하면, Z세대에 해당하는 중학생 학습자는 익명성을 선호하고 필요한 정보는 스스로 학습하는 개인 가치의 특성을 보인다. 공유보다는 창조, 현재보다는 미래, 가족보다는 SNS 친구를 선호하며 협업(Collaboration)이라는 리더십이 있다. 또한, 유튜브, 6~8초라는 약칭을 가지며, SNS를 통한 비주얼 이미지로 소통한다. 이러한 지향은 2015 창의융합형 인재[45] 양성을 목표로 하는 현 정부의 6대 교육개혁 과제의 하나인 2015 개정 교육과정의 주요 개정 방향 중 학생의 꿈과 특성을 키울 수 있는 학생 중심의 교육과정이라는 취지의 자유학기 활동[46]에 부합한다. 즉, 주제선택 활동의 교육목표는 본 연구가 지향하는 궁극적인 시창작교육의 목표에 부합한다.

다음으로 비대면 실시간 수업 방식은 장소가 다르고 시간이 같은 원격 교육의 형태로, 온라인 실시간 매체를 활용하여 학습을 수행한다. 본 연구에서는 비대면 실시간 수업 방식으로 수업을 진행할 것이다. 비대면 실시간 수업 방식은 공간에 제약이 없어서 학습자들이 수업 참여에 여유 시간을 가지고 수업에 임할 수 있다. 비대면 실시간 수업 방식에서는 학습자들이 학습 게시판에 사전 게시된 수업자료를 미리 준비하여 수업에 임하거나, 타지역에 사는 학습자들이 수업에 실시간으로 참여할 수 있다.

코로나19로 인해 사회적 관계는 상당 부분 봉쇄 조치되거나 신체적 또는 사회적거리두기에 따라 단절[47]되었으며, 불안과 긴장감, 의욕 저하 등과 같은 정신 건강 문제가 발생하였다. 비대면 실시간 수업 방식은 학습자들에게 실시간으로 상호작용을 촉진하는 프로그램을 제공하여, 학습자들의 스트레스를 완화하고 삶의 질을 높일 수 있다. 또한, 비대면 실시간 수업 방식은 학습자들에게 협동심을 기반으로 과제 수행을 통해 학습자들의 자기효능감을 높여줄 수 있다. 이러한 과정은 학습자에게 다양한 세대 가치를 존중하고 이해할 수 있게 한다. 교육부의 제4차 평생교육진흥기본계획의 4P 전략[48]에서 학습자 중심의 패러다임 전환, 개인과 사회의 동반 번영 지원이라는 특성과 지역 어디서나 누리는 평생학습이라는 과제[49]는 시창작교육의 목표에 부합된다. 따라서 본 연구는 위와 같은 효과를 창출하기 위해 일반 성인(30대~70대) 학습자는 Y세대, X세대, 베이비부머 세대, 전통세대에 속한 학습자들이 비대면 수업 방식을 활용한 시창작 활동 교육에 적합하다고 판단하였다. 왜냐하면, X세대와 Y세대의 경우에는 문화다양성 수용, 관용 정신, 목표 지향적 특징, 변화 선호, 노동가족-삶(여가)의 균형을 중시하는 특징이 있기 때문이다. PC 세대이자 디지털 노마드 세대의 특징을 가진 이들은 매체 활용을 통한 비대면 수업에 용이할 것으로 판단된다.

본 연구에서 학습 대상으로 다루고자 하는 베이비부머 세대와 전통세대는 침묵의 세대, 실천·재건·적응의 세대의 특징, 조직과 조화, 조직 지향, 개혁·공정성이라는 특징, 물질적·사회적 성공 추구, 자유로운 의사 표현, 개인의 자율성 중시라는 특징이 있다. 이들은 비대면 수업에 참여하기 위한 매체 활용이 능숙하지 않다. 따라서 비대면 방식의 수업을 통해 학습자들은 매체 활용 능력을 기를 수 있다. 이는 교육부의 제4차 평생교육진흥 기본계획에서 개인과 사회가 함께 성장하는 지속가능한 평생학습사회 실현을 비전으로, 4P 전략의 특징인 학습자 중심의 패러다임 전환, 개인과 사회의 동반 번영 지원이라는 특성을 갖는다. 이에 지역 어디서나 누리는 평생학습이라는 과제는 시창작교육의 궁극적인 목표에 부합한다.

마지막으로 온라인 녹화 수업 방식은 장소와 시간이 다른 수업으로 원격 교육의 형태에 해당한다. 온라인 녹화 수업 방식은 동영상 제작과 웹(web) 저장소에 파일 공유를 하면, 학습자들이 관련 수업의 영상으로 개별 학습을 진행하는 방법[50]이라고 할 수 있다. 온라인 녹화 수업 방식은 모바일 기기를 통해 시간에 한정되지 않고 학습자의 개별 환경에서 학습이 가능하다는 특징이 있다. 또한, 온라인 녹화 수업 방식은 학습 내용에 대한 재생 속도를 조절할 수 있기 때문에 수업 이해도에 따라 반복 학습이 가능하다. 온라인 녹화 수업 방식은 자신이 원하는 다양한 정보를 통해 자신의 목적을 달성할 수 있는 자기 실현성이라는 특징이 있다. 따라서 본 연구는 위와 같은 효과를 창출하기 위해 소셜 미디어 사용자 불특정 다수에 속한 학습자들이 온라인 녹화 수업 방식을 활용한 시창작 활동 교육에 적합하다고 보았다. 왜냐하면 소셜 미디어 사용자들은 기존의 익숙한 것에서 벗어나 새로운 것을 찾는 다양성 추구 성향, 새로운 채널을 통해 정보를 얻는 것에 즐거움을 느끼는 혁신성, 인터넷 콘텐츠를 통하여 정보를 습득하거나 탐색하는 정보지향성이라는 특징[51]이 있기 때문이다. 이는 소셜 미디어의 공개, 커뮤니티, 다양한 미디어의 조합이라는 연결이라는 특성에 부합한다. 따라서 본 연구에서는 이러한 연구의 방향성에 따라 다음과 같이 각 장의 연구를 진행하고자 한다.

2장에서는 이론적 배경으로 매체를 활용한 교수 이론을 살펴보고자 한다. 이에 호반의 '시각화 이론-경험의 일반화', 데일의 '경험의 원추 이론', 하이니히 외 'ASSURE 모형'을 살펴보고자 한다. 또한, 매체를 활용한 수업모형을 살펴보고자 한다. 매체를 활용한 교수 이론과 매체를 활용한 시창작교육 수업 모형을 기반으로 매체를 활용한 시창작 활동 교육 모형(안)을 설계한다. 이 모형은 문학 비전공자 중학생, 일반 성인, 소셜 미디어 사용자 등의 학습 대상자를 모두 포괄하여 실제 수업에서 폭넓게 적용 가능할 수 있도록 설계한다.

3장에서는 매체 활용을 중심으로 비대면 실시간 방식, 블랜디드 방식, 온라인 녹화 방식 등의 수업 방식을 적용한 시창작 활동 교육 프로그램의 실제를 분석하고 정리한다. 본 연구에서는 문학 비전공자 중학교 1학년 학생 총 99명, 중학교 2학년 학생 총 55명, 30~70대 일반 성인 총 25명, 소셜 미디어 사용자 불특정 다수를 교육 대상으로 설정하였다. 실제로 매체 활용을 중심으로 문학 비전공자를 분류하는 기준 역시 명확하다고는 할 수 없으나 문학 비전공자를 대상으로 한 시창작 활동 교육 사례 연구라는 목적과 필요성에 의해 본 연구에서는 블랜디드 방식으로는 대면과 Zoom 매체 활용을 중심으로, 비대면 실시간 방식으로 Zoom 매체 활용을 중심으로, 온라인 녹화 방식으로는 Youtube 매체 활용을 중심으로 분류하여 논의를 전개한다.

4장에서는 매체별 교육 사례 결과를 비교한다. 설문조사에서는 사례별 매체의 활용 방식에 초점을 두어 블랜디드 방식 사례, 비대면 방식 사례, 온라인 녹화 방식 사례로 분류하고, 사례별 매체활용, 이론교육, 창작교육, 교육인터렉션으로 나누어 설문을 정리한다. 사례별 공통 설문은 모두 주관식으로 설정한다. 이에 각 사례에 대한 교수법의 보완점을 제시한다. 또한, 하드웨어적 측면, 소프트웨어적 측면, 휴먼웨어적 측면 등으로 분류하여 각 사례에 대한 매체의 활용성을 비교 분석한다.

마지막 5장에서는 문학 비전공자를 대상으로 한 시창작 활동 교육의 매체 활용에 대한 결론 및 제언을 제시한다.

문학 비전공자를 대상으로 한 시창작 활동 교육 수업에서 중학생을 대상으로 한 시창작 활동 교육 수업은 중학교 기관 안에서 자신이 원하는 주제의 반에 참여하는 방식인 자유학기제 주제선택 수업의 일환으로 시행되었다. 또한, 일반 성인(30대~70대)을 대상으로 한 시창작 활동 교육 수업은 주민자치센터 기관 안에서 수강을 희망하는 프로그램에 참여하는 방식인 주민자치센터 프로그램의 일환으로 시행되었다. 이는 각 대상에 대한 시창작 활동 교육의 효과를 모색하기 위한 방법으로 시행되었다.

본고는 제4차 산업혁명 시대 새로운 시대적 가치의 변화에 따라 문학이 교육의 방향성을 재정비해야 할 시점으로 보고 있다. 이에 새로운 시창작 방법과 그에 상응하는 매체를 활용한 시창작 방법을 제시함으로써 시에 대한 교육의 장벽을 낮춰 누구나 자기 내면의 이해와 성찰을 바탕으로 세계와 타인을 바라보는 세계관을 생성하는 데 기여하는 방향으로 시창작 활동 교육 프로그램을 제시하고자 한다. 따라서 이 연구는 매체 활용에 따른 시창작교육 방법에 대한 방향성을 제시하고 학습자의 매체 활용 능력을 활용하여 창작 효과를 극대화한다. 또한, 강의 방식에 따른 특징과 효과를 제시하여, 실제적인 시창작교육 방법으로의 접근을 시도하고자 한다.

제2장

이론적 배경

이 장에서는 이론적 배경으로 매체를 활용하는 교수법을 중심으로 (1) 보조기능으로서의 매체를 활용한 교수이론, (2)접근방식으로서의 매체를 활용한 수업모형, (3)매체를 활용한 시창작 수업모형 등 세 가지 방향으로 살펴보았다.

매체란 인간 상호 간에 정보 및 지식, 감정, 의사 등을 전달하는 수단으로, 상대방에게 지식이나 정보를 알려 주고 나눠 갖는다[52]는 의미가 있다. 교육현장을 교수자와 학습자의 커뮤니케이션 장이라고 볼 때, 교육과정은 넓은 의미에서 교수자 한 명과 다수의 학습자가 소통하는 커뮤니케이션 과정이다. 이 중 교수자가 학습자에게 교육내용을 보내는 수단을 교육매체라 정의한다. 교육매체의 활용에 따라 교육내용의 전달범위 혹은 전달효과가 현격한 차이를 가지므로, 매체에 대한 교수법의 이론을 선행하는 것이 매체를 효율적으로 적용한 수업설계에 필수적이다.

해외에서는 우리나라보다 시기상으로 먼저 현장교육에 매체(수단)를 활용한 교수 이론을 정립하고자 했으므로, 본 장에서는 보조기능으로서의 매체를 활용한 교수 이론을 해외를 중심으로 먼저 정리하고, 그의 영향을 받아 매체(방식)로써 실제교육에 적용해 모형으로 발전·정립시킨 국내이론을 정리한다. 이러한 이론을 기저로 하여 매체를 활용한 시창작 활동 교육의 수업모형 설계(안)를 구축했다.

1. 보조기능으로서의 매체를 활용한 교수이론

교육현장에서 교수자의 언어와 텍스트를 제외하고 보조기능으로서의 매체를 활용한 교수이론과 관련한 연구는 호반(Charles Francis Hoban)의 '시각화 이론-경험의 일반화(1937)'에서 출발한다. 최초로 교수매체의 분류기준을 제시하였고, 시각자료가 실제를 얼마나 잘 보여주는지에 따라 위계적으로 교수자료를 구분한 시발점이다. 이를 데일(Edgar Dale)은 '경험의 원추-학습의 세 가지 유형(1969)'으로 발전시키며 시각자료의 구체성과 추상성의 정도에 따라 유형별로 구분하고, 이를 다시 세분화시킴으로써 개념을 형성하는 단계에 들어갔다. 이후 여러 논자가 시대와 교육환경에 맞는 개념으로 발전시켰는데, 그 중 하이니히(Heinich)가 여러 학자와 함께 만든 'ASSURE 모형(1996)'으로 정립하였다. 이 모형을 기반으로 본 연구의 강의설계를 하고자 한다. 먼저, 매체의 활용성을 파악하기 위해 이 이론들을 더욱 자세히 접근하였다.

1) 호반(Hoban)의 '시각화 이론-경험의 일반화'

예를 들어, 언어로 단어'의자'를 설명하는 것보다, '의자사진'을 보여주는 것이 직관적이며, 이해도가 높다. 사진보다는 동영상이 더욱 전달력이 강할 것이며, 동영상보다 실물을 보여주는 것이 훨씬 정확하게 전달된다. 호반은 바로 이 점에 착안하여 교육현장에 적용했다. 즉, 시청각 자료를 포함한 매체자료는 추상적인 것[언어]을 얼마나 구체적으로 전달할 수 있는

가에 따라 가치가 결정된다고 하였다. 여기서 시청각 자료는 추상적 개념의 이해 과정을 도와주는 일종의 보조 개념으로 사용된다. 즉, 추상적 개념을 구체화하거나 보조하기 위해서 혹은 학습자의 흥미를 유발히기 위해서 언어(말)로 설명하기보다 시청각 자료를 활용하게 되면 학생들이 쉽게 이해할 수 있다. 그리고 사실의 정보에 따라 시청각 자료를 구분하면서, 교육효과의 정도를 측정할 수 있다.

호반은 사실에 가까운 매체자료일수록 더 정확한 메시지를 전달하며, 추상성이 높을수록 이해도가 낮아진다는 걸 입증하고자 했다. 그래서 호반은 지스만Zissman과 함께 경험자료의 추상성-구체성 수준에 따른 시각자료를 분류하였다. 이 내용을 참조하여[53] 그림으로 재구성하면 다음과 같다.

<그림 1> 호반&지스만(1937)의 경험자료의 수준에 따른 시각자료 분류

이처럼 실질적으로 '견학'을 경험하는 것이 가장 구체적인 학습효과를 누릴 수 있다. 이는 다음에 나오는 테일의 '경험의 원추이론'과 본질을 같이하고 있다. 호반에 의하면 가장 추상적인 요소는 '언어'로서, 학습자에게 학습효과를 높이기 위해서는 보다 시각화되고 직접적인 매체자료를 활용하기를 권장한다.

여기서 착안하여 본 연구의 수업모형을 설계할 때, 매체를 활용한 시창작 활동 수업에서 비대면 수업의 경우, 실제 교수자와 학습자의 소통이 불가하므로 최대한 실제와 같은 크기의 영상으로 소통할 수 있도록 PC의 모니터 크기를 조절하고 스마트폰 사용을 자제하는 등의 매체 활용법을 적용했다. 또한, 시작품의 이론 부분과 이해 과정을 진행하면서, 추상적인 시어를 구체화할 수 있는 영상 자료를 최대한 활용함으로써, 시창작교육의 효과를 극대화했다.

2) 데일(Dale)의 '경험의 원추이론'

미국의 교육학자 데일은 호반의 교육과정 시각화 이론을 더욱 확장한 '경험의 원추이론(Theory of Cone of Experience)'을 정립시켰다. '경험의 원추이론'은 경험을 원뿔모양으로 단계를 나누어 최하층에는 '직접적, 목적적 경험'을 두고, 그 위로 '구성된 경험', '극화된 경험', '견학' 등 10단계로 위계를 나누고 상위에는 '시각 기호'와 '언어 기호'를 두었다. 이들을 다시 행동적 경험, 영상적 경험, 상징적 문제라는 학습의 세 가지 유형으로 구분했다. 이때, 학습자의 경험은 직접적인 참여에 의한 경험에서부터 시작하여 관찰과 같은 간접적인 경험을 거쳐 최종적으로 언어적 상징에 이르는 형태로 분류된다.

데일의 '경험의 원추'는 가장 구체적이고 직접적으로 획득할 수 있는 '경험'을 밑면으로 해서 점차 간접적이고 추상적인 경험으로 구성되어 있다. 교육과정에서는 밑면에서부터 가장 최상위까지의 모든 요소가 골고루 필요함을 의미하면서, 모든 요소는 유기적으로 연결되어 있음을 보여주고 있다.[54]

원뿔 모양의 도식을 가독성을 높여 도형으로 간략화하면 다음과 같다.

<그림 2> 테일(1989)의 경험의 원추(학습의 유형별 세부 내용)

여기서 '행동적 경험-행동에 의한 학습(learning by doing)'은 호반이 보여주는 견학-실물-모형 등 직접적 경험이나 실물을 동일하게 전달해주는 매체의 활용 등이 포함되고, '영상적 경험-관찰을 통한 학습(learning through),'은 호반의 필름, 회화, 지도 등 시청각(간접)경험이 중심이 되고, '상징의 문제-추상을 통한 학습(learning through abstractions)'은 언어나 도표 등을 이용한 시각기호에 의한 학습과 문자, 또는 음향으로 경험하는 기호의 학습을 의미한다.

이 '경험의 원추'를 미루어볼 때, 학습자들이 교육을 습득하는 과정은 발달단계별 원추의 요소들을 매치할 수 있다. 발달 단계가 낮은 학습자일수록 직접적이고 목적적인 경험을 바탕으로 한 '행동적 경험-행동에 의한 학습' 교육이 진행되어야 하고, 발달단계가 높은 학습자일수록 '상징문제-추상을 통한 학습'이 가능하다.

여기서 착안하여 본 연구의 수업모형을 설계할 때, 매체를 활용한 시창작 활동 교육 수업에서 교수자는 영상 매체를 제시하여 학습자에게 영상적 경험의 형태로 학습을 제공할 수 있다. 학습자들은 매체를 활용하여 자

신의 경험을 토대로 영상을 감상하고, 시창작에 필요한 주제를 도출하여
시적(詩的) 마인드맵 그리기 활동을 시행했다. 시적 마인드맵 그리기 활동
을 통해 도출된 단어와 지배적인 장면은 '짧은 묘사적 시쓰기'와 같은 활
동으로 확장하는 데 적용했다.

3) 하이니히(Heinich) 외(1996)의 'ASSURE 모형'

'ASSURE 모형'은 교육프로그램을 효과적으로 설계하기 위한 가장 기
본 모형으로, 교수자들이 현장 강의에서 직접적으로 활용하기 위한 목적으
로 개발되었다. 이 모형은 기본적으로 학습자 분석, 수업 목표 진술, 교수
방법 및 매체, 자료의 선정, 매체와 자료의 활용, 학습자 참여유도 및 평가
와 수정 등의 여섯 단계로 나누어져 있고, 각 단계의 앞글자를 따서 조합한
단어 ASSURE를 만들었다. 이는 다음 그림과 같다.[55] assure는 장담하다, 확
언하다, 확인하다, 보장하다 등의 뜻을 가진 단어로, 교육모형을 통해 확실한
결과물을 도출해낼 수 있다는 하이니히와 그의 동료들의 의지를 담고 있다.

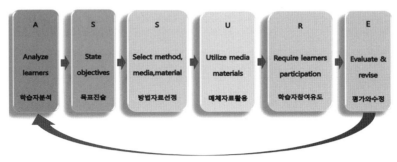

<그림 3> 하이니치 외(1996)의 ASSURE 모형

A-학습자 분석에서는 일반적 요인으로 학습자의 나이, 학력, 직위, 적성,
문화, 사회 및 경제적 요인들이 분석될 수 있다. 학습자의 출발점 행동으로
는 학습자가 가지고 있는 지식이나 기능 또는 태도에 관한 정도를 파악할

수 있다. 학습 양식으로는 개인이 학습 환경을 지각하고 상호작용하며 정서적으로 반응하는 심리학적 특성을 파악할 수 있다. S-수업 목표 진술은 학습사가 수업을 통해서 성취해야 할 것들에 대한 깃으로 구체적으로 진술한다.

S-교수 방법 및 매체, 자료의 선정에서는 교수방법 및 매체, 자료가 선정될 수 있다. 매체 선정은 교수 방법과 연관하여 선정될 수 있으며, 매체의 선정은 매체 유형에 따른 특성, 수업 집단, 수업 목표의 성질 등의 요소에 따라 고려될 수 있다.

U-매체 자료와 자료의 활용에서 교수자는 학습자에게 전체적인 수업의 개요, 학습 내용과 주제를 미리 설명하거나 학습 전에 동기 유발을 위한 활동을 제안한다.

R-학습자 참여 유도에서는 필기, 무작위 발표하기, 수업 내용에 대한 반응 촉구, 토의 토론 및 퀴즈 등의 활동이 제시될 수 있고, E-평가와 수정에서는 사전 평가, 진단 평가, 사후 평가 등이 종합적으로 이루어지는 평가 방식이 제시될 수 있다. 매체를 활용한 수업모형에서는 평가와 수정을 수업 매체의 효과적인 사용을 위한 순환과 다음 단계의 출발점[56]으로 본다는 점에서 매체 활용을 중심으로 교육적 효과를 기대할 수 있다.

이처럼 추상적인 언어를 구체적인 시각화로 변환하는 보조기능으로써 교육매체를 활용한 선행이론을 발전시켜, 디지털 기기를 도입하고 좀 더 확장된 개념으로의 교육매체, 즉, 보조자료뿐만이 아닌, 자료로 접근하는 방식으로의 매체로 교육에서 활용할 수 있다.

2. 접근방식으로서의 매체를 활용한 수업모형

매체를 활용한 시창작 수업 모형을 구축한 선행연구는 김수경(2011)[57]

의 석사학위논문과 서수영(2009)[58]의 석사학위논문뿐이다. 그즈음, 학습자 중심의 시교육 교수-학습 모형을 구축한 신지영(2008)[59]의 석사학위논문은 있지만, 수업모형을 심화시킨 박사학위논문은 없었다. 학습자를 대상으로 한 교수-학습 모형은 수업커리큘럼의 구조화와 체계화를 통해 학습효과의 극대화를 유도한다는 점에서 중요하고 가장 기본이 되는 요소이므로, 본 연구에서도 교수-학습 모형을 설계하기 위해 앞선 이론적 배경이 필수적이었다. 따라서 본 연구의 방향과 가장 근접한 서수영의 석사학위논문에 수록된 교수-학습 모형을 매체의 활용성을 중심으로 면밀히 분석하고자 한다.

서수영(2009)의 매체를 활용한 시창작 수업 모형에서는 계획 단계, 진단 단계, 지도 단계, 평가 단계, 내면화단계 등 총 5단계로 구성되었다. 앞서 김수경이 세 단계로, 신지영은 다섯 단계로 모형을 나눈 것과 거의 유사하다. 그러나 서수영은 시 장르의 특성을 주목하여 (4)평가단계 이후 (5)내면화단계를 넣으면서 학습자의 '시적 체험'에 주목했다.

단계	수업 설계
(1)계획단계	㉠ 수업 목표 설정 ㉡ 시창작교육에 선행될 학습과제 선정(시 텍스트) 선정 ㉢ 시창작 수업에 활용될 수 있는 매체 선정 ㉣ 수행 평가 요목 작성 ㉤ 학습자의 포트폴리오 작성 시 유의사항 유인물 준비 ㉥ 학생 간 상호 평가에 필요한 소집단 미리 설정하기
(2)진단단계	㉠ 간략한 진단 검사 도구 개발 ㉡ 시와 관련한 선행 지식, 체험, 감수성 등의 진단 ㉢ 시창작교육을 실행할 수 있는 학습자 수준 진단
(3)지도단계	㉠ 시작품의 전체적 감상 ㉡ 시작품의 형식-내용 요소를 바탕으로 한 부분적 감상 ㉢ 주제를 고려한 종합적 감상 ㉣ 매체를 활용해 시창작하기
(4)평가단계	㉠ 포트폴리오로 작성된 시창작 과정 평가하기 ㉡ 소집단을 구성해 돌려 낭송하며 평가하기
(5)내면화단계	㉠ 시적 체험의 수평적 확대 ㉡ 시적 체험의 수직적 확대

<표 2> 서수영, 매체를 활용한 시창작 수업 모형

먼저 **(1)계획단계는** 교육 과정상의 목표를 참조하여 탄력성 있는 수업목표를 설정한다. 다음으로 시 텍스트는 학습자의 발달 단계에 적합한 것으로 선정해야 하며, 시창작과 유기적으로 연결되는 것이어야 한다. 그다음으로 시창작 수업에 활용될 수 있는 매체를 선택한다. 매체는 학습자의 수준, 교과 과정, 시 제재, 시창작교육 방법과 단계, 시창작 수업이 실행되는 시·공간적인 환경에 따라 매체를 선정한다. 다음으로 수행 평가 요목을 작성해야 한다. 이때, 평가계획은 평가의 달성 여부, 창작 단계에서 학습자들이 어떠한 어려움을 겪고 있는지, 학습자의 학습을 증진하기 위해서 무엇을 개선해야 하는지 도움을 준다. 교수자는 학습자에게 포트폴리오를 작성하는 과정이 학습 활동의 일부분임을 주지시키고, 성실하게 활동에 참여할 수 있도록 구체적으로 유의점을 제시한다. 또한, 교수자는 학생과 학생 간의 상호 평가에 적용될 소집단을 미리 선정한다.

(2)진단단계는 시에 대한 지식이 어느 수준에 와 있는지, 시의 소재나 분위기를 수용할 수 있는 체험은 축적되어 있는지, 시적인 감수성은 어느 수준에 와 있는지 등의 내용을 진단한다. 진단 시 학습자가 새로 학습할 수업이나 목표에 대한 흥미, 긍정적 태도, 자아개념을 가지는 정의적 조건에 대한 진단이 필수적으로 진행되어야 한다. 이때 교사의 창의적인 진단 도구 마련이 요청된다. 시창작교육에서 진단 평가는 지식 위주로 보다는 시창작교육을 위한 열린 마음을 준비하는 단계로 접근한다.

(3)지도단계는 선행 학습을 실행할 시 텍스트에 대한 이해와 시의 이해를 토대로 한 표현 단계로 나눌 수 있으며, 이 두 단계는 유기적으로 연결된다. 시 텍스트는 창작교육 과정에서 자료로 활용할 수 있는 것으로 선정한다. 선정된 시 텍스트는 창작에 활용될 수 있는 하나의 문자 매체로 보는 관점이 요구된다. 매체를 활용한 시 수업 지도 단계의 처음 과정은 낭독으로 시 전체 분위기를 느껴보는 시작품의 전체적 감상, 시작품의 형식-내용

요소를 바탕으로 한 부분적 감상, 주제를 고려한 종합적 감상, 이를 기반으로 매체를 활용한 시창작하기 등의 활동으로 구성된다. 시 텍스트의 수용적 이해를 토대로 한 시창작 단계는 발상하기-구상하기-표현하기-고쳐쓰기 등의 단계를 거친다. 구상하기에서는 학습자들이 체험을 통해 상상력을 발현할 수 있도록 유도한다. 발상하기에서는 시창작 동기를 활성화할 방안의 하나로 영상 매체를 활용한다. 영상 매체는 경험과 시창작의 정서적 매개물이 되어 학습자가 일상생활에서 마주했던 사물에 대한 느낌을 환기하는 역할을 한다. 이를 기반으로 떠오른 발상을 중심으로 학습자는 자신의 정서를 표현할 수 있는 대상(소재)을 선정한다. 다음으로 구상에 대한 지도는 마인드맵을 활용해 대상에 대한 느낌을 자유롭게 연상하는 방법으로 이어진다. 다음으로 연상 작용을 통해 얻게 된 대상에 대한 이미지를 그림으로 표현하도록 지도한다. 그다음으로 대상의 인상 깊은 점을 짧은 글로 정리하고, 정리한 내용으로 편지 쓰기 활동을 제시한다. 표현하기의 처음 단계에서는 시의 원리인 운율을 익힐 수 있도록 지도한다. 이에 대한 방법으로 친숙한 대중가요를 활용한 수업이 제시된다. 대중가요가 지닌 음악적 속성을 시의 원리로 익히고 표현하는 활동으로 연계한다. 다음은 광고의 예를 바탕으로 시어를 함축적이고 비유적 언어로 변화시켜 보는 활동을 지도한다. 학습자에게 친숙한 광고를 활용해 시에 쓰이는 다양한 표현을 익히고, 이를 창작으로 연결할 수 있도록 지도한다. 표현하기 마지막 단계로 지금까지 썼던 시작품을 운율, 비유적 표현, 이미지를 시의 전체 구조에 맞춰 통일성 있게 정리하면서 마무리한다. 매체를 활용한 시창작 지도의 마지막 단계로 고쳐 쓰기가 제시된다. 학습자들은 고쳐 쓰기 단계에서 자신의 작품을 반성적 시각으로 바라보고 객관화하여 시를 다듬는다. 또한, 교사는 학습자들이 지향하는 가치 및 삶의 진실이 독창적인 언어로 잘 구성되었는지를 떠올리며 초고를 고쳐 쓸 수 있도록 유도한다.

(4)평가단계는 개인의 언어 능력 성장과 발달을 도와주는 평가 체계로 나아가야 한다. 태도 및 흥미, 국어 문화 창조력 등 다양한 변인을 총체적으로 평가할 방법을 지향한다. 교육과정에서의 문학 평가는 수용과 생산의 결과만을 평가하는 것이 아니라 그 과정을 평가한다. 문학작품의 생산은 창의성과 완결성을 중심으로 평가하되, 작품의 구성 요소를 분석적으로 평가하는 데 치우치지 않고 총체적인 평가가 이루어질 수 있도록 한다. 학습자의 수준과 경험의 폭을 고려하여 자기 평가, 관찰, 면담, 포트폴리오, 과제 수행(프로젝트), 질문, 비평문 쓰기 등 다양한 방법으로 평가한다.

(5)내면화단계는 이전의 계획, 진단, 지도 단계와 피드백 시스템을 유지하면서 교수-학습 활동에서 지속적으로 나타난다. 문학교육이 수업에서 끝나는 것이 아니라 장기적인 문학 능력으로 발전하여 평생 교육으로 연결될 수 있어서 내면화 단계는 포함되어야 한다. 내면화 단계는 수평적 확대와 수직적 심화 등으로 분류할 수 있다. 수평적 확대에서는 서로 연관되는 여러 가지 시를 다양하게 찾아 읽고 감상할 수 있는 능력을 뜻한다. 수직적 심화는 시를 자신의 체험으로 환원하여 감수성을 세련 시키고 상상력을 키우며 삶을 풍요롭게 하는 작업에 해당한다. 시창작교육에서 내면화는 각 단계에서 지속적으로 활발하게 일어나야 하며, 교사는 시창작 수업에서 내면화가 촉진될 수 있도록 다양한 교수-학습 방법을 개발해야 한다. 평가하기 이후에는 다양한 시를 제시하여 학습자의 문학 능력을 함양할 수 있다.

매체를 활용한 시창작 수업 모형은 각 학습 단계를 다섯 가지 범위로 나누었으며, 지도 단계를 전체적 감상-부분적 감상-종합적 감상 등으로 면밀하게 지도 단계를 설정했다는 점, 내면화 단계를 설정하여 학습자에게 장기적인 문학 능력과 평생 교육 능력을 연결했다는 점 등에서 의미가 있다.

그러나 매체를 활용한 시창작 수업 모형은 다음과 같은 한계점이 있다.

첫째, 매체를 활용해 시창작하기에서는 발상하기, 구상하기, 표현하기, 고쳐쓰기 등으로 각 활동이 구성되어 있다. 발상하기는 영상 매체로 시적 상상력을 확대하여 시창작 동기 활성화 및 학습자의 경험을 토대로 정서를 표현하는 대상 정하기로 구성되었으나 구상하기에서 대상에게 인상 깊은 점에 대한 내용을 중심으로 편지로 하고 싶은 말 전하기 활동은 다소 어색하다. 영상 매체의 특성과 구상하기의 활동이 표현하기의 활동 방향과 맞물려 활동이 제시된다면 학습의 효과를 극대화할 수 있을 것이다.

둘째, 학습 내면화 단계에서는 시적 체험의 수평적 확대, 시적 체험의 수직적 확대라는 활동을 제시하였으나 구체적인 활동들이 제시되지 못하였다는 점에서 한계점이 있다. 이는 표현하기 활동에서 대중가요로 운율 느껴보기, 광고의 예를 토대로 시어를 비유적으로 변화시켜 보기 등과 같이 매체의 특성에 활동이 집중된다면, 보다 다양한 내면화 단계가 제시될 수 있겠다.

셋째, 평가단계에서 소집단을 구성해 돌려 낭송하며 평가하기와 같은 활동은 단순한 낭송에 그치고 있다. 이에 낭송이 가진 음악성이라는 특징에 기반한 새로운 활동을 제시할 수 있을 것이다. 예를 들어 모둠 활동을 통해 팟캐스트 만들기, 영상시 만들기 등과 같은 새로운 활동이 제시된다면 매체를 활용한 시창작 수업 모형은 보다 다양한 학습자를 대상으로 적용될 수 있다.

시창작교육 모형에 대한 기존 연구에서는 시창작교육 모형이 주로 문학의 심미성이라는 시교육의 특성으로 구성된 점, 내면화단계를 제시하고 있지만, 구체적이고 실제적인 활동의 제시로 이어지지 못하고 있는 점, 매체의 특성을 활용한 다양한 학습 활동이 구체적으로 제시되지 못한 점이 한계로 드러난다. 시창작교육에 대한 교수-학습 모형의 내용은 시를 바라보는 교수자의 관점 및 교육관, 학습자의 특성, 수업 환경, 매체 사용 등의 요소가 고려될 수 있다. 매체를 활용한 시창작교육에 대한 교수-학습 모형은 매체 활용을 기반으로 한 학습 환경에서 다양한 학습자를 대상으로 구체적이고 실질적인 방향으로 제시될 수 있겠다. 다음은 매체를 활용한 수업 모형에 대한 것이다.

3. 매체를 활용한 시창작 활동 교육 모형(안)

매체를 활용한 교수법의 해외이론과 매체를 활용한 시창작교육 수업 모형을 기반으로, 본 연구에서는 실제 교육프로그램에 적용하기 위한 매체를 활용한 시창작 활동 교육 모형을 설계했다. 매체를 활용한 시창작 수업 모형은 문학 비전공자인 중학생, 일반 성인, 소셜 미디어 사용자 등의 학습 대상자를 모두 포괄하여 실제 수업에서 폭넓게 적용할 수 있도록 설계했다.

단계		수업 설계
(1)준비단계	①학습자	학습자 분석
	②교수자	수업 목표(진술) 설정 프로그램 가설 설정 교수 방법 설정
	③매체	매체, 자료의 선정 학습자 체험 발표 및 난상토론
(2)실행단계	①학습자	프로그램 소개 및 매체 활용 방법 안내 학습 내용과 주제를 미리 설명하기
	②교수자	학습자 동기 유발 활동 제안
	③매체	학습 자료 제시 및 지도
(3)검증단계	①학습자	학습자 반응
	②교수자	학업 성취도
	③매체	

<표 3> 매체를 활용한 시창작 활동 교육 모형(안)

(1)준비단계

①학습자 : **학습자 분석**에서 일반적 요인으로 학습자의 나이, 학력, 적성, 문화, 사회 요인 등이 고려될 수 있다. 이는 학습자의 수준에 따라 학습

내용을 제공하기 위함이다. 출발점 행동으로 시와 관련된 학습자의 선행 지식 진단이 시행된다. 이때, 학습자의 선행 지식은 시에 대한 지식이나 기능, 또는 태도에 대한 정도로 구성된다. 시에 대한 지식, 시창작 경험 여부, 시창작을 할 때 어려운 점 등과 같은 학습자의 선수지식도 포함한다. 학습 양식은 개인이 학습 환경을 지각하고 상호작용하며 정서적으로 반응하는 일종의 심리학적 특성[60]으로, 학습자의 성숙 정도에 따라 시각 및 영상 자료를 선택하여 다양한 방식으로 학습 내용을 제공한다. 이에 교수자는 학습자에게 학습 내용을 일방적으로 전달하기보다는 학습자가 이해할 수 있는 방식으로 학습 내용을 전달하는 것이 중요하다.

②교수자 : 수업 목표(진술)를 설정에서 수업 목표(진술)은 학습자뿐만 아니라 교수자를 위한 기준이 될 수 있으므로, 명시적이고 구체적으로 진술해야 한다. 학습 대상을 지정하고, 학습자가 성취해야 할 행동적 용어를 사용하여 진술한다. 또한, 수업 목표에 도달하기 위해 사용되는 자원이나 시간 등의 제약을 제시하는 조건, 학습자의 목표 도달 여부를 나타내는 기준인 정도 등을 포함하여 제시[61]한다. 이에 본 모형에서는 매체를 활용한 시창작 활동 교육 프로그램에서 학습자는 매체 활용 방식에 따라 교수 매체인 시각 및 영상 자료를 활용하여 감각적이고 창의적인 시 한 편을 완성할 수 있다,라는 수업 목표를 제시했다. 이는 학습 대상에 따라 변경 가능하다. 프로그램 가설 설정에서 교수방법인 블랜디드 수업, 실시간 비대면 수업, 온라인 녹화 수업 등에 따라 다양한 프로그램이 적용될 수 있다. 교수자는 교수방법과 활동 프로그램에 따라 독립개념, 종속개념을 설정한다. 교수 방법 설정에서 교수방법으로 블랜디드 수업, 실시간 비대면 수업, 온라인 녹화 수업 등이 제시된다.

③매체 : 매체, 자료의 선정에서 매체 활용에 대한 특성을 기반으로 학습 대상이 설정될 수 있다. 매체는 실시간 온라인 화상회의 매체인 줌, 유

튜브 등을 주요 매체로 설정했다. 교수 자료로 시각 자료인 사진, 그림, 디지털 이미지와 영상 자료인 인터넷 비디오, 팟캐스트 등을 활용한다. **학습자 체험 발표 및 난상토론에서** 실시간 온라인 화상회의 매체 줌에서는 마이크와 채팅창을 활용하여 학습자의 체험 나누기 활동과 난상토론이 시행된다. 학습자의 체험 나누기 활동과 난상토론을 통해 학습자의 생각이 자연스럽게 표출될 수 있다. 이에 교수자는 수업 분위기를 자유롭게 조성한다.

(2)실행 단계

①학습자 : **프로그램 소개 및 매체 활용 방법에 대한 안내에서** 교수자는 온라인 수업 게시판을 또는 PPT를 활용하여 프로그램에 대한 소개와 매체 활용 방법에 대해 안내한다. **학습 내용과 주제를 미리 설명하기에서** 교수자는 학습자들에게 학습 내용과 주제를 수업 전 미리 안내한다. 온라인 수업 게시판을 활용하는 경우 차시별 수업 계획서, 매체의 사용법을 매뉴얼화하여 수업 게시판에 게시한다.

②교수자 : **학습자 동기 유발 활동에서** 수업과 관련한 시각 및 짧은 영상 자료를 활용하여 학습자의 감상과 경험 나누기 활동을 제시한다. 이때, 교수 자료는 학습 내용을 지시적으로 나타내며, 학습과정에서 학습자의 주목을 이끌 수 있다. 또한, 해당 수업과 관련한 텍스트 자료를 수업 전 유인물로 배부하거나 학습 게시판에 업로드한다.

③매체 : **학습자료 제시 및 지도에 대한 내용은 다음과 같다.**

첫째, 학습 자료로 시각 및 영상 자료인 문서, 음성, 동영상 등 다양한 형태로 제시될 수 있으며, 웹을 기반으로 활용된다. 이에 학습 목표 및 과제에 대한 안내, 다양한 시적 기법 사례와 예시가 제시된다. 학습자들은 자신이 모르는 단어를 스스로 검색하여 학습 내용을 이해할 수 있다. 비대면 온라인 실시간 수업 방식, 온라인 녹화 방식 수업에서 학습자들은 자신의 개별 학습 공간에서 인터넷을 통해 모르는 단어나 정보를 검색하고 학습내용을 이해할 수 있다. 오프라인 수업의 경우 학습자들은 컴퓨터실 수업 환경에서 인터넷 검색이 가능하다.

둘째, 교수자는 학습자들에게 교육매체를 통해 학습자의 참여를 유도한다. 비대면 실시간 수업 방식에서 교수자는 학습자들에게 실시간 온라인 매체인 줌의 기능인 마이크나 채팅창 기능을 활용하여 이해한 내용을 직접 말하게 하거나 글로 작성하도록 유도한다. 또한, 수업 도중 관찰한 내용에 대해 반응을 보이도록 줌의 화면에서 학습자의 몸짓이나 사인을 통해 반응을 보이도록 안내한다. 실제와 같은 크기의 영상으로 소통할 수 있도록 PC의 모니터 크기를 조절하고, 스마트폰 사용을 자제하는 등의 방법을 제시한다. 또한, 토의·토론 활동, 퀴즈 등의 활동에서 마이크와 채팅창, 소모임 기능을 활용하여 수업에서 관찰한 내용에 대해 반응을 보이도록 활동을 제시한다. 대면 수업에서는 교수자가 학습자들에게 필기 활동을 제시한다. 학습 내용에 대한 필기 활동을 제시할 때, 교수자는 학습자들에게 학습 내용에 대해 입으로 직접 말하도록 활동을 제시하여 이해를 유도한다. 단순한 시 이론의 이해나 단순한 암기 위주의 필기 활동은 지양한다.

셋째, 학습 수행에서는 연상법, 묘사, 진술, 패러디, 개인(모둠) 시창작 등의 활동을 제시한다. 연상법에서는 시각 및 영상 자료를 활용하여 학습자들이 이미지를 감상하도록 제시한다. 이때의 시각 자료는 그림(명화), 디지털 이미지가, 영상 자료는 인터넷 비디오, 팟캐스트 등을 제시한다. 비대면 실시간 수업의 경우 교수자는 학습자들에게 시각 자료를 제시한다. 학습자들은 시각 자료를 통해 짧은 글쓰기, 묘사적 글쓰기 등의 과제를 수행한다. 교수자는 온라인 게시판을 통해 학습자의 과제를 점검하고 개별 피드백을 제시한다. 피드백을 통해 학습자들이 주제를 도출할 수 있도록 유도한다. 대면 수업의 경우 교수자는 학습자들이 시각 및 영상 자료를 통해 주제를 도출하기, 마인드맵 그리기 활동을 잘 수행하고 있는지 학습 도중 피드백을 제시한다. 학습자의 마인드맵 그리기 활동은 자유로운 수업 분위기에서 이루어져야 한다. 마인드맵 그리기 활동은 학습자의 무의식을 도출하는 행위로 자유로운 수업 분위기에서 다양한 단어들이 도출될 수 있기 때문이다.

비대면 실시간 수업에서는 줌의 화면 공유 기능을 활용하여 PPT 화면을 통해 묘사를 설명한다. 또한, 한글 파일로 시 텍스트를 수업 게시판에 게시하여 수업 전 학습자들이 미리 점검할 수 있게 한다. 교수자는 학습자들에게 줌의 마이크 기능을 통해 직접 시 텍스트를 낭독하게 한다. 이에 학습자는 마이크 기능을 활용하여 시 낭독 활동을 시행할 수 있다. 이후 교수자는 학습자들에게 시 텍스트에 대한 감상 나누기 활동을 제시하여 학습자들이 자신의 경험을 발표하도록 한다.

묘사에 대한 대면 수업의 경우 교수자는 시 텍스트에 대한 유인물을 수업 전에 배부한다. 수업이 시작되면, 교수자는 PPT를 통해 묘사 이론을 제시하여 학습자의 이해를 유도한다. 시를 이해하기 위한 유도 행동으로 교수자는 시 텍스트 낭송을 시행한다. 교수자의 시 텍스트 낭독이 끝난 후엔 학습자들이 직접 시를 낭독해보도록 활동을 제안한다. 낭독 활동은 학습자들이 시의 리듬과 음악적 특징을 느끼게 해주며, 시에 대한 흥미와 시창작의 동기를 가질 수 있게 돕는다.

상징에 대한 비대면 수업에서는 모둠 시창작 활동을 제안할 수 있다. 교수자는 학습자에게 시각자료로 사진, 그림, 디지털 이미지를 제시한다. 이때 학습자들은 시각 자료를 기반으로 관찰을 통해 단어를 도출한다. 교수자는 이를 한글 파일에 전사하여 학습자에게 각각의 단어에 대한 의미를 묻는다. 학습자들은 자신이 생각하는 단어의 의미를 기반으로 다른 학습자들과 한 줄씩 문장을 작성해나간다. 그리고 줌의 채팅창이나 마이크 기능을 사용하여 자신이 완성한 문장을 음성 또는 글로 명시한다. 교수자는 학습자들이 작성한 문장을 한글 파일에 전사한 후 줌의 화면 공유 기능을 활용해 학습자들의 과제물을 피드백한다. 이에 학습자들은 자신이 작성한 문장을 중심으로 상징의 의미, 이를 활용한 시적 문장에 대해 이해할 수 있다. 수업 이후 교수자는 구글 클래스를 통하여 과제물과 기한을 제시한다. 묘사적 글쓰기 과제 또는 시적 기법을 활용한 짧은 시 쓰기 활동을 제시한다. 묘사적 글쓰기의 경우 5줄, 10줄, 15줄 등으로 분량을 늘려가며 과제로 제시한다. 다음 차시 수업에서 교수자는 학습자들의 묘사적 글쓰기 과제를 중심으로 시적 주제, 시적 기법, 단어의 적절성, 지배적인 정황 등의 요소를 고려하여 과제 피드백을 진행한다. 묘사적 글쓰기는 시의 기법, 시의 주제 도출, 단어의 적절성, 지배적인 정황 등의 요소를 파악하는데 중요한 활동이므로 수업 차시별 학습 단계에서 적용할 수 있다.

상징에 대한 대면 수업에서 교수자는 학습자들에게 영상 자료를 제시한다. 이에 학습자들은 영상 자료를 기반으로 상징을 찾고, 이에 대한 의미를 직접 작성하는 활동을 시행한다. 이때, 활동은 모둠 활동으로 제시할 수 있다. 모둠편성은 학습자들이 스스로 정하는 방법과 교수자가 미리 정해주는 방법 등을 적용될 수 있다. 일반적으로는 교수자가 수업 전 미리 조를 구성하여 제시하는 방법이 적용될 수 있다. 모둠 활동에서는 학습자들이 조장을 선정하고, 각 모둠원에 대한 학습의 기여도를 평가하여 과제물 뒷면에 작성하도록 한다. 활동이 끝난 후 교수자는 모둠 활동에 대한 학습자 기여도 내용을 참조하여 모둠 활동에 대한 평가 및 피드백을 진행한다.

묘사에 대한 대면 수업에서 교수자는 수업 전 시 텍스트에 대한 유인물을 배부한다. 수업이 시작되면, 교수자는 PPT를 통해 이론을 제시하고 시각적으로 촉진하여 학습자의 이해를 유도한다. 시를 이해하기 위한 유도 행동으로 교수자는 시 텍스트 낭송을 시행한다. 낭독 활동은 시의 리듬과 음악적 특징을 느끼게 해주며, 학습자들에게 시에 대한 흥미와 시창작의 동기를 느낄 수 있게 돕는다. 교수자의 시 텍스트 낭독이 끝난 후 학습자들은 직접 시를 낭독해본다.

패러디에 대한 수업은 블랜디드 수업으로 진행한다. 교수자는 비대면 수업에서 PPT를 통해 시각적으로 이론을 제시한다. 대면 수업에서 교수자는 패러디에 대한 시편들, 이를 기반으로 학습자들이 패러디 시를 창작할 수 있는 유인물 등을 수업 전 준비한다. 이때, 유인물은 지난 시간 다루었던 시의 기법을 적용하여 패러디 시를 창작하는 방향으로 내용을 구성한다. 이는 시의 기법에 대한 이해를 기반으로 패러디 시를 창작하게 하려는 데 목적이 있다. 수업이 시작되면, 교수자는 학습자들에게 패러디 시창작하기 활동을 제시한다. 이후 교수자는 학습자들의 과제물에 대한 합평을 진행한다. 이는 합평활동에 대한 내용에서 자세히 다루고자 한다.

개인(모둠) 시창작에서 비대면 수업의 경우 교수자는 온라인 실시간 화상회의 매체를 활용하여 학습자들에게 시의 주제나 소재를 제시하고, 수업 시간에 배운 시의 기법을 적용하여 한 편의 시작품을 완성하기 위한 백일장, 과제를 제시한다. 완성된 학습자의 시작품은 구글 클래스 수업 게시판에 게시하도록 안내한다.

대면 수업의 경우 교수자는 앞서 비대면 수업과 동일한 과정으로 온라인 백일장을 시행한다. 완성된 학습자의 시작품은 교수자가 직접 수합하여 보관한다.

합평활동에서 비대면 수업의 경우 교수자가 학습자의 시 텍스트를 한글 파일형태로 줌의 화면 공유 기능을 통해 공유하는 방식으로 진행된다. 학습자들은 마이크나 채팅창 사용, 소모임 기능을 활용하여 개인(모둠) 시작품에 대한 합평활동을 시행한다. 이후 교수자는 시작품에 대한 합평을 종합하여 학습자들에게 피드백한다.

대면 수업의 경우 교수자는 학습자들이 창작한 시작품에 대하여 합평을 진행한다. 합평은 PPT 화면을 제시하여 학습자들이 시각적으로 시를 파악하고 점검할 수 있도록한다. 교수자는 학습 시간에 배운 시의 기법 활용도, 지배적인 정황, 시어의 적절성, 제목 등의 요소를 중심으로 합평을 진행할 수 있도록 안내한다. 이후 교수자는 시작품에 대한 학습자들의 합평 내용을 종합하여 다시 한번 학습자들에게 피드백한다. 퇴고활동에서 학습자는 합평을 기반으로 시작품에 대한 퇴고를 진행한다. 교수자는 개인(모둠) 시작품에 대한 합평활동 내용을 참조하여 학습자들이 개인(모둠) 시작품의 퇴고를 잘 수행하였는지 점검한다. 이러한 과정을 거쳐 학습자들은 시작품 제목을 설정하고, 최종적으로 한 편의 시작품을 완성한다.

(3)검증단계

①**학습자 : 학습자의 반응에서** 만족도를 설문지를 통해 평가한다. 설문지는 하드웨어, 소프트웨어, 휴먼웨어, 기타 등의 범주로 분류하여 내용을 구성한다. 교수자는 설문지를 통해 교육 프로그램의 환경, 수업 전반에 대한 의견, 기타 의견 등을 수렴한다.

②**교수자 : 학업 성취도에서** 학습자의 시작품을 분석한다. 이는 시창작 활동 교육에서 학습자가 얼마나 지식이나 기술을 습득했는지 알아보기 위한 목적으로 전문 창작자가 분석한다. 평가는 학습자가 시창작 활동 교육을 통해 얼마나 지식이나 기술을 습득했는지를 중심으로 진행된다. 이에 시적 기법의 활용도, 지배적인 정황, 시어의 적절성, 제목 등 시창작 활동 교육에 대한 요소를 중심으로 리듬, 감각적인 문장 등을 분석한다. 합평 활동에서 기준이 되었던 요소들이 적절하게 학습자에게 수용되었는지를 참조하여 분석에 반영한다. 이후에 교수자는 학습자에게 포트폴리오를 기반으로 피드백을 제공한다. **학습자 평가에서** 개인 시작품에 대하여 시적 기

법의 활용도, 지배적인 정황, 시어의 적절성, 제목 등 시창작 활동 교육에 대한 요소를 중심으로 분석한다. 또한, 모둠 시작품은 모둠별로 낭독을 진행하고 짧은 감상을 통해 앞서 언급한 요소를 중심으로 동일하게 분석한다.

위와 같이 본고에서 제시하는 매체를 활용한 시창작 활동 교육 모형은 준비단계, 실행단계, 검증단계 등의 세 단계로 분류하였다. 이에 학습자, 교수자, 매체 등의 기준에서 각각의 활동을 분류하여 수업을 설계한다. 각각의 활동을 세 부분으로 분류한 방식은 시창작교육 활동 프로그램을 하드웨어, 소프트웨어, 휴먼 웨어 등으로 분류하여 구성한 자체 분석 틀에 대한 근거로 제시한다.

본 연구에서는 본 모형을 기반으로 문학 비전공자 중학생, 일반 성인(30대~70대), 소셜 미디어 사용자 불특정 다수를 대상으로 매체를 활용한 시창작 활동 교육을 시행한다. 이는 교수 방법인 블랜디드 수업 방식, 비대면 실시간 수업 방식, 온라인 녹화 수업 방식에 따라 실시간 온라인 매체인 줌과 소셜 미디어 매체인 유튜브를 주요 매체로 활용하여 각 세 가지의 방식으로 적용하여 다루고자 한다.

제3장

프로그램의 실제

본 설계에서는 Dan Coldeway의 시간과 장소에 따른 교육의 방법과 개념을 기저로 매체를 활용한 세 가지 교육 방식을 설정하고자 한다. 또한 Romiszowski(2004)의 구조화된 이러닝의 정의 개념을 확장하여 수업 방식의 학습 방법에 따른 개인적인 자기학습과 집단/협력학습으로 분류하여 학습 활동을 구체화한다.

Dan Coldeway는 네 가지 틀로 교육이 진행될 수 있는 방식으로 동일 시간-동일 장소에서 일어나는 대면 방식의 형태, 다른 시간-동일 장소 교육에서 일어나는 컴퓨터 실습실과 같이 별도의 학습 공간에서 시간대를 달리하여 진행되는 수업 방식의 형태, 다른 시간-다른 장소에서 이루어지는 비실시간 원격 교육의 형태, 실시간 원격 교육의 형태 등을 제시하였다.[62] 이에 본고에서는 블랜디드 교육 방식, 비대면 교육 방식, 온라인 녹화 방식 등을 매체를 활용한 교육 방식으로 설정한다.

Romiszowski(2004)는 이러닝에 관련된 100개의 문헌 연구 중 20개 이상이 서로 다른 정의를 내리고 있다고 지적하면서 이러닝을 시각적으로 구조화하여 제시하였다. 이를 정리하면 다음 표와 같다.[63]

학습방법 의사소통	개인적인 자기학습	집단/ 협력학습
	컴퓨터 기반 수업/ 학습/ 훈련	컴퓨터 중개 통신(CMC)
온라인 학습 동시적 의사소통 (실시간)	인터넷 탐색, 학습(지식,기술)이나 정보를 얻기 위한 웹 사이트 접속 : WebQuest 등	비디오, 오디오 채팅/ 비디오 컴퍼런싱 : IRC, NetMeeting
오프라인 학습 비동시적 의사소통 (비실시간)	독립형 코스웨어 사용 또는 인터넷에 서 자료 다운 받기	이메일, 토론 목록에 의한 비동시적 의사소통 및 학습관리시스템 : WebCT 등

<표 4> Romiszowski의 구조화된 이러닝의 정의

Romiszowski의 구조화된 이러닝은 컴퓨터 기반 수업, 학습, 훈련 등으로 분류되는 개인적인 자기 학습에서의 온라인과 오프라인 학습과 컴퓨터 중개 통신(CMC)으로 분류되는 집단/협력학습에서의 온라인 학습과 오프라인 학습 등의 두 가지 방향으로 이러닝을 시각적으로 구조화하여 제시한다.

먼저, 컴퓨터 기반 수업/학습/훈련 등의 개인적인 자기학습에 대한 것이다. 컴퓨터 기반 수업/학습/훈련 등의 개인적인 자기학습에서 실시간 온라인 학습은 인터넷 탐색, 학습(지식, 기술)이나 정보를 얻기 위한 웹 사이트 접속을 통해 가능하다. 컴퓨터 기반 수업/학습/훈련 등의 개인적인 자가학습에서 비실시간 오프라인 학습은 독립형 코스웨어 사용, 인터넷에서 자료 다운 받기와 같은 WebQuest를 통해 가능하다. 다음은, 컴퓨터 중개 통신(CMC)집단/협력학습에 대한 것이다. 컴퓨터 중개 통신(CMC)의 집단/협력학습에서 실시간 온라인 학습은 비디오, 오디오 채팅/비디오 컨퍼런싱인 IRC, NetMeeting 등으로 가능하다. 컴퓨터 중개 통신(CMC)의 집단/협력학습에서 비실시간 오프라인 학습은 이메일, 토론 목록에 의한 비동시적 의사소통 및 학습관리시스템인 WebCT으로 가능하다.

Romiszowski은 온라인에서의 개인적인 자기학습의 형식이 일반적이며, 이는 소규모 그룹으로 수행될 수 있다고 말한다. 이에 수집된 정보는 재구성되어야 하며, 다른 사람과 공유해야 하는 지식으로 변환해야 한다고 말한다. 지식 공유의 단계는 일반적으로 이러닝에서 대화형 그룹 환경에서 구현될 수 있으며, 온라인 학습에서의 개인적인 자기학습과, 집단/협력학습 등을 합친 하이브리드 학습 방식을 대안으로 제시할 수 있다고 말한다.[64] 이에 본고에서는 시창작 활동 교육에서 수업 방식에 따른 개인적인 자기학습과 집단/협력학습에 대한 방법을 원용하고자 한다. Dan Coldeway의 원격 교육의 형태는 시간과 장소에 따라 원격 교육을 나눈 단일한 형태에 그치고 있기 때문에 Romiszowski(2004)의 구조화된 이러닝의 정의 개념을 확장하여 수업 방식의 학습 방법에 따른 개인적인 자기학습과 집단/협력학습으로 분류하여 학습 활동을 구체화하기 위해서이다.

본고에서의 설계는 Dan Coldeway의 시간과 장소에 따른 교육의 접근 방법에 따른 개념을 기저로, 블랜디드 수업 방식, 비대면 실시간 수업 방식, 온라인 녹화 수업 방식 등 매체를 활용한 교육 방식의 세 가지 형태를 가져와 Romiszowski(2004)의 구조화된 이러닝의 정의 개념을 확장하여 자기학습과 집단/협력학습에 대한 방법을 원용하겠다.

1. 블랜디드(on-offline) 방식
- 중학생(자유학기제) 대상, 대면과 zoom 매체 활용 중심

블랜디드 방식의 시창작 활동 교육 프로그램은 온라인 오프라인 병행형으로 수업을 진행하였다. 이에 비대면 방식에서는 주요 매체로 실시간 화상회의 매체인 줌과 구글 클래스를 사용했다. 대면 방식에서는 1:1로 직접적인 소통을 하였다. 이에 매체별 활용의 장단점을 분석하였고 중학생 학습자를 학습 대상으로 설정하였다.

블랜디드 방식과 시창작교육

블랜디드 수업 방식은 오프라인 중심 온라인 보충형, 온라인 오프라인 병행형, 온라인 중심 오프라인 보충형 등의 세 가지 활용 유형으로 분류된다. 이에 온라인 오프라인 병행형으로 브랜디드 수업 방식을 진행할 것이다.

블랜디드 수업 방식의 장점으로 온라인 오프라인 병행형 수업 방식은 학습자가 시공간이 한정된 오프라인 수업에서 벗어나 자신의 학습 환경에서 자율성을 기반으로 주체적인 학습을 할 수 있게 돕는다. 또한, 온라인 오프라인 병행형 수업 방식은 개별학습, 전체학습, 소집단학습, 토의, 협력학습 등을 통해 학습집단의 특성에 맞는 효율적인 수업 방식을 제공할 수 있다. 또한, 시각 및 영상 자료를 기반으로 이론과 실기를 병행하여 학습자의 이해와 쓰기를 유도할 수 있다. 반면, 블랜디드 수업 방식의 단점으로는 주체적인 학습을 할 수 없는 학습자를 위한 대안적 교수법이 구안되어야 한다는 것이다. 또한, 동시대와 학습 대상의 특성에 따른 탄력적인 교수-학습 모형이 구안되어야 효과적인 학습 제공이 가능하다. 블랜디드 수업 방식은 학습자 집단에 따른 수업 방식으로 학습 내용과의 연계성이 있어야 한다. 이에 매체를 활용한 각 실제 수업 방식에 따른 효율성이 검증되어야 한다.

본 연구에서는 블랜디드 수업 방식의 학습 대상으로 중학생을 선정했다. 중학교 대상 시창작교육에 대한 선행연구를 참조하여 학습자의 특성과 그에 따른 교육 방식을 정리하면 다음과 같다.

중학교 학습자는 평소 시창작에 관심을 가지지 않은 학습자이며, 시창작에 대한 어려움과 두려움, 부담감을 가지고 있는 학습자이다. 또한, 매체에 친숙하다는 특징이 있다. 기존 연구에 따르면, 중학교 학습자에게 활용 가능한 교육 방식으로 시창작 관련 모바일 플랫폼을 통해 시창작을 쉽게 즐길 수 있는 활동[65], 활동 중심 교수-학습 방법으로 시를 사진과 영상으로 생산하는 활동[66] 즉, 시를 다양한 매체로 변형, 융합할 수 있는 시 사진전, 시 영상 만들기 활동, 시창작교육에서 랩을 활용할 수 있는 활동[67] 등이 있다.

중학교 대상 시창작교육의 기존 연구에서는 매체를 활용하여 다양한 활동을 구안하고 이를 수업에 적용함으로써 시창작에 대한 두려움과 부담감을 낮추고 수업 참여도와 흥미를 높여주는 방법을 활용하였다. 이러한 근거를 토대로 본고에서는 시창작 활동 교육에서는 블랜디드 방식으로 중학교 학습자를 연구 대상으로 설정하였다. 이에 실시간 화상회의 매체인 줌과 교수 자료인 시각 및 영상 자료를 통해 개인/집단 학습의 다양한 활동을 제시하였다. 실제 수업 시작에 앞서 학습자의 선행지식을 살펴보고자 하였다. 중학생을 대상으로 한 선행지식에 대한 설문조사는 다음과 같이 정리했다.

구분	내용
선행지식	시의 기법인 묘사가 어렵고 이해하기 힘듦
	글쓰기의 용어들을 이해하는 데 어려움을 느낌

<표 5> 설문조사-학습자의 선행지식

위의 표는 블랜디드 방식을 활용한 시창작 활동 교육 프로그램에서 설문조사를 통해 학습자의 선행지식 내용을 정리한 것이다.

먼저, 학습자는 시의 기법인 묘사가 어렵고 이해하기 힘들다고 하였다. 둘째, 학습자는 글쓰기의 용어들을 이해하는 데 어려움을 느꼈다. 이에 교수자는 시의 기법인 묘사에 대한 이론을 PPT 자료를 통해 학습자들에게 설명할 수 있으며, 수업내용과 관련하여 시각 자료 또는 영상 자료를 제시한다. 이때, 학습자들에게 짧은 감상문 쓰기 활동, 마인드맵 그리기, 묘사적 글쓰기 과제를 순차적으로 제시하고 피드백한다. 묘사적 글쓰기 활동에서는 다양한 주제를 활용하여 작성 분량을 점진적으로 늘려나가며 과제로 제시한다.

다음으로, 글쓰기의 용어들이 어렵게 느껴진다는 의견에 대해서이다. 시 창작 활동 교육 프로그램에서는 시의 이론과 관련하여 다양한 시창작 활동 프로그램을 제시한다. 중학교 학습자들에게 낯설고 어려운 용어들은 학습자의 수준과 눈높이에 맞는 적절한 단어로 바꾸어 교육을 진행한다. 또한, 어렵거나 생소한 단어들은 인터넷 검색을 통하여 학습자들과 함께 그 의미를 살펴보거나 인터넷 검색을 통해 학습자가 스스로 정보를 찾아볼 수 있도록 활동을 조직한다.

블랜디드 방식의 교육 프로그램 실제

다음은 블랜디드 방식의 실시간 온라인 시창작 활동 교육 프로그램에 대한 개념적 가설, 조작적 가설을 설정하고자 한다.

1) 개념적 가설과 조작적 가설 설정

블랜디드 방식의 시창작 활동 교육 프로그램이 학습자들의 수업 이해도, 상호작용, 협동심, 능동적 참여에 영향을 미치는지 측정하기 위한 가설은 다음과 같다.

1-1. 줌의 화이트보드 및 문서 공유 기능의 활용은 중학생들의 수업 이해도를 향상하는 데 도움이 될 것이다.

1-2. 마이크와 채팅창을 활용한 토의 및 토론 활동 프로그램은 학습자들의 상호작용 활성화를 통해 과제 해결 능력을 높여줄 것이다.

1-3. 블랜디드 방식에서의 모둠 시창작 활동, 온라인에서의 토의 및 토론 활동 프로그램은 학습자들의 협동심 향상에 유의미한 효과가 있을 것이다.

1-4. 블랜디드 방식에서의 시창작 활동 교육은 학습자들에게 능동적인 참여를 이끌어낼 것이다.

본 가설을 도식화하면 다음과 같이 정리할 수 있다.

독립개념	종속개념
1-1. 줌의 화이트보드 및 문서 공유 기능	수업 이해도 향상
1-2. 줌의 마이크&채팅창 활용 토의·토론 활동	상호작용 활성화&과제 해결 능력 향상
1-3. 모둠 시창작 활동&온라인 토의·토론	협동심 향상
1-4. 블랜디드 방식의 시창작 활동	능동적 참여 확대

<표 6> 블랜디드 방식-개념적 가설 도식화

블랜디드 방식을 활용한 교육 프로그램의 조작적 가설은 다음과 같다.

1-1. 블랜디드 방식을 활용한 시창작 활동 교육 프로그램은 비전공자 대상 학습자들의 습관 태도 및 동기 흥미에서 유의미한 효과가 있을 것이다.

1-2. 블랜디드 방식을 활용한 시창작 활동 프로그램은 비전공자 대상 학습자들의 가치 및 기대에서 유의미한 효과가 있을 것이다.

독립개념	종속개념
블랜디드(on-offline) 방식을 활용한 시창작 활동 교육 프로그램 참여 전/후 비교	습관 태도 및 동기 흥미 영역
	가치 및 기대 영역

<표 7> 블랜디드 방식-조작적 가설 도식화

2) 프로그램 설계

다음은 블랜디드 방식을 활용한 시창작 활동 교육 모형의 준비단계, 실행단계를 제시한 것이다. 이는 다음과 같다.

(1)준비단계

①학습자 : 학습자 분석을 위해서는 일반적 요인으로 중학생의 적성, 문화, 사회 요인 등이 고려된다. 출발점 행동으로 시와 관련한 중학생 학습자의 선행 지식을 진단하기 위해 시에 대한 지식이나 기능, 또는 태도의 정도를 구성한다. 이는 시에 대한 지식, 시창작 경험 여부, 시창작을 할 때 어려운 점 등과 같은 학습자의 선수지식을 포함한다. 학습 양식으로는 학습 공동체의 성숙 정도에 따라 시각 및 영상 자료를 선택하여 다양한 학습 방식

의 학습 내용을 제공한다. 교수자는 학습자의 수준과 이해도에 따라 적절한 단어를 사용하여 자유로운 분위기 속에서 피드백을 수시로 전달한다.

②**교수자 : 수업 목표(진술) 설정으로는** 매체를 활용한 시창작 활동 교육 프로그램을 통해 중학생 학습자는 한 편의 시작품을 창작할 수 있다, 와 같이 설정한다. **프로그램 가설 설정에서** 블랜디드 방식의 실시간 온라인 시창작 활동 교육에 대한 개념적 가설과 조작적 가설은 다음과 같다. 먼저, 개념적 가설에 대한 것이다. 이 가설은 블랜디드 방식의 실시간 온라인 화상 시창작 활동 교육 프로그램이 비전공자 대상 학습자들의 수업 이해도, 상호작용, 협동심, 능동적 참여에 영향을 미치는지 측정하기 위한 것이다. 이는 다음과 같다. ㉠줌의 화이트보드 및 문서 기능의 활용은 중학생 학습자들의 수업 이해도를 향상시키는 데 도움이 될 것이다. ㉡줌의 마이크와 채팅창을 활용한 토의 및 토론 활동 프로그램은 학습자들의 상호작용 활성화를 통해 과제 해결 능력을 높일 것이다. ㉢블랜디드 방식에서의 모둠 시창작 활동, 온라인에서의 토의 및 토론 활동 프로그램은 학습자들의 협동심을 높여줄 것이다. ㉣블랜디드 방식에서의 시창작 활동 교육은 학습자들의 능동적인 참여를 확대시킬 것이다. 블랜디드 방식을 활용한 온라인 실시간 시창작 활동 교육 프로그램에 대한 조작적 가설은 다음과 같다. ㉠블랜디드 방식을 활용한 시창작 활동 교육 프로그램은 비전공자 대상 학습자들의 습관 태도 및 동기 흥미에서 유의미한 효과가 있을 것이다. ㉡블랜디드 방식을 활용한 시창작 활동 교육 프로그램은 비전공자 대상 학습자들의 가치 및 기대에서 유의미한 효과가 있을 것이다. 교수 방법으로 블랜디드 수업 방식으로 선정한다.

③**매체 : 매체, 자료의 선정에서는** 실시간 온라인 화상회의 매체인 줌을 주요 매체로 설정한다. 구글 클래스를 활용하기도 한다. 줌의 마이크와 채팅창 기능을 활용하여 학습자의 체험 나누기 활동, 시적 기법에 기반한 난

상토론을 시행한다. 이는 학습자의 생각을 자연스럽게 도출하고 시적 이해를 통해 시창작 활동 교육에서의 효과를 높이는 목적으로 시행된다. 자료의 선정에서는 교수 자료로 시각 자료인 사진, 그림, 디지털 이미지가, 영상 자료로 인터넷 비디오 팟캐스트 등을 활용한다.

(2)실행단계

①**학습자 : 프로그램 소개 및 매체 활용 방법에 대한 안내에서는** 온라인 구글 클래스 수업 게시판 또는 PPT를 활용한다. 중학교 학습자들은 매체에 대해 친숙도가 높고, 이미 매체를 다루고 있기 때문에 대략적인 방법만 설명한다. 또한, 블랜디드 방식의 시창작 활동 수업은 총 8회를 기준으로 시행됨을 설명한다. 수업의 첫 시간인 1회는 대면으로, 2회~3회는 비대면으로, 4회~5회는 대면과 비대면을 혼합하는 방식으로, 6~7회는 다시 비대면으로, 8회는 최종 대면으로 구성한다.

②**교수자 : 학습자 동기 유발 활동 제안에서는** 교수자료로 시각 자료인 사진, 그림 등을 제시한다. 영상 자료로 인터넷 비디오, 팟캐스트 등을 제시한다. 비대면 온라인 실시간 수업에서는 시각 자료인 피카소의 <우는 여인>, 대면 수업에서는 영상 자료인 Olafur Eliasson의 <The weather project>(2003) 미술 영상으로 선정한다. 교수자는 시각 및 영상 자료를 학습자에게 제시하고 감상 나누기 활동과 연계한다.

③**매체 :** 감상 나누기 활동이 끝난 후 **교수자는 학습 자료를** 제시 및 지도한다. PPT를 통해 해당 수업 차시와 관련한 시 텍스트를 제시한다. 시 텍스트를 중심으로 시의 감상, 시의 기법에 관해 설명한다. 대면 수업에서는 학습자에게 생소하거나 낯선 단어들에 대한 의미를 웹 검색을 통해 살펴보고 설명한다. 또한, 학습자에게 시의 이론 및 기법에 대한 필기 활동을 제시한다. 비대면 온라인 실시간 수업에서는 수업 도중 이해한 내용에 대

해 반응을 보이도록 몸짓이나 손가락 사인, 채팅창을 사용하여 반응을 보이도록 안내한다. 이후 시작품에 대해 토의·토론을 진행한다. 대면 수업에서 교수자는 수업과 관련한 시작품을 낭독한다. 낭독 후 교수자는 시적 화자의 상태, 시적 문장의 의미 추측하기, 전반적인 시의 감상 활동 등을 제시한다. 온라인 수업에서도 위와 같은 방식으로 활동을 제시한다. 대면 수업에서는 학습자들에게 유인물을 배부하여 학습자가 학습 전에 미리 시를 읽어볼 수 있도록 한다. 비대면 수업에서는 온라인 구글 클래스에 시 텍스트를 수업 전 게시한다.

학습수행에서는 연상법, 묘사, 패러디 등의 활동을 수행한다. 연상법에서는 시각 및 영상 자료를 참조하여 짧은 감상 쓰기, 마인드 맵핑을 통한 주제도출, 도출된 주제로 짧은 묘사적 쓰기 등의 순서로 학습활동을 진행한다. 대면 수업에서 교수자는 직접 학습자들에게 수시로 피드백한다. 그러나 대면 수업에서는 모든 학습자에게 학습 시간 내에 피드백해 주지 못한다는 한계가 있다. 이에 교수자는 학습자 과제물을 모두 수합하고 개별 과제물에 따른 피드백을 제공한다. 비대면 수업에서는 구글 클래스를 활용하여 학습자의 과제를 개별적으로 점검하고 피드백한다. 이때 교수자의 피드백은 학습자가 수시로 구글 클래스를 통해 확인할 수 있으며 학습자는 댓글쓰기 기능을 통해 추가 피드백 및 설명을 요청할 수 있다.

묘사에서는 연상법에서 도출하였던 주제 및 단어를 기반으로 짧은 묘사적 글쓰기 활동을 제시한다. 이때 묘사적 글쓰기는 5줄부터 시작하여 10줄, 15줄, 20줄 이상으로 분량을 점차 늘려나간다. 대면 수업에서 묘사적 글쓰기를 수행하는 동안 작성시간이 부족할 수 있다. 이에 교수자는 학습자의 쓰기 시간을 최대한 확보하여 학습 시간 내에 글을 작성할 수 있도록 유도한다. 비대면 수업에서 교수자는 학습자들이 묘사적 글쓰기 활동을 수행할 시, 과제를 작성하는 손의 모습을 줌의 화면을 통해 실시간으로 비추게 하여 학습자의 수행도를 파악할 수 있다. 또한, 과제를 다 끝내지 못한 학습자는 구글 클래스 과제 게시판에 게시하도록 안내한다. 블랜디드 수업에서 교수자는 학습자에게 충분한 피드백을 제공한다.

패러디는 비대면 수업에서 PPT를 활용하여 시 텍스트를 제시한다. 또한, 시 텍스트에 대한 낭독을 통해 시를 감상한다. 시 감상이 끝난 후 교수자는 패러디의 개념, 특징에 대해 학습자들에게 설명한다. 교수자는 시 텍스트에 나타난 생소한 단어, 시의 기법에 대한 사전적 의미를 인터넷 검색을 통해 학습자들과 함께 살펴본다. 또한, 교수자는 학습자에게 검색을 통해 알게 된 단어의 의미를 질문하여 학습자의 이해도를 점검하고, 수업 도중 모르는 단어는 인터넷 검색을 활용할 수 있음을 설명한다. 이어서 학습자들에게 패러디의 개념, 특징에 대해 다시 한번 설명한다. 이후 대면 수업에서 교수자는 학습자에게 패러디 시에 대한 텍스트를 유인물로 배부하고 시 낭독 활동을 제시한다. 학습자들은 교수자의 시 낭독을 들으며 유인물의 시 텍스트 내용을 살핀다. 낭독이 끝난 후 교수자는 지난 시간 학습한 패러디의 특징을 학습자에게 질문한다. 학습자는 자신이 이해한 패러디의 특징을 교수자와 다른 학습자 앞에서 설명한다. 교수자는 패러디의 개념과 특징을 설명한다. 이어서 패러디 시에 관해 설명한다. 교수자는 학습자들에게 패러디 시의 한 문장을 시작으로 시를 창작할 수 있음을 설명한다. 패러디 시창작은 지난 시간 배운 시의 기법을 활용하도록 한다. 이는 학습자들에게 자연스러운 시의 기법 이해를 유도하기 위함이다. 학습자들은 교수자가 배부한 유인물의 내용인 패러디 시 텍스트의 한 구절을 시작으로 한 편의 시를 완성한다.

3) 블랜디드 방식의 중학교 자유학기제 시창작 활동 프로그램 적용 사례

블랜디드(on-offline) 방식의 중학교 자유학기제 시창작 활동 교육 프로그램에서는 대면과 비대면 혼합 방식으로 수업을 진행했다. 대면 방식에서는 이론에 대한 내용을, 비대면 방식에서는 이론에 대한 내용을 ppt로 복습하고, 줌의 마이크와 채팅창 기능을 활용하여 감상 나누기, 낭독, 난상토론 등의 활동을 시행하였다.

대면 방식에서 교수자는 묘사에 대한 이론을 설명하기 위해 김기택 시인의 「호랑이」, 「태아의 잠 1」, 「태아의 잠 2」, 「꼽추」 등을 수업 자료로 활용하여 PPT로 제시하였다. 또한, 시편에 대한 낭독 활동을 제시하였다. 낭독은 학습자들을 무작위로 지목하는 방식, 교수자가 직접 시를 낭독하는 방식 등으로 진행되었다. 대면 방식에서 학습자들은 시 텍스트에 대한 낭독과 감상 말하기 활동을 수행하였다. 시작품에 대한 토의·토론 활동을 수행하기도 하였다. 수업이 끝난 후 교수자는 구글 클래스 학습 게시판에 과제에 대한 내용과 제출기한을 명시하여 학습자들에게 학습 게시판을 통해 과제를 제출하도록 안내하였다.

묘사에 대한 예문 제시

① 묘사의 예

길고 느린 하품과 게으른 표정 속에 숨어 있는 눈
풀잎을 스치는 바람과 발자국을 빈틈없이 잡아내는 귀
코앞을 지나가는 먹이를 보고도 호랑이는 움직이지 않는다
정글은 잠의 수면 아래 굴절되어 푸른 꿈이 되어 있다
근육과 발톱을 부드럽게 덮어 있는 털은
줄무늬 균은 결을 따라 들판으로 넓게 뻗어 있다

— 김기택, 「호랑이」 부분 —

'묘사'에 대한 학습자들의 시 텍스트 감상 내용에 대한 zoom 채팅 일부

김○○ : 안녕하세요.
박○○ : 목표, 정상, 자연
태○○ : 바람
노○○ : 공기
서○○ : 문제를 풀이하는 것?
박○○ : 구름
박○○ : 꽃
박○○ : 나무
박○○ : 무지개를 걷는 앨리스, 왕자님 만나기
박○○ : 바람 사이를 가로질러 가는 전동킥보드
박○○ : 그 전동킥보드에는 누가 타고 있을까?
서○○ : 산을 멀고 있는 구름을 지나가는 앨리스가 보인다
박○○ : 출근 시간에 늦은 회사원
노○○ : 모자를 쓰고 벤치에 누워있는 사람
김○○ : 해변을 걷는 사람들
유○○ : 신발을 벗고 설레는 표정으로 바다에 실표시 발을 담그는 어린 여자아이

<표 8> zoom 매체를 활용한 시창작 이론 '묘사'에 대한 강의 내용

위의 그림은 zoom 매체를 활용한 시창작 이론 묘사에 대한 강의 내용에 대한 것이다. 비대면 방식에서 교수자는 줌의 화면 공유 기능을 통해 시텍스트와 묘사에 대한 특징을 ppt 화면을 통해 한 번 더 살펴보고자 하였다. 또한, 학습자들에게 줌의 채팅창을 활용하여 묘사 시에 대한 감상을 글로 표현하도록 안내하였다. 이후 교수자는 구글 클래스 게시판에 해당 일자별로 게시판을 생성하여 묘사적 글쓰기에 대한 과제 제출을 설명하였다.

다음 그림은 구글 클래스를 매체를 활용한 강사와 학생의 인터렉션 내용에 대한 것이다.

교수자는 구글 클래스를 통해 학습자에게 묘사에 대한 과제를 부여하고 이를 피드백하였다. 이후 모둠 시창작 활동을 제시했다. 학습자들은 마인드 맵핑을 활용하여 모둠 시작품을 완성하고 구글 클래스 게시판에 마인드 맵과 시작품을 게시하였다.

교수자는 줌의 화면 공유 기능을 활용하여 학습자들과 구글 클래스에 게시된 학습자의 과제물을 살펴보았다. 교수자는 학습자의 우수 과제물을 줌의 화면 공유 기능을 통해 공유하였다. 이에 학습자들이 과제를 이해하도록 유도하였다. 또한, 모둠 시창작 활동에서 학습자들이 제출한 마인드 맵을 함께 살펴보았다.

구글 클래스 활용 '묘사'에 대한 학습자 과제와 강사 피드백 화면

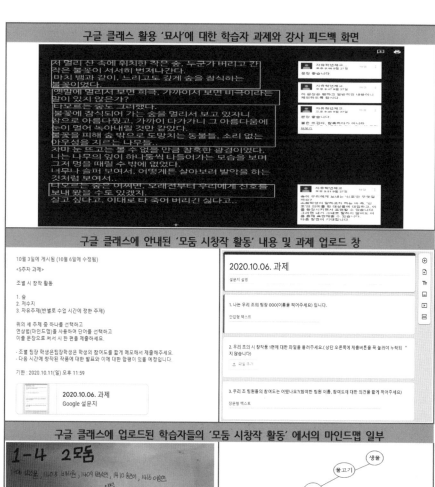

구글 클래스에 안내된 '모둠 시창작 활동' 내용 및 과제 업로드 창

10월 3일에 게시됨 (10월 6일에 수정됨)

<5주차 과제>

조별 시 창작 활동

1. 숲
2. 저수지
3. 자유주제(반별로 수업 시간에 정한 주제)

위의 세 주제 중 하나를 선택하고
연상법(마인드맵)을 사용하여 단어를 선택하고
이를 문장으로 써서 시 한 편을 제출하세요.

- 조별 팀장 학생은팀장학생은 학생의 참여도를 함께 메모해서 제출해주세요.
- 다음 시간에 창작된 작품에 대한 발표와 이에 대한 합평이 있을 예정입니다.

기한 : 2020.10.11.(일) 오후 11:59

2020.10.06. 과제
Google 설문지

2020.10.06. 과제
설문지 설명

1. 나는 우리 조의 팀장 OOO(이름을 적어주세요) 입니다.
단답형 텍스트

2. 우리 조의 시 창작품 1편에 대한 파일을 올려주세요.(상단 오른쪽에 제출버튼을 꼭 눌러야 누락되 *
지 않습니다.)
파일 추가

3. 우리 조 팀원들의 참여도는 어땠나요?(참여한 팀원 이름, 참여도에 대한 의견을 함께 적어주세요)
장문형 텍스트

구글 클래스에 업로드된 학습자들의 '모둠 시창작 활동' 에서의 마인드맵 일부

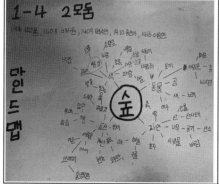

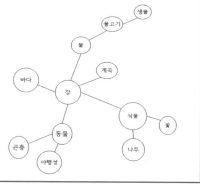

<표 9> 구글 클래스 매체를 활용한 강사-학생 인터렉션 내용

3. 우리 조 팀원들의 참여도는 어땠나요?(참여한 팀원 이름, 참여도에 대한 의견을 짧게 적어주세요)
응답 5개

팀원들끼리 시간이 안 맞아 온라인으로 회의하여 진행했습니다.
같이 상의를 못 한 사람도 있었습니다. 그러나 전반적으로 조원들끼리 의견을 잘 내주었으며
이러한 의견을 종합하여 시를 썼습니다.

박 ○○ : 55% 의견을 많이 내주지 않았지만 같이 참여했습니다.
배 ○○ : 100% 의견을 내주었으며 같이 참여했습니다.
백 ○○ : 80% 의견을 내주었으며 같이 참여했습니다.
송 ○○ : 100% 의견을 내주었으며 같이 참여했습니다.
이 ○○ : 제가 팀장으로 진행했으며 마인드맵, 시 쓰기를 이끌어 나가고자 했습니다.

윤 ○○ : 가장 참여도가 높았습니다.
백 ○○ : 윤○○ 못지 않게 참여도가 높았습니다.
박 ○○ : 참여도가 보통입니다.
신 ○○ : 참여도가 보통입니다.

참여한 팀원 이름은 김 ○○, 이 ○○, 나 ○○, 김 ○○ 입니다.
다들 좋은 아이디어를 많이 내줘서 시를 잘 쓸 수 있었습니다.

팀원들 모두 잘 참여해서 시를 썼습니다.

<그림 4> 모둠 시창작 활동에서 팀원별 참여도에 대한 화면

위의 그림은 모둠 시창작 활동에서 팀원별 참여도에 대한 화면이다.

모둠 시창작 활동에서 교수자는 학습자들에게 모둠별로 과제를 업로드
하고 조장을 정해 조원들의 참여도를 작성하도록 하였다. 교수자는 학습자
들과 함께 줌의 화면 기능을 통해 모둠별 참여도에 대한 내용을 공유하였
다. 이에 학습자들은 과제에 대한 성실성을 자가 점검할 수 있었다. 교수자
는 모둠 시창작 활동에 대한 팀원별 참여도를 참조하여 과제 수행도를 점
검하였다.

다음은 모둠 시창작 활동에 대한 대면 방식의 수업과 비대면 방식의 수
업 내용의 비교이다. 대면 방식의 모둠 시창작 활동에서 마인드맵에서 도
출된 단어는 구체성을 띠고 있지 않으며, 뚜렷한 방향성을 가지지 않은 특
징을 보였다. 이는 마인드맵 그리기 과정에서 학습자들의 다양한 관점으
로 인해 단어로 도출하는 과정이 통합되지 않았다는 사실에 기반한다. 과
제 수행은 즉각적으로 이루어지지 않았으며, 다른 학습자의 의견과 충돌하
거나 생각이 달라 작성이 늦어지거나 머뭇거리는 양상을 보였다. 이처럼

학습자들은 대면 방식의 마인드맵을 활용한 모둠 시창작 활동에서 과제를 집중도 있게 수행하지 못했다.

비대면 방식의 모둠 시창작 활동에서는 마인드맵 그리기의 수행도가 높았다. 마인드맵의 내용은 구체적인 단어들로 명시되었으며, 다양한 단어들로 점차 확장되는 특징을 보였다. 학습자들은 줌의 채팅창이나 소모임 기능을 통해 과제를 수행하는 과정에서 수업의 방해요인이 거의 작용하지 않아 집중력 있게 과제를 수행할 수 있었다. 또한, 학습자들은 과제를 즉각적으로 수행해야 한다는 부담감 때문에 신속하게 과제를 수행할 수 있었다. 이처럼 비대면 방식 수업에서 모둠 시창작 활동은 학습자의 집중도와 과제 수행도가 높다는 사실을 도출하였다.

다음은 비대면 방식의 교육에서 모둠 시창작 활동에 대한 학습자들의 모둠 시작품이다.

[1]

저수지의 흐르는 물 한 아이가 돌을 던진다.

저수지에 사는 물고기는 아무것도 모른 채 헤엄치던 중

아이가 던진 돌을 맞아 기절한다

아이는 물고기를 맞힌 지도 모른 채 저수지를 유유히 떠난다.

서서히 아가미를 벌린 채 죽어가는 물고기들, 떼

모두가 숨죽인 채

— 손○○ 외 3명, 「저수지」 전문

[2]

비단같이 고운 꽃단풍

개나리 같은 귀여운 아기 단풍

살랑살랑 따스한 가을바람

가을바람에 흩날리는

알록달록 나뭇잎이

하나둘씩 떨어진다

떨어진 나뭇잎들은

가을바람을 타고

이리저리로 날아간다

— 노○○ 외 3명, 「가을 바람」 부분

4

도화지에 그림을 그린다

빨강, 갈색, 주황으로

도화지에 우리들만의 계절을 그린다

훨훨 날아 요리조리 구경하는 단풍잎

가을이랑 사이가 안 좋아

떠나려는 제비들

우리 함께 손 잡으면

어디로든 갈 수 있지

— 정○○ 외 3명, 「계절」 부분

4

나는 오늘 똑같은 하루가 시작되었다. 수확 철의 노랗게 무르익은 벼들이 춤을
추고, 평소보다 조금 더 많이 흔들리고 있는 허수아비, 또 그 너머에 있는 저수지

와 놀고 있는 친구들. 이미 약속에 늦은 나는 헐레벌떡 나갈 준비를 하고 댐의 위로 가기 위해 달렸다 왜 이리 늦었냐며 나를 꾸짖는 친구들을 향해 계속 달렸다.

— 강○○ 외 3명, 「저수지」 전문

교수자는 줌의 화면 공유하기 기능을 통해 학습자들과 시작품을 함께 살펴보고자 하였다. 먼저, 학습자들은 모둠별로 시작품을 낭독하였다. 모둠별 낭독 후에 학습자들은 모둠 시작품에 대한 합평을 진행하였다. 모둠 시작품에 대한 합평이 끝나고, 교수자는 모둠 시작품에서 문장의 맞춤법, 지배적인 장면 포착, 시어의 어울림 등의 요소를 중심으로 피드백하였다.

1의 「저수지」에서 "아이는 물고기를 맞힌지도 모른 채 저수지를 유유히 떠난다"라는 문장에서 "그 물고기는 서서히 처참히 죽게 되고, 그 물은 오염되어/ 저수지에 사는 생물들마저 생명을 잃게 된다"라는 문장을 묘사를 통해 표현하도록 피드백하였다. 이에 학습자들은 "서서히 아가미를 벌린 채 죽어가는 물고기들, 떼/ 모두가 숨죽인 채"와 같이 묘사를 사용하여 문장을 구성하였다.

2의 「가을 바람」에서는 1연, 2연에서 단풍의 종류를 구체화하여 퇴고하도록 피드백하였다. 또한, 5연 "떨어진 나뭇잎들은/ 가을바람을 타고/ 이리저리로 날아간다"라는 부분을 지배적인 정황을 두고 이 장면으로부터 시창작을 시작하도록 피드백하였다. 이에 학습자들은 구체적인 단풍의 종류를 표현하였으며 "바람에 날려 떨어지는 나뭇잎, 바람을 타고 날아가는 나뭇잎"을 지배적인 장면으로 두었다.

3의 「계절」에서는 2연 "우리의 가을은 이렇게/ 보낸다"라는 문장을 삭제하고 2연에서부터 시창작을 시도하도록 피드백하였다. 이에 "우리 함께 손잡으면/ 어디로든 갈 수 있지"와 같이 문장을 수정하였다.

4의「저수지」작품에서 1연의 첫 문장으로 "나는 오늘 하루가 시작되었다", "나는 오늘 색다른 하루가 시작되었다", "나는 오늘 똑같은 하루가 시작되었다" 등의 문장을 도출하였다. 이에 교수자는 학습자들에게 시작품의 전반적인 분위기, 단어, 지배적인 정황을 고려하여 "나는 오늘 똑같은 하루가 시작되었다"라는 문장으로 시작품을 설정할 수 있음을 설명하였다. 이에 가을 일상의 모습을 선명한 한 편의 이미지 시로 창작할 수 있음을 설명하였다. 학습자들은 교수자의 피드백을 참조하여 작품을 퇴고하고 최종 작품을 완성하였다.

　　이와 다르게 대면 방식의 현장 강의에서는 개인 창작 활동을 진행했다. 왜냐하면 개인 창작 활동에서는 대면 강의를 통한 1:1 맞춤형 피드백 방식이 비대면 방식보다 학습자들이 시를 퇴고하는 방향을 잡아가는 데 도움이 되기 때문이다. 본 연구에서는 대면 방식의 시창작 활동 교육을 블랜디드 방식으로 시행하였다. 이는 매체 활용성을 기반으로 유연성 있게 학습 활동으로 시행될 수 있다고 판단해서이다. 매체 활용성을 기반으로 한 모둠 시창작 활동은 줌의 화면 공유, 채팅창 기능 활용 등을 통해 시연할 수 있어 학습자들 간의 유연한 의사소통을 가능하게 한다.

　　1

　　모든 사람들은 감정이 눈동자에 나타난다
　　기쁠 때도 슬플 때도 고마울 때도
　　눈동자에 감정이 나타난다

　　기쁠 때는 물이 눈동자에 맺힌다
　　그 당시에 감정들을 오래 간직하고 싶어 흘리지 않는다
　　물이 맺힌 눈동자에는 웃는 모습이 거울처럼 비친다

슬플 때는 물이 맺히지 않고 흐른다

지금의 감정들은 흘려버리고 싶고 씻어내고 싶어 흘려보낸다

물이 흐르는 눈동자에는 샤워기처럼 자신을 씻어내리려 한다

고마울 때는 물을 맺히지 않고 떨어뜨린다

고마운 대상에게 무엇이든 나눠주려고 떨어뜨린다

방울 하나하나가 그 사람에게 고마운 마음을 나타내는 선물과도 같다

지난 밤 눈동자들이 오랫동안 얼굴을 쓰다듬고 있다

— 권○○, 「눈동자」 전문

2

바람이 내 뺨을 스치는 어느 날

머리에 가시가 돋친 두 발로 걸어가는 동물이

길을 지나던 내 머리 위로 둥글게 몸을 말아 추락하던 날

나는 절망이 되었다

절망 안에는 내가 사는 숲이 있고

다시, 그 안에는 다가가기 무서울 정도로

가시가 많은 동물이 웅크려 있었다

그리고 난 생각했다, 저건 나일까?

가시가 안쪽으로 자라나

나의 몸을 찌르는 기분

— 고○○, 「거울 속 고슴도치」 부분

3

온 세상이 흑백이다

난 색이 없는 물고기다

거울에 비친 흑백이다

누군가 내게 나의 색을 물을 때

눈동자에서 눈물이 흐른다

조금씩 웅덩이 안으로 물이 고인다

죽은 물고기들이 떠다닌다

빛바랜 일기장들이 조금씩 물에 젖어가고 있다

— 이○○, 「나의 색」 전문

4

거울 속에 비친 나의 모습은

한 마리의 인어 같았다

나는 거울 속으로 손을 뻗었다

금색 가루를 뿌려놓은 것처럼

내 다리는 반짝이고

나의 눈은 사막의 모래로 멀어버렸다

우주의 별들을 뿌려놓은 어항 안으로

금색의 금붕어들 헤엄치고 있다

— 정○○, 「거울 속 물고기」 부분

1의 「눈동자」는 진술로 이루어진 시이다. 5연의 "이렇게 감정은 눈동자에 나타난다"라는 문장은 삭제하거나 1연~4연의 문장을 포괄하는 구체적인 이미지로 표현하는 방향으로 피드백하였다. 이에 학습자는 "지난밤,

눈동자들이 오랫동안 얼굴을 쓰다듬고 있다"라는 문장으로 시작품을 수정하였다.

2의 「거울 속 고슴도치」에서 1연 "머리에 털이 난 두 발로 걸어가는 동물이/ 내 머리 위로 둥글고 납작한 물체를 떨어뜨린 그 날"은 시적 대상의 상태를 구체화하여 문장화하는 방향으로 피드백하였다. 이에 학습자는 "머리에 가시가 돋친 두 발로 걸어가는 동물이/ 길을 지나던 내 머리 위로 둥글게 몸을 말아 추락하던 날"로 문장을 수정하였다. 또한, 2연도 이와 동일한 방향으로 수정하도록 피드백하였다. 이에 학습자는 "절망 안에는 내가 사는 숲이 있고/ 다시, 그 안에는 다가가기 무서울 정도로/ 가시가 많은 동물이 웅크려 있었다"라는 문장을 구성하였다.

3의 「나의 색」에서 2연 "다른 이는 자신의 색을 알고 뽐낸다"라는 문장을 앞의 1연 "난 색이 없는 물고기다"라는 문장과 2연 "거울에 비친 나도 흑백이다"와 어울리도록 문장을 수정하는 방향으로 피드백하였다. 이에 학습자는 모든 연을 하나로 통합하여 "온 세상이 흑백이다/ 난 색이 없는 물고기다/ 거울에 비친 흑백이다/ 누군가 내게 나의 색을 물을 때/ 눈동자에서 눈물이 흐른다/ 조금씩 웅덩이 안으로 물이 고인다/ 죽은 물고기들이 떠다닌다/ 빛바랜 일기장들이 조금씩 물에 젖어가고 있다"와 같이 하나의 연으로 문장을 통합했다.

4의 「거울 속 물고기」에서 1연 "거울 속에 비친 나의 모습은/ 하나의 인어 같았다"는 문장을 "한 마리의 인어"로 수정하는 방향으로 피드백하였다. 또한, 4연 "나는 거울 속으로 손을 뻗었다"라는 문장을 2연으로 옮겨 자연스럽게 문장을 바꾸도록 피드백하였다. 또한, 2연의 "금색 가루를 뿌려놓은 것처럼/ 나의 다리는 반짝였다"는 문장, 3연 "햇빛에 비쳐서 나의 눈은/ 사막의 모래로 변해버렸다"는 문장, 5연의 "우주의 별들을 뿌려놓은 어항에서/ 밝은 금색의 금붕어들은 헤엄치고 있었다"라는 문장을 명

료한 문장으로 바꾸도록 피드백하였다. 이에 학습자는 1연 "거울 속에 비친 나의 모습은/ 한 마리의 인어 같았다"로 문장을 수정하였다. 또한, 2연 "나는 거울 속으로 손을 뻗었다"라는 문장으로 수정하였다. 3연은 "금색 가루를 뿌려놓은 것처럼/ 내 다리는 반짝이고/ 나의 눈은 사막의 모래로 멀어버렸다"라는 문장으로 수정하였다. 4연은 "우주의 별들을 뿌려놓은 어항 안으로/ 금색의 금붕어들 헤엄치고 있다"라는 문장 등으로 시작품을 수정하였다. 이에 1~4연을 하나의 연으로 통합하여 시작품을 완성하였다.

이처럼 시창작 활동에서는 대면 강의를 통해 1:1 맞춤형 피드백을 하는 방식이 비대면 방식보다 학습자들이 시를 퇴고하는 방향을 잡아가는 데 도움이 되었다. 이는 교수자가 표정이나 몸짓 등의 요소를 통해 대면으로 피드백을 제공하였다는 점, 학습 대상에게 이해 가능한 언어로 고쳐가며 1:1 피드백을 제공함으로써 즉각적인 퇴고와 원활한 의사소통이 이루어질 수 있었다는 점 등의 사실에 기반한다. 따라서 개인 시창작 활동에서는 대면 방식의 교육을 진행하는 것이 학습자들에게 도움이 된다는 사실이 도출되었다.

블랜디드 방식의 시창작 활동 교육 프로그램 분석

대면과 Zoom 매체 활용을 중심으로 한 블랜디드(on-offline) 방식의 시창작 활동 교육에 대한 것이다. 대면 방식의 교육에서는 웹을 기반으로 한 이론 강의, 낭독을 통한 감상 말하기, 난상토론, 개인 시창작 등의 활동을 진행하였다. 비대면 방식의 교육에서는 줌과 구글 클래스 매체를 기반으로 한 이론 강의, 줌의 마이크와 채팅창을 활용한 학습자 간 시의 감상 나누기 활동, 토의·토론 활동, 모둠 시창작 등의 활동을 진행하였다.

블랜디드 방식에서 대면과 비대면 교육을 진행한 결과에 대한 이점은 다음과 같다.

비대면 방식의 교육에서는 줌의 화이트보드 및 문서 공유 기능을 통해 이론 강의를 진행하는 것이 학습자들의 이해도 향상에 도움이 되었다. 또한, 줌의 마이크와 채팅창을 활용한 학습자 간 시의 감상 나누기 활동 등의 온라인 토의·토론 활동은 상호작용 활성화에 영향을 미쳤다. 모둠 시창작 활동에서 학습자들은 협동심을 통해 시창작을 수행하였다. 마인드맵 그리기 활동에서 학습자들은 줌의 채팅창이나 소모임 기능을 통해 집중력 있게 과제를 수행하는 양상을 보였다. 학습자들이 줌의 채팅창이나 소모임 기능을 통해 과제를 수행하는 과정에서 수업의 방해요인이 작용하지 않는다는 점, 과제를 즉각적으로 수행해야 한다는 부담감 때문에 신속하게 과제를 수행한 점 등이 학습자에게 효과적인 요인으로 작용하였다.

대면 방식의 교육에서는 개인 1:1 피드백과 발표 활동을 통해 개인 시창작 강의를 하는 것이 학습자들이 시를 퇴고하는 방향을 잡아가는 데 도움이 되었다. 이는 교수자의 표정, 몸짓 등의 요소들이 대면으로 이루어지면서 학습자들에게 효과적인 피드백을 제공한 것으로 사료된다.

블랜디드 방식에서 대면과 비대면 교육의 단점은 다음과 같다.

비대면 방식의 교육에서 모둠 시창작의 경우 학습자들의 성향에 따라 모둠을 구성해야 한다는 점이다. 교수자는 관찰일지를 통해 학습자의 성향을 파악하고, 이를 기반으로 모둠을 구성해야 한다. 시창작 활동에서 모둠 구성은 학습자의 능동적인 활동, 작품의 질을 결정짓기 때문이다. 또한, 비대면 방식의 교육은 학습자의 능동성을 기반으로 진행된다. 이에 교수자는 학습자들의 집중도를 향상할 수 있는 다양한 활동을 구안 및 적용해야 한다.

대면 방식의 교육에서 개인 시창작의 경우 쓰기 활동을 어려워하거나 부담스러워하는 학습자들이 다수 존재한다. 이에 교수자는 자유로운 분위기를 조성하여 학습자들이 마인드맵 그리기를 통해 자기 생각을 자유롭게 펼칠 수 있도록 유도해야 한다. 또한, 발표 활동은 다양한 관점의 학습자들과 이야기할 수 있는 도구이며, 이를 통해 학습자들의 세계관이 형성됨을 충분히 인지하도록 한다.

정리하면, 비대면 방식의 교육에서는 줌을 활용한 이론 강의, 모둠 시창작 활동이 학습자들에게 도움이 될 수 있다. 대면 방식의 교육에서는 개인 1:1 피드백, 발표(회) 등의 활동이 학습자들에게 도움이 될 수 있다. 비대면 방식의 교육에서는 학습자가 자신의 학습 환경에서 이론 강의를 바탕으로 줌의 채팅창, 마이크 기능을 활용해 학습자 간 감상 나누기, 토의·토론 활동을 시각 자료를 참조해 모둠 시창작 활동 등을 시도하였다. 학습자들은 시의 이해와 심미안을 바탕으로 시창작에 대한 부담감과 거부감을 줄일 수 있었다.

이와 반대로 대면 방식의 교육에서 학습자는 개인 1:1 피드백을 통해 스스로 시를 퇴고하는 방법을 터득할 수 있었다. 교수자의 즉각적인 피드백은 학습자에게 시를 완성할 수 있는 지침으로 작용하였다. 또한, 발표(회)는 소통 방식을 확장함으로써 시의 향유 과정으로 나아갈 수 있었다.

2. 비대면(online) 방식
- 일반 성인 대상, zoom 매체 활용 중심

이 장에서는 프로그램의 실제로 비대면 방식으로만 시창작 활동 교육의 사례를 살펴보고자 한다. 이에 비대면 방식으로 줌과 네이버 밴드를 활용했다. 이에 일반 성인 학습자를 연구 대상으로 설정하였다.

비대면 방식과 시창작교육
비대면 수업 방식은 선택교과, 집중이수, 원격 화상, 방과후 보충·심화 등의 네 가지 활용 유형으로 분류된다. 비대면 수업의 유형은 다음과 같이 정리된다. 첫째, 선택교과는 고등학교 선택 교과 중 단위학교 내 미개설 교과의 학습권 보장을 위해 학습의 수업 선택권을 보장해주는 온라인수업 유형이다. 둘째, 집중이수는 중학교 전입생의 경우 미이수 교과에 대해 집중이수제를 통해 온라인수업 이수를 통해 학점을 받을 수 있도록 하는 학습권을 보장하는 온라인수업 유형이다. 셋째, 원격 화상수업(출석인정수업)은 천재지변, 질병, 장기입원(출석인정수업), 방과후 보충심화 수업 등 학생의 학업중단 상황에서 정규 수업을 대체할 수 있는 온라인수업의 실시로 학업의 공백을 최소화할 수 있도록 제도적으로 지원하는 수업 유형이다. 넷째, 방과후 보충·심화 수업은 정규수업의 보충·심화를 위한 방과후 학교 및 가정에서의 온라인수업의 실시로 학생의 학습 및 학습관리 역량을 강화할 수 있도록 지원하는 수업 유형이다. 이 네 가지 유형의 공통점은 모두 부득이한 사유로 인해 학업의 공백, 희망교과 선택 기회 부족, 창의체험활동 및 정규 교과의 보충학습 기회 부족 등을 해소하기 위해 온라인상에서 교사의 지도하에 수업 혹은 보충·심화학습을 하는 학교교육의 한 방법이라고 볼 수 있다.[68] 이 장에서는 원격 화상 비대면 수업 방식으로 시창작 활동 교육 프로그램을 진행할 것이다.

비대면 수업 방식의 장점으로는 디지털 매체를 기반으로 자기 주도적 학습이 가능하다는 이점이 있다. 또한, 비대면 수업 방식은 학습공동체를 중심으로 다양한 의견을 통해 지식을 공유하고 구축할 수 있다는 이점이 있다. 비대면 수업 방식은 시각 및 영상 자료를 기반으로 이론과 실기를 병행하여 학습자의 지적 향유의 욕구를 지속시키는 기반이 된다.

반면, 비대면 수업 방식의 단점으로는 학습대상과 연계기관의 특성에 따른 맞춤형 학습 모형이 구축되어야 한다는 점이다. 학습 모형은 효과성을 검증하여 시도되어야 한다. 또한, 비대면 수업 방식은 매체 환경이 조성되어야 원활한 수업이 가능하다. 비대면 수업 방식은 교수자의 수업 자료에 대한 저작권 및 학습자의 인적정보에 대한 보안이 세심하게 다뤄 져야 한다.

본 연구에서는 비대면 수업 방식의 학습 대상으로 일반 성인을 선정했 다. 일반 성인 대상 시창작교육에 대한 선행연구를 참조하여 학습자의 특 성과 그에 따른 교육 방식을 정리하면 다음과 같다.

일반인 학습자는 평소 시창작에 관심이 많은 학습자이다. 또한, 시창작 에 어려움을 호소하지만, 일상 속에서 시를 감상하고 향유하려는 특징을 가진 학습자이다. 또한, 일반 성인 50~70대 학습자는 매체에 친숙하지 않 다는 특징이 있다.

기존 연구에서는 일반 성인 학습자에게 활용 가능한 교육 방식으로 사 진을 활용한 시창작교육[69]과 영상시창작교육 활동[70], 체험 활동과 결부한 디카시 교육 활동[71], 멀티포엠을 활용한 시창작교육 활동[72] 등을 제시하고 있다.

일반 성인 대상 시창작교육의 기존 연구에서는 주로 이미지에 주목하였 다. 사고 공간의 확장을 통해 시창작에 대한 부담을 낮춰 학습자의 시창작 의 동기 유발과 주체적인 창작을 유도하는 방법으로 활용하였다. 이러한 근거를 토대로 본고에서는 비대면 수업 방식의 시창작 활동 교육에서 일 반 성인 학습자를 연구 대상으로, 시각 자료를 실시간 화상회의 매체인 줌 을 통해 다루고자 했다. 또한, 개인/집단 학습 활동을 통해 매체를 활용한 다양한 활동을 실행하고자 했다. 실제 수업 시작에 앞서 학습자의 선행지 식을 정리하면 다음과 같다.

구분	내용
선행지식	묘사는 어렵고 이해하기 힘듦
	구체적 묘사의 적절한 사용이 어려움
	기승전결이 없는 시 텍스트들을 이해하기 힘듦
	개인 시창작을 하는 것이 어려움

<표 10> 설문조사-학습자의 선행지식

위의 표는 비대면 방식을 활용한 시창작 활동 교육 프로그램에서 설문 조사를 통해 도출한 학습자의 선행지식 내용을 정리한 것이다. 이는 다음 과 같다.

첫째, 학습자는 시의 기법인 묘사가 어렵고 이해하기 힘들다고 하였다. 둘째, 학습자는 구체적 묘사의 적절한 사용에 대해 어려움이 있었다. 셋째, 학습자는 기승전결이 없는 시 텍스트들을 이해하기 힘들었다. 넷째, 학습 자는 개인 시창작을 하는 것에 어려움이 있었다. 이에 교수자는 다음과 같 은 수업 방안을 제시할 수 있다.

묘사는 어렵고 이해하기 힘들다는 의견에 대해서이다. 교수자는 시각 자 료로 사진, 그림, 디지털 이미지 등을 활용하여 묘사적 글쓰기를 제시한다. 이때, 교수자는 묘사적 글쓰기를 3줄, 5줄, 10줄 등으로 분량을 점진적으 로 늘려가도록 활동을 제시한다. 이후 교수자는 제출된 묘사적 글쓰기를 기반으로 학습자에게 피드백을 제공한다. 학습자는 교수자의 피드백을 기 반으로 자신의 학습 수행을 점검한다.

기승전결이 없는 시 텍스트들을 이해하기 힘들다는 의견에 대해서이다. 교수자는 시창작 활동 교육 프로그램에서 다양한 현대시를 학습자들에게 제시한다. 이때의 시는 작가, 주제, 작품의 특성에 따라 다양하게 구성될 수 있다. 교수자는 학습자들에게 시의 감상, 분석, 토의·토론 활동을 제시 하여 작품 이해를 유도한다.

개인 시창작을 하는 것이 어렵다는 의견에 대해서이다. 교수자는 시각 자료를 활용하여 모둠 시창작 활동을 제시할 수 있다. 이는 개인 시창작 활동에 어려움을 느끼는 학습자들이 다른 학습자들의 시창작 활동 과정을 참조하여 자연스럽게 시의 기법을 익힐 수 있는 계기로 작용한다.

비대면 방식의 교육 프로그램 실제

다음은 비대면 방식의 원격 화상 시창작 활동 교육 프로그램에 대한 개념적 가설, 조작적 가설을 설정하고자 한다.[73]

1) 개념적 가설과 조작적 가설 설정

비대면 방식의 시창작 활동 교육 프로그램이 비전공자 대상 학습자들의 자발적 참여를 통한 시적 향유, 시창작 동기 유발, 시적 기법 이해, 협력을 통한 사회적 의사소통 능력 향상에 영향을 미치는지 측정하기 위한 가설은 다음과 같다.

1-1. 줌의 마이크와 채팅창을 활용한 토의 및 토론 활동 프로그램은 일반 성인 학습자들의 자발적 참여를 통한 시적 향유로 이어질 것이다.

1-2. 시각 자료에 기반한 묘사적 글쓰기 활동은 학습자들의 시창작 동기 유발에 영향을 미칠 것이다.

1-3. 시각 자료에 기반한 모둠 시창작 활동은 학습자들의 시적 기법 이해에 도움이 될 것이다.

1-4. 시각 자료에 기반한 모둠 시창작 활동은 학습자들의 협력을 통한 사회적 의사소통 능력 향상에 도움이 될 것이다.

본 가설을 도식화하면 다음과 같이 정리할 수 있다.

독립개념	종속개념
1-1. 줌의 마이크&채팅창 활용 토의·토론 활동	자발적 참여를 통한 시적 향유
1-2. 시각 자료에 기반한 묘사적 글쓰기 활동	시창작 동기 유발
1-3. 시각 자료에 기반한 모둠 시창작 활동	시적 기법 이해
1-4. 시각 자료에 기반한 모둠 시창작 활동	협력을 통한 사회적 의사소통 능력 향상

<표 11> 비대면 방식-개념적 가설 도식화

비대면 방식의 시창작 활동 교육 프로그램에 대한 조작적 가설은 다음과 같다.

1-1. 비대면 방식의 원격 화상 시창작 활동 교육 프로그램은 비전공자 대상 학습자들의 습관 태도 및 동기 흥미에서 유의미한 효과가 있을 것이다.

1-2. 비대면 방식의 원격 화상 시창작 활동 교육 프로그램은 비전공자 대상 학습자들의 가치 및 기대에서 유의미한 효과가 있을 것이다.

독립개념	종속개념
비대면(online) 방식을 활용한 시창작 활동 교육 프로그램 참여 전/후 비교	습관 태도 및 동기 흥미 영역
	가치 및 기대 영역

<표 12> 비대면 방식-조작적 가설 도식화

2) 프로그램 설계

다음은 비대면 방식의 매체를 활용한 시창작 활동 교육 모형의 준비단계, 실행단계를 제시한 것이다. 이는 다음과 같다.

(1) 준비단계

①학습자 : 학습자 분석에서는 일반적 요인으로 일반 성인 학습자의 적성, 문화, 사회 요인 등이 고려된다. 출발점 행동으로 시와 관련한 일반 성인 학습자의 선행 지식을 진단하기 위해 시에 대한 지식이나 기능, 태도의 정도를 구성한다. 이는 시에 대한 지식, 시창작 경험 여부, 시창작을 할 때

어려운 점 등과 같은 학습자의 선수지식을 포함한다. 학습 양식으로는 학습 공동체의 공감 정도에 따라 시각자료를 선택하여 다양한 학습 방식으로 학습 내용을 제공한다. 이에 교수자는 학습자가 공감할 수 있는 주제를 활용하여 자유로운 분위기 속에서 피드백을 수시로 전달하고 활동을 촉진한다.

②**교수자 : 수업 목표(진술) 설정에서는** 매체를 활용한 시창작 활동 교육 프로그램을 통해 일반 성인 학습자는 한 편의 시작품을 창작할 수 있다, 와 같이 설정한다. **프로그램 가설 설정에서** 비대면 방식의 원격 화상 시창작 활동 교육에 대한 개념적 가설과 조작적 가설은 다음과 같다.

첫째, 개념적 가설에 대한 것이다. 이는 비대면 방식의 원격 화상 시창작 활동 교육 프로그램이 비전공자 대상 학습자들의 자발적 참여를 통한 시적 향유, 시창작 동기 유발, 시적 기법 이해, 협력을 통한 사회적 의사소통 능력 향상에 영향을 미치는지 측정하기 위한 가설이다. 이는 다음과 같다. ㉠줌의 마이크와 채팅창을 활용한 토의·토론 활동은 자발적 참여를 통한 시적 향유로 이어질 것이다. ㉡시각자료에 기반한 묘사적 글쓰기 활동은 시창작 동기 유발에 영향을 미칠 것이다. ㉢시각 자료에 기반한 모둠 시창작 활동은 시적 기법 이해에 도움이 될 것이다. ㉣시각자료에 기반한 모둠 시창작 활동은 학습자들의 협력을 통한 사회적 의사소통 능력 향상에 도움이 될 것이다.

둘째, 비대면 방식의 원격 화상 시창작 활동 교육 프로그램에 대한 조작적 가설은 다음과 같다. ㉠비대면 방식의 원격 화상 시창작 활동 교육 프로그램은 비전공자 대상 학습자들의 습관 태도 및 동기 흥미에서 유의미한 효과가 있을 것이다. ㉡비대면 방식의 원격 화상 시창작 활동 교육 프로그램은 비전공자 대상 학습자들의 가치 및 기대에서 유의미한 효과가 있을 것이다. 따라서 교수 방법은 비대면 수업 방식으로 선정한다.

③매체 : 매체, 자료의 선정에서는 실시간 온라인 화상회의 매체인 줌을 주요 매체로, 네이버 밴드를 활용한다. 자료의 선정에서는 교수 자료로 시각 자료인 사진, 그림, 디지털 이미지 등을 활용한다. **학습자 체험 발표 및 난상토론에서는** 실시간 온라인 수업 매체인 줌의 마이크와 채팅창 기능을 활용하여 토의·토론 활동, 시각 자료에 기반한 묘사적 글쓰기 활동을 시행한다. 이는 학습자의 시창작의 동기를 유발하고 시적 기법의 이해를 유도하여 시창작 활동 교육에서의 효과를 높이는 목적으로 시행된다.

(2)실행단계

①학습자 : **프로그램 소개 및 매체 활용 방법에서는** 네이버 밴드 수업 게시판이나 PPT를 활용하여 안내한다. 일반 성인 학습자들은 매체에 대한 친숙도가 낮고, 매체 사용에 어려움을 느끼고 있기 때문에 구체적으로 반복하여 설명한다. **학습 내용과 주제를 미리 설명하기에서** 비대면 방식의 원격 화상 시창작 활동 교육 프로그램은 총 8회를 기준으로 시행됨을 설명한다. 수업은 1회~8회 모두 비대면으로 구성한다. 이때, 연계 기관의 일정, 학습자의 상황에 따라 수업 1회가 매체 활용에 대한 실습 및 OT로 구성될 수 있다.

②교수자 : **학습자 동기 유발 활동에서는** 시각 자료로 사진, 그림 등을 제시한다. 비대면 방식의 원격 화상교육에서는 주요 자료로 그림 고흐의 <씨 뿌리는 사람>, 디지털 이미지 사막과 영화 <미나리>의 한 장면으로 선정한다. 교수자는 학습자에게 시각 자료를 제시하여 경험을 기반으로 한 감상 나누기 활동과 연계한다.

③매체 : **학습자료 제시 및 지도에서는** PPT를 통해 시 텍스트를 제시한다. 시 텍스트를 중심으로 시의 감상, 시의 기법에 대한 설명이 이어진다. 비대면 수업에서는 학습자에게 생소하거나 낯선 시의 기법을 시작품을 중

심으로 설명한다. 교수자는 학습자에게 시의 이론 및 기법에 대해 줌의 마이크와 채팅창을 사용하여 목소리와 글로 표현하도록 안내한다. 또한, 주제를 제시하여 학습자 간 토의·토론 활동을 유도한다. 비대면 온라인 실시간 수업에서는 수업 도중 이해한 내용에 대해 반응을 보이도록 마이크나 채팅창을 사용하도록 안내한다. 다음으로 시작품에 대한 토의·토론을 진행한다. 비대면 수업에서는 수업과 관련한 시작품을 위주로 교수자의 낭독이 시행된다. 이에 수업 전에 수업 게시판에 시 텍스트에 대한 유인물을 게시하여 학습자들이 미리 내용을 점검할 수 있게 한다. 낭독은 교수자 또는 학습자가 자유롭게 낭독한다. 낭독 후에 교수자는 시 텍스트에서 시적 화자의 상태, 시적 문장의 의미, 전반적인 시의 감상을 학습자에게 질문한다.

학습수행에서는 연상법, 묘사, 상징 등의 활동을 수행한다. 연상법으로 교수자는 시각 자료를 기반으로 학습자들에게 감상 말하기 활동을 제시한다. 학습자들은 시각 자료를 참조하여 자신의 경험에 기반한 연상을 시도한다. 교수자는 학습자들에게 연상에 대한 연습이 충분하게 적용된 것을 점검한 후 묘사적 글쓰기 활동을 시행한다. 이때의 연상은 마인드맵핑을 적용하지 않는다. 그 이유는 일반 성인 학습자들은 마인드맵핑 활동을 적용하지 않아도 자신의 경험을 바탕으로 충분한 연상을 시도할 수 있기 때문이다.

묘사에서는 감상에서 도출하였던 주제 및 단어를 기반으로 짧은 묘사적 글쓰기 활동을 제시한다. 이에 묘사적 글쓰기는 5줄부터 시작하여 10줄, 15줄, 20줄 이상의 분량으로 점진적으로 늘려나간다. 비대면 수업에서 묘사적 글쓰기를 작성하는 동안 작성 시간이 부족하다는 한계가 있다. 이에 교수자는 네이버 밴드 게시판이나 메일로 과제 제출을 안내한다. 과제물이 모두 제출되면 교수자는 학습자들이 작성한 묘사적 글쓰기를 줌의 화면공유기능을 활용해 학습자들과 공유한다. 학습자들은 다른 학습자의 과제물을 참조하여 시적 기법을 이해한다. 또한, 새롭게 알게 된 정보를 참조하여 과제물을 작성한다. 교수자는 학습자의 과제물 제출 여부를 통해 수행도를 파악한다. 교수자는 수업 시간 내에 과제를 수행하지 못한 학습자들에게 과제 마감 기한을 지정하여 네이버 밴드 게시판 또는 메일을 통해 제출하도록 안내한다.

상징에서는 수업 시작 전 네이버 밴드 게시판에 상징에 시에 대한 텍스트를 게시한다. 수업이 시작되면 교수자는 PPT를 활용하여 학습자들에게 시 텍스트를 제시한다. 이때, 교수자는 시 텍스트에 나타난 생소한 단어, 시의 기법에 대해 학습자들이 자유로운 분위기에서 난상토론을 진행하도록 유도한다. 낯선 단어들의 의미는 학습자 간의 설명으로 대체되거나 학습자의 정보검색 활동으로 살펴볼 수 있다. 교수자는 학습자들에게 상징의 개념, 특징에 대해 다시 한번 설명한다. 교수자는 단어의 의미를 학습자에게 질문하여 이해도를 점검한다. 다음으로 학습자들은 시 텍스트 낭독을 통해 시를 천천히 감상한다. 시 낭독은 교수자 또는 학습자가 한다. 학습자들이 시를 충분히 감상한 후 교수자는 시 텍스트에 등장한 상징의 개념을 질문하고 다시 한번 설명한다. 다음으로 교수자는 학습자들에게 시각 자료를 활용한 모둠 시창작 활동을 제시한다. 교수자는 학습자들에게 한 사람씩 줌의 채팅창이나 마이크 기능을 활용하여 글이나 말로 한 줄의 문장을 완성하도록 유도한다. 학습자가 마이크를 활용하여 문장을 완성하는 경우 교수자는 학습자의 문장을 채팅창에 글로 써넣으며 실시간으로 이를 시연한다. 학습자가 문장을 모두 도출하면, 교수자는 한글 파일에 모든 문장을 그대로 기술한다. 이에 교수자는 완성된 문장을 학습자들과 함께 살펴보며 문장의 주요 단어를 추출한다. 이에 학습자들은 줌의 채팅창이나 마이크를 활용하여 단어에 대한 상징을 도출한다. 다음으로 교수자는 학습자들에게 상징이 될 수 있는 단어를 중심으로 학습자들이 문장을 구성하도록 유도한다. 학습자들은 상징을 활용하여 문장을 도출한다. 교수자는 학습자의 문장을 한글 파일에 그대로 기술하고 학습자들과 함께 공유하여 문장을 살핀다. 교수자는 학습자들에게 시각 자료를 활용하여 문장을 도출하고 이를 기반으로 상징을 도출할 수 있으며, 이를 활용해 문장을 구성할 수 있음을 충분히 설명한다.

시각 자료를 활용한 모둠 시창작 활동 이후 교수자는 학습자들에게 활동에 대한 감상을 채팅창을 활용하여 글로 표현하도록 유도한다. 학습자들은 채팅창을 통해 실시간으로 감상 내용을 공유하고, 난상토론을 시행한다.

3) 비대면 방식의 일반 성인 시창작 활동 프로그램 적용 사례

Zoom 매체 활용을 중심으로 한 비대면(on-offline) 방식의 시창작 활동 교육에 대한 것이다. 교수자는 zoom을 주 매체로 네이버 밴드를 동시에 활용하여 비대면 수업을 진행하였다.

비대면 방식에서 교수자는 묘사에 대한 시 텍스트로 김기택 시인의 「호랑이」, 「꼽추」를 이승원 시인의 「근미래의 서울」을, 권현지 시인의 「월천(月穿)」 등의 시 텍스트를 수업 자료로 활용하여 PPT로 제시하였다. 다음으로 교수자는 시 텍스트 낭독 활동을 제시하였다. 낭독은 학습자들이 자발적으로 낭독하는 방식, 교수자가 직접 시를 낭독하는 방식 등으로 진행하였다. 비대면 방식에서 학습자들은 묘사에 대한 시편 낭독을 통해 살펴보았다. 그리고 이에 대한 감상을 짧게 발표했다. 또한, 시각 자료인 그림이나 디지털 이미지를 참조하여 자신의 경험을 기반으로 줌 매체를 활용하여 감상을 전개해 나갔다. 묘사에 대한 수업이 끝난 후 교수자는 네이버 밴드 게시판에 과제에 관한 내용, 제출기한을 명시하여 학습자들이 이메일이나 메신저를 활용해 과제를 제출하도록 하였다. 이에 학습자들은 주로 이메일을 통해 과제를 제출하였다.

다음은 묘사와 상징에 대한 강의에서 묘사에 대한 예문과 ppt 화면을 제시한 내용이다. 학습자들은 고흐의 <씨뿌리는 사람>을 참조하여 자신의 경험을 기반으로 Zoom의 채팅창을 통해 감상을 전개해나갔다. 이는 다음의 표와 같다.

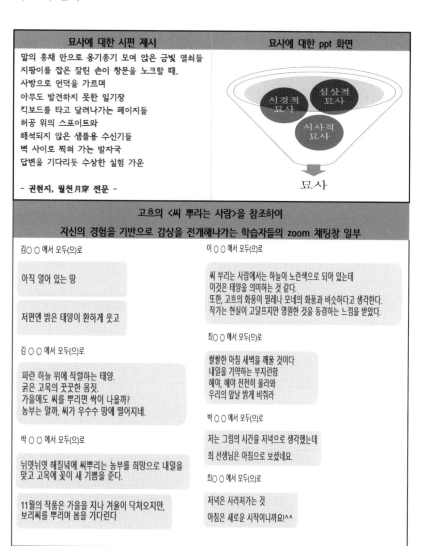

<표 13> zoom 매체를 활용한 시창작 이론 묘사·상징에 대한 강의 내용

비대면 방식에서 교수자는 줌을 통해 묘사에 대한 시편과 묘사에 대한 개념 및 특징을 ppt 화면을 통해 제시하였다. 이에 묘사에 대해 살펴보고자 하였다. 또한, 학습자들에게 시각 자료인 그림 고흐 <씨 뿌리는 사람>을 참조하여 자신의 경험을 기반으로 줌의 채팅창을 활용해 감상을 표현하도록 유도하였다. 학습자들은 자신의 경험을 기반으로 줌 채팅창을 활용하여 감상을 표현하였다. 이때, 교수자는 학습자들의 감상 내용에서 태양, 고목, 씨앗이라는 단어를 추출하였다. 그리고 이 단어들은 어떠한 의미를 내포하는지 학습자들에게 추측해보도록 유도하였다. 이에 학습자들은 각각의 단어에 따른 의미를 생각해보았다. 교수자는 학습자들에게 시각 자료를 참조하여 자신의 경험을 통한 감상을 기반으로 단어를 도출할 수 있음을 설명하였다. 또한, 단어의 의미를 구체화하여 상징을 활용할 수 있음을 설명하였다. 감상을 기반으로 학습자들은 자신의 경험에 따라 단어를 다르게 해석하는 양상을 보였다. 또한, 줌의 채팅창을 활용한 감상 나누기 활동은 학습자들에게 다양한 감상과 시각을 도출할 수 있는 기반이 되었다.

<표 14> 네이버 밴드 매체를 활용한 교수자-학습자의 인터렉션 내용

다음은 네이버 밴드 매체를 활용한 교수자-학습자의 인터렉션 내용이다.

교수자는 네이버 밴드 게시판을 통해 학습자들의 과제에 대한 피드백 파일과 강의에서 제시할 수업 자료를 게시하였다. 학습자들은 강의 전 수업 자료를 다운받아 미리 살펴보았고, 과제에 대한 교수자의 피드백을 점검하였다.

수업이 끝나고, 교수자는 묘사적 글쓰기에 대한 과제를 게시판을 통해 안내하였다. 과제에 대한 안내 및 제출기한, 제출 방식 등의 내용을 안내하였다. 과제 제출 방식으로는 이메일이나 메신저를 활용하도록 안내하였다. 또한, 다음 차시의 수업에 대한 줌 링크 주소를 안내하였다.

차시별 게시판의 하단 부분의 댓글 기능을 활용해 교수자와 학습자는 소통하였다. 학습자들은 해당 수업에서 느꼈던 어려움, 과제 게시에 관한 질문, 새롭게 알게 된 내용 등을 댓글을 통해 표현하였다. 이를 통해 교수자는 학습자의 수업 이해도, 과제 수행도, 수업에서의 어려움 등을 점검하였다. 또한, 학습자의 의견을 참조하여 수업 진행에 대한 방향성을 점검하였다.

```
해변

-연인과 걷는 길이다.
-힘들 때 찾는 곳이다.
-밀물과 썰물이 교차 하는 곳
-노래사장에 발이 묻히는 놀이를 하고픈 곳
-신발 벗어들고 뛰고 싶은 곳

<강사 피드백>

→ '해변'에서 주제가 될 수 있는 키워드는
'교차' '놀이' '하고 싶은 곳' 등이다.
이 중에서 하나의 주제를 선택하여 1.나에게 있어 '해변'의 의미를
찾고, 2.이에 대한 구체적인 풍경을 묘사하고, 3.10줄 이내의 짧은 글
쓰기를 수행하기
```

<그림 5> 묘사적 글쓰기 활동에 대한 학습자 피드백 화면 내용

위의 그림은 묘사적 글쓰기 활동에 대한 학습자 피드백 화면 내용이다.

묘사적 글쓰기 활동에서 교수자는 네이버 밴드 게시판에 학습자 과제에 대한 피드백을 게시하고, 이를 수업 시간에 다루면서 다른 학습자들과 함께 살펴보았다. 학습자들은 묘사적 글쓰기를 통해 시창작의 동기를 획득할 수 있었으며, 묘사적 글쓰기에 대한 교사의 피드백을 살피며, 시창작의 방법을 이해하고자 하였다.

다음은 시각 자료에 기반한 모둠 시창작 활동과 자유주제를 기반으로 한 개인 시창작 활동 방식의 수업 내용 비교이다. 자유주제를 기반으로 한 개인 시창작 활동에서 학습자들은 구체적인 시어와 시 전반을 포괄하는 주제를 도출하지 못했다. 개인 시창작 활동에서 시어들은 각기 다른 의미를 지닌 채 분산되는 특징을 보였다. 학습자들은 어떤 단어를 집중적으로 확대 및 관찰하여 시어로 나타낼 수 있는지, 무엇을 지배적인 정황으로 두어야 하는지 잘 파악하지 못했다. 학습자들은 시창작 활동 중에 새로운 단어를 도출하였음에도 시어를 확대하지 못하거나 시적 진술이 아닌 설명으로서 문장을 대체해버리는 양상을 보였다. 결론적으로 학습자들은 개인 시창작에 대한 과제를 잘 수행하지 못했다.

자유주제를 기반으로 한 시각 자료에 기반한 모둠 시창작 활동에서 교수자는 영화 <미나리>의 한 장면을 시각 자료로 제시하였다. 영화 <미나리>의 한 장면에서는 할머니와 손자가 등장한다. 영화 <미나리>의 한 장면은 일반 성인 학습자의 다양한 연령에 부합될 수 있는 특징을 가지고 있기 때문에 시각 자료로 선정하였다. 학습자들은 시각 자료를 참조하여 줌의 채팅창을 활용하여 한 문장씩 글로 표현하였다. 이에 교수자는 학습자들이 만든 문장을 한글파일에 그대로 적고 줌의 공유하기 기능을 활용하여 과제 시연 화면을 공유하였다. 학습자들이 도출한 문장은 다음과 같다. ㉠할머니와 손자가 산보를 나오다 ㉡쓰러진 나무가 가로질러 있어 위험하다 ㉢나는 희망을 먹고 산다. 농사를 대신해서 미나리를 심어 보아야겠다.

ⓔ할머니는 일상의 무료함을 달래기 위해 손자와 함께 미나리를 심기 위해 가까운 숲속으로 갔다. ⓜ할머니는 향수를 달래며 손자를 데리고 물가에 왔다.

교수자는 위의 제시된 문장에서 단어를 추출하고 각각의 단어에 대한 의미를 학습자들에게 유추해보도록 하였다. 학습자들이 도출한 단어의 의미는 다음과 같다. ㉠쓰러진 나무- 죽음, 고통, 절망 ㉡미나리- 번식력이 강한 생물, 어려운 환경 속에서 잘 자라는 생명 ㉢물가- 넓은 곳을 향해 흐르는 흐름(시간이나 상태), 생명을 유지해주는 중요한 것, 삶의 터전, 세월

학습자들은 시각 자료에 기반하여 모둠 시창작 활동을 했을 때 다양한 문장을 도출하였다. 학습자들은 줌의 채팅창과 화면 공유기능을 통해 문장을 도출하는 과정을 함께 공유함으로써 과제를 잘 수행할 수 있었다. 또한, 시각 자료를 통해 이미지를 머릿속으로 구상해냄으로써 다양한 의미를 내포한 상징을 도출해낼 수 있었다. 이러한 과정에서 학습자들은 협력을 통해 사회적 의사소통 능력을 향상할 수 있었으며, 시의 기법에 대한 이해도를 높일 수 있었다. 결과적으로 학습자들은 모둠 시창작 활동을 잘 수행할 수 있었다. 이처럼 모둠 시창작 활동은 시각 자료에 기반할 때 학습자의 시적 기법에 대한 이해와 과제 수행도가 높다는 사실을 도출하였다. 다음은 비대면 방식 교육에서 시각 자료에 기반한 학습자들의 모둠 시창작 활동에 대한 시작품이다.

1

1.

지중해의 끝으로부터 새들이 날아오른다 새와 나무와 사람들과 배의 그림자가 한데 모여 일렁인다. 노을을 머금은 날갯짓이 흥취를 더하는 여름밤 한가로운 듯 일렁이는 물결. 개는 바닥에 누워 꿈을 꾸고 바람이 부는 방향으로 길이

열리고 있다. 지중해를 따라서 크리스마스 캐럴이 울려 퍼진다, 키릴 문자들이
흩어진다.

2.
　애인에게 들려줄 시를 읽는 동안 출렁이는 바닷물은 점점 더 짙은 검은 빛으로
변하고 있다 잃어버린 모자는 지중해의 한 구간을 오랫동안 걷고 있다 어두워진
바닷물 속 잠수부가 천천히 움직인다 물방울들은 빠른 템포로 심해의 바닥을 향
해 끊임없이 노랫말로 번져가고 있다 궤적을 남긴 모노레일도 잠이 들면,

— 민○○ 외 3명, 「여름밤의 캐럴」 전문

②

모닥불이 타오르고 있다

까만 저녁 하늘이 점점 가까워지고 있다

새하얀 마시멜로가 달처럼 익어간다

주변 잎사귀들이 붉어진다

여자는 무엇을 보고 있을까?

잊혀진 시간만이 낚시 추에 달려 흔들렸지

불빛이 옅게 닿은 물 아래를 본다

숲 건너편에서 나무들이 수군거림을 듣는다

수군거림을 아는지 불빛은 저마다의 대답으로 반짝인다

까만 시간은 그만 잊으라고 웃으며 빛내준다

텅 빈 모자는 강 위를 달아나고 싶다

— 최○○ 외 3명, 「캠핑장」 부분

③

고요 속 용암 흐르듯 아침 해로 시작되는 하루

트리폴리 가는 사막 길

아스팔트 도로 위 쌓인 모래, 언덕을 이루네

오늘 저녁은 어느 모양의 산이 생길까

따가운 바람이 얼굴을 건드릴 때,

목마름 달랠 초록색 나무, 울창한 오아시스는 언제 나타날까?

걸어도 걸어도 나아가지 않는 발걸음, 마음만 급하다

따가운 바람이 얼굴을 건드릴 때, 사막은 내게 말을 한다

낮동안 엎드려있던 모래는 담요처럼 따뜻하단다

— 최○○ 외 3명, 「사막」 부분

4

할머니는 손자와 함께 오월의 전령사를 심기 위해 가까운 숲속으로 갔다

미나리의 움직임으로 쓰러진 나무는 물가를 향해 사이좋게 무게를 내려놓는다

우리는 미나리처럼 물가를 향해 뚜벅뚜벅 걸어 나간다

쓰러진 나무는 물가에 서서 파란 하늘을 바라본다

삭풍에 쓰러진 나무 밑에서, 할머니는 물가에 핀 미나리와 손자를 번갈아본다

— 김○○ 외 3명, 「미나리」 전문

교수자는 줌의 화면 공유하기를 통하여 시각 자료에 기반한 모둠 시작품을 학습자들과 살펴보고자 하였다. 학습자들은 자발적으로 시작품을 낭독하였다. 낭독 후에 학습자들은 모둠 시작품에 대한 합평을 진행하였다. 합평이 끝나고, 교수자는 학습자들은 모둠 시작품에서 문장의 맞춤법, 지배적인 장면 포착, 시어의 어울림, 제목 등의 요소를 중심으로 피드백하였다.

[1]의 「여름밤의 캐럴」에서 교수자는 1연 "개는 바닥에 누워 햇볕 쬐는 꿈을 꾸고"라는 문장에서 "햇볕 쬐는"이라는 내용을 삭제하고, 문장을 수정하도록 피드백하였다. 이에 학습자들은 "개는 바닥에 누워 꿈을 꾸고"로 문장을 단순화하여 퇴고하였다. 또한, 2연 "물방울들은 빠른 템포로 심해의 바다를 향해 끊임없이 노랫말로 번져가고"와 "궤적을 남긴 모노레일도 잠이 들면"의 두 시적 정황과 어울리므로 "뒤따르는 빛은 스러지고"라는 문장을 삭제하는 방향으로 피드백하였다. 이에 학습자들은 '끊임없이 노랫말로 번져가고 있다/ 궤적을 남긴 모노레일도 잠이 들면,'으로 시를 퇴고하였다. 또한, 시를 전반적으로 하나의 연으로 합쳐 이미지를 형성하도록 퇴고하는 방향으로 피드백하였다. 이에 학습자들은 시문장을 하나의 연으로 구성하여 지중해의 이미지를 보여주고자 하였다.

[2]의 「캠핑장」에서 교수자는 1연 "화답하듯 온기 머금은 양말이 까닥인다/ 우리는 흐르는 강물 위에 모자를 놓아주고 가벼워진 눈빛을 마주한다"라는 문장은 불필요하므로 삭제하는 방향으로 피드백하였다. 이는 "까만 시간은 그만 잊으라고 웃으며 빛내준다"라는 시적 진술에서 이미 결핍에 대한 시적 화자의 생각을 드러내기 때문이다. 이에 학습자들은 "화답하듯 온기 머금은 양말이 까닥인다/ 우리는 흐르는 강물 위에 모자를 놓아주고 가벼워진 눈빛을 마주한다"라는 문장을 삭제하여 작품을 퇴고했다.

[3]의 「사막」에서 교수자는 2연 "오늘 저녁 바람은 어느 모양이 산이 생길런지요"라는 문장에서 '바람'이라는 단어를 삭제하고, '-런지요'라는 구어체를 전반적인 내용과 통일성 있게 바꾸기 위해 '생길까'로 퇴고하도록 피드백하였다. 또한, "사막은 내게 말을 한다"라는 문장은 불필요하므로 학습자에게 삭제하는 방향으로 피드백하였다. "목마름 달랠 초록색 나무 울창한 오아시스는 언제 보일까?"라는 문장과 "걸어도 걸어도 나아지지

않는 발걸음, 마음만 급하다"라는 문장이 어울리므로 두 진술적 문장 사이 "오늘은 어떤 일이 나를 기다리고 있을까 걱정 반 궁금 반"이라는 문장은 삭제하는 방향으로 피드백하였다. 이에 학습자들은 2연에서 "오늘 저녁 어느 모양의 산이 생길까/ 따가운 바람이 얼굴을 건드릴 때,/ 목마름 달랠 초록색 나무, 울창한 오아시스는/ 언제 나타날까?/ 걸어도 걸어도 나아지지 않는 발걸음, 마음만 급하다/ 따가운 바람이 얼굴을 건드릴 때, 사막은 내게 말을 한다/ 낮동안 엎드려있던 모래는 담요처럼 따뜻하단다"와 같이 시작품을 완성하였다. 이처럼 학습자들은 교수자의 피드백을 참조하여 작품을 퇴고하고 최종 작품을 완성하였다. 본 연구에서는 비대면 방식의 원격 화상 시창작 활동 교육을 시행하였다. 이는 매체 활용성을 기반으로 시창작 활동이 자기 주도적 학습을 가능하게 할 수 있기 때문이라고 판단해서이다. 시각 자료를 기반으로 한 모둠 시창작 활동은 줌의 화면 공유, 채팅창 기능의 활용을 통해 창작 과정에 대한 시연이 가능하며, 협력을 통한 의사소통을 가능하게 유도한다. 또한, 시의 기법 이해, 시창작의 동기를 향상하는 데 도움을 준다.

이와는 다른 영역으로 비대면 방식에서 개인 시창작 활동은 시창작을 어려워하는 학습자들에게 즉각적으로 시창작 활동을 제시함으로써 교수자가 실시간으로 피드백을 제공할 수 있다는 점, 다른 학습자들의 의견을 참조하여 자발적으로 한 편의 시작품을 완성하기 위한 능력을 기를 수 있다는 점 등의 이유로 시행하였다. 다음은 비대면 방식의 원격 화상 시창작 활동 교육에서 자유주제를 기반으로 한 학습자의 개인 시창작 활동에 대한 내용이다.

1

가녀린 마음 웅크리며

성큼성큼 찾아온 너

무딘 찻잔에 두 개의 마음을

동동 띄우면

컵 안에 작은 세계는

하나의 꽃이 핀다

— 박○○, 「금잔화 차를 마시며」 전문

2

불곡산 정상은 아직도 멀었건만 숨차고 힘겹다

나무 밑에 앉아 쉰다

벌써 새싹인가 다가가 보니 산수유꽃

활짝 핀 것인지 앞으로 더 필 것인지 분명하지 않지만

온 산을 융단처럼 붉게 물들인 단풍 꽃에 묻혀

존재를 알리지도 못하고 있노라면

어느새

나목에 빠알간 열매는 봄 한가운데 와 있다

— 김○○, 「산수유」 전문

3

앨리스는 모두가 까맣게 잊은 밤의 골목으로 떠나는 버니의 두 번째 기차를
기다린다. 기차가 오려면 한참 남았군, 앨리스는 손에 든 커다란 시계를 본다.
버니의 첫 번째 기차는 이제는 돌아갈 수 없는, 어린 시절처럼 더는 운행하지
않는다. 그때, 커다란 경적이 울리며 버니의 두 번째 기차가 플랫폼 안으로 도

착한다.

— 최○○, 「앨리스」 부분

4

오빠는 보, 언니는 가위

계단을 올라간다

그 뒤 야금야금 계단 위를 올라가는 고양이

— 이○○, 「계단과 고양이」 전문

1의 「금잔화 차를 마시며」에서 교수자는 1연, 2연의 "동장군에게 두드려 맞을까 급하게 겨울 채비한다"라는 문장, 3연을 삭제하는 방향으로 피드백하였다. 이는 금잔화라는 시적 대상물에 상징을 활용하여 하나의 시적 이미지로 나타내기 위함이다. 이에 학습자는 "가녀린 마음 옹크리며/ 성큼성큼 찾아온 너", "무딘 찻잔에 두 개의 마음을/ 동동 띄우면/ 컵 안의 작은 세계는/ 하나의 꽃이 핀다"라는 문장으로 시작품을 수정하였다.

2의 「산수유」에서 1연 "겨울 나무 사이에 멀리 희미한 아지랑이 일렁인다"와 "화려하지도 않고 잘난 척하지도 않아 눈에 띠지 않는다", "봄이 왔음을 알려준다" 등의 문장은 모호한 시적 문장, 설명적 문장, 꼭 필요하지 않은 문장이다. 이에 교수자는 문장을 삭제하는 방향으로 피드백하였다. 2연의 "짙은 그늘 속에서 너그러움으로/ 여름 내내 있는 듯 없는 듯 소리 없이 지내더니/ 사랑스런 열매로 다시 태어나도"라는 문장은 설명적 문장, 수사적 문장이므로 학습자에게 삭제하는 방향으로 피드백하였다. 3연의 "함박눈 속에 총총 매달려/ 다시 겨울에 핀 꽃이다"라는 문장은 수사적이고 설명적 문장이므로 삭제하는 방향으로 학습자에게 피드백하였다. 교수자는 산수유라는 시적 대상 속에 의미를 넣고 이미지를 구체화하여 한 편의 시를 완성하는 방향으로 전반적인 방향을 퇴고하도록 피드백하였다. 이에 학습자는 1연을 "불곡산 정산은 아직도 멀었건만 숨차고 힘겹다/ 나무 밑에 앉아 쉰다"로 문장을 퇴고하였다. 또한, 2연을 '벌써 새싹인가 다가가 보니 산수유꽃,/ 활짝 핀 것인지 앞으로 더 필 것인지 분명하지 않지만/ 온 산 융단처럼 붉게 물들인 단풍 꽃에 묻혀/ 존재를 알리지도 못하고 있노라면"으로 문장을 퇴고하였다. 마지막으로 3연 "어느새/ 나목에 빠알간 열매는 봄 한가운데 와 있다"로 퇴고하였다.

3의 「앨리스」는 한 연으로 구성된 시작품이다. 이에 시는 전반적으로 지배적인 정황을 중심으로 시어나 문장이 구성되어야 주제가 분명해질 수 있다. 이에 교수자는 기차를 기다리는 시적 화자의 모습을 지배적인 정황으로 두고, 문장 안의 주제를 구체화하는 방향으로 피드백하였다.

이에 학습자는 "앨리스는 모두가 까맣게 잊은 밤의 골목으로 떠다는 버니의 두 번째 기차를 기다린다. 기차가 오려면 한참 남았군, 앨리스는 손에 든 커다란 시계를 본다. 버니의 첫 번째 기차는 이제는 돌아갈 수 없는, 어린시절처럼 더는 운행하지 않는다. 그때, 커다란 경적이 울리며 버니의 두 번째 기차가 플랫폼 안으로 도착한다."와 같은 문장으로 창작을 시도하였다.

4의 「계단과 고양이」는 "다섯 칸 위 오빠는 보/ 열두 칸 위 언니는 가위"라는 문장으로 시작된다. 이에 계단 오르기라는 행위는 오빠와 언니라는 나이라는 상징적 의미가 있다. "야금야금 올라가 본들/ 갑자기 부지런해진 나"라는 문장은 시적 화자의 주체적인 행위를 의미한다. 그러나 "그러거나 말거나"라는 문장을 넣음으로써 이러한 행위는 좌절된다. 이에 교수자는 계단에 대한 단어에서 연상작용을 통해 단어를 도출하고, 이에 대한 문장을 연습해보도록 피드백하였다. 이에 학습자는 "오빠는 보, 언니는 가위/ 계단을 올라간다/ 그 뒤 야금야금 계단 위를 올라가는 고양이"라는 문장으로 시작품을 완성하였다.

이처럼 시창작 활동에서는 비대면 강의를 통해 시각적 자료에 기반하여 모둠 시창자 활동을 하는 방식이 자유주제를 기반으로 한 개인 시창작 활동 방식보다 시를 창작하고 퇴고하는 방향을 잡아가는 데 도움이 되었다. 이는 문학 비전공자 학습자들이 시각 자료를 통해 다른 학습자들과 함께 협력하여 의사소통하는 과정에서 시적 기법을 이해하게 되어 시창작의 동기가 유발된다는 사실을 도출하였다. 시각 자료에 기반하여 모둠 시창작 활동을 할 때, 학습자의 체험과 자유로운 연상을 통해 시적 문장으로 구체화된다. 따라서 시각 자료에 기반한 모둠 시창작 활동 교육을 진행하는 것이 학습자들에게 시적 기법 이해, 시창작의 동기 유발, 협력을 통한 사회적 의사소통 능력 향상에 도움이 된다는 사실이 도출되었다.

비대면 방식의 시창작 활동 교육 프로그램 분석

비대면(online) 방식의 Zoom 매체 활용을 중심으로 한 시창작 활동 교육에 대한 것이다. 비대면 방식의 교육에서는 실시간 화상회의 매체인 줌과 네이버 밴드 게시판을 활용하였다. 먼저, 줌을 활용하여 이론 강의를 하였다. 시각 자료를 참조하여 자신의 경험을 기반으로 감상을 전개해나가는 활동, 시각 자료에 기반한 모둠 시창작 활동을 진행하였다. 이러한 과정에서 줌의 마이크와 채팅창의 기능을 활용하여 토의·토론을 진행하였다. 또한, 네이버 밴드 게시판을 활용하여 이론에 대한 수업 자료와 학습자 과제 피드백 파일을 게시하였다. 다음 차시의 수업 줌 링크 주소를 학습 게시판을 통해 안내하기도 했다. 학습자들은 해당 차시별 게시판에서 댓글 기능을 활용하여 교수자와 소통하였다.

비대면 방식에서 시각 자료에 기반한 묘사적 글쓰기 활동과 모둠 시창작 활동 교육을 진행한 결과에 대한 이점은 다음과 같다.

비대면 방식의 교육에서 줌의 화이트보드, 채팅창 기능을 통한 시의 감상 나누기 활동, 토의·토론 활동은 학습자들의 자발적 참여를 통한 시적 향유에 영향을 미쳤다. 시각 자료에 기반한 묘사적 글쓰기 활동은 시창작의 동기를 유발하는 데 영향을 미쳤다. 시각 자료에 기반한 모둠 시창작 활동에서 학습자들은 줌의 화면 공유 기능을 통해 다양한 문장을 도출하였다. 이러한 과정에서 학습자들은 협력을 통해 의사소통 능력을 향상할 수 있었다. 또한, 시적 기법을 이해하고 시창작의 동기가 유발되는 양상을 보였다. 이는 줌의 채팅창과 화면 공유기능을 통해 문장의 생성 과정을 공유함으로써 다른 학습자의 과제 수행 정보를 참조할 수 있었던 점, 시각 자료를 통해 이미지를 머릿속으로 구상해냄으로써 다양한 의미의 단어를 도출해낼 수 있었던 점 등이 요인으로 파악된다.

비대면 방식의 교육에서는 줌의 마이크와 채팅창을 활용한 토의·토론 활동, 시각 자료에 기반한 묘사적 글쓰기, 시각 자료를 참조하여 모둠 시창작 활동을 하는 것이 학습자들이 시를 창작하는 방향을 잡아가는 데 도움이 되었다. 이는 시각 자료를 통해 이미지를 구상, 협력을 통한 사회적 의사소통 능력의 향상으로 인해 시적 기법에 대한 이해도가 상승하여 효과적인 교육 방법이 적용된 것으로 판단된다.

비대면 교육에서 시각 자료에 기반한 모둠 시창작 활동과 자유주제를 기반으로 한 개인 시창작 활동의 단점에 관한 것이다. 비대면 방식의 교육에서 시각 자료에 기반한 모둠 시창작의 경우 학습자들이 공감할 수 있는 시각 자료를 준비해야 한다는 점이다. 교수자는 학습자들의 연령대, 공감도에 따라 다양한 주제의 시각 자료를 준비하고, 이에 대한 다양한 활동을 구안해야 한다. 이때, 교수자는 학습자들에게 촉진자의 역할을 하는 것이 중요하다. 교수자의 촉진 활동은 학습자 간의 의사소통뿐만 아니라 학습자들이 모둠 시창작 활동을 원활히 수행하는 데 중요한 역할을 하기 때문이다. 또한, 비대면 방식의 교육에서 시각 자료에 기반한 모둠 시창작의 경우 교수자는 학습자의 다양성과 가치관을 존중하고 학습 수행에 대한 적절한 피드백을 제공할 수 있어야 한다.

자유주제를 기반으로 한 개인 시창작 활동에서 교수자는 학습자들에게 시창작의 주제나 시각 자료를 제공함으로써 시창작 과정이 지루한 활동이 아니라 다양한 자료를 활용하여 학습자의 역량을 강화할 수 있음을 충분히 설명해야 한다. 또한, 자유주제를 기반으로 한 개인 시창작 활동에서 교수자는 문학이 미술, 영화 등의 타 분야와 연관될 수 있다는 사실을 인지시킬 필요가 있다. 이는 학습자들 다양한 주제를 도출하고, 시적 단어와 지배적인 장면을 탐색하는 방식을 연습함으로써 감각적이고 창의적인 시작품을 생성하기 위한 목적이다.

정리하면, 비대면 방식의 교육에서는 줌의 마이크와 채팅창을 활용한 감상 나누기 활동이 난상토론의 형식이나 토의·토론의 형태로 나아갈 수 있다. 이는 학습자들에게 자발적으로 참여를 유도하여 시를 향유할 수 있게 한다. 또한, 시각 자료에 기반한 모둠 시창작 활동, 묘사적 글쓰기 활동은 학습자들에게 시적 기법 이해와 시창작 동기 유발에 도움이 된다.

3. 온라인(online) 녹화 방식
- 소셜 미디어 사용자 불특정 다수 대상, 유튜브(Youtube) 매체 활용 중심

이 장에서는 프로그램의 실제로 온라인 녹화 방식의 시창작 활동 교육의 사례를 살펴보고자 한다. 이에 온라인 녹화 수업 방식의 주 매체로 유튜브를 활용하였다. 이에 매체별 활용의 장단점을 분석하였고 소셜 미디어 사용자를 통해 '시창작 교실'에 참여하였던 중학생 37명을 학습 대상으로 설정하였다.

온라인 녹화 방식과 시창작교육

온라인 녹화 수업 방식은 온라인 중심 모형의 유형을 활용하여 그 특성을 분류할 수 있다. 그 내용은 다음과 같다.

첫째, 사이버 자율학습은 개별적으로 자신의 학습 능력과 목표에 맞추어 e-러닝 콘텐츠를 선정해 자기주도적 학습을 하는 형태이다. 학습의 주도권, 학습관리 결과 등이 전적으로 학생에게 주어진다. 둘째, 사이버 교사촉진형은 학습진행 과정에 교사가 개입해 학습활동을 모니터링하면서 다양한 촉진 활동을 제공해 주는 형태이다. 이 유형에서 교사는 질문에 응답해 주고 학습활동을 원활히 수행할 수 있도록 안내한다. 셋째, 사이버 학급운영은 사이버 가정학습을 신청하는 학생들에게 각종 학습활동을 지원하고 도움을 제공하는 형태로 학급마다 담임교사를 배정하여 학급배정형으로 운영한다. 넷째, 사이버 학습상담은 학습내용과 관련된 질문이 있을 때 교사에게 온라인으로 상담의뢰하고 답변해주는 형태로 특별한 e-러닝 콘텐츠가 필요하지 않으며, 학생들의 학습활동을 지원해주기 위한 방법으로 온라인을 활용한다.[74]

본 연구에서는 온라인 중심 모형의 한 유형인 사이버 교사촉진형으로 온라인 녹화 방식의 시창작 활동 교육에 접근한다. 이에 소셜 리딩 방식을 적용한다. 소셜 리딩(Social reading)이란 자신이 읽고 있는 책에 대하여 다른 사람과 의견 및 생각, 감상문 등을 공유하고 피드백을 얻기 위한 적극적인 독서활동[75]이다. 최근 인터넷과 소셜 웹, 디지털 콘텐츠 등의 발달로 책으로 접근하는 통로가 다양해지면서 소셜 리딩[76]은 소셜 미디어 매체를 통해 다양한 분야에서 융합 및 확장해나가고 있다. 소셜 미디어는 주로 페이스북, 블로그, 인스타그램, 유튜브, 팟캐스트 등이 제시될 수 있다. 본고에서는 온라인 녹화 방식의 시창작 활동 교육에서 유튜브와 팟캐스트에 주목하였다. 유튜브는 빅데이터와 AI를 이용한 서비스로, 유튜버가 함께 상생하는 생태계를 형성하고 이를 계기로 더욱 전문적이며 고품질 영상들을 제작하는 선순환 구조[77]라는 특징이 있다. 팟캐스트는 아이팟(iPod)과 방송(broadcasting)의 약자인 Pod+Casting에서 유래되었으며, 팟캐스팅(podcasting)이라고 불린다.[78] 팟캐스트는 방송이나 기관, 개인의 영역에서도 활성화되고 있는 추세이다.

이러한 특징을 기반으로 본고에서는 온라인 녹화 방식의 시창작 활동 교육에서 소셜 리딩 방식으로 유튜브를 주요 매체로 활용하고자 한다. 이에 유튜브에 게시된 문학 팟캐스트(Podcast) <현지시밤(Hyeonjisibam)>을 콘텐츠를 활용한다. 또한, 구글 클래스를 활용한다. 팟캐스트 <현지시밤>[79]은 시흥시 예술인 지원 사업의 일환으로, 시를 중심으로 한 전문 문학 콘텐츠로 제작되었다. 각각의 콘텐츠는 교양 및 정보 제공, 기성 시인 시편 소개, 구독자 사연 시편 소개, 시창작법 소개, 시집 소개 등의 내용으로 구성되었다. 팟캐스트 <현지시밤>은 기획자의 관점에서 '철수네 음악학원'과 협업(collaboration)의 방식을 통해 소셜 리딩 콘텐츠로 문학 팟캐스트가 제공되었다.

문학 팟캐스트에서의 소셜 리딩 사례에 대한 기존 연구는 프로그램 효용성에 대한 연구[80], 교육에 대한 연구[81], 사례 연구[82] 등이 있다. 문학 팟캐스트에서의 소셜 리딩 사례에 대한 기존 연구에서는 주로 매체의 교육적 적용의 측면에서 스마트 기술을 기반으로 한 문학의 소통 양상과 변화 및 공간, 교육 자료를 살핀다. 또한, 다양한 주체를 대상으로 팟캐스트 사례 분석을 통해 향후 출판산업의 방향을 논한다. 온라인 녹화 수업 방식은 모바일 매체나 웹을 사용할 수 있어 시간과 장소에 한정되지 않아 학습자 기반의 학습이 가능하다는 이점이 있다. 또한, 자신이 원하는 학습 콘텐츠를 선정하여 자기주도적 학습이 가능하다는 이점이 있다. 온라인 녹화 수업 방식은 학습 내용에 대한 재생 속도를 조절할 수 있기 때문에 반복학습이 가능하다.

반면, 온라인 녹화 수업 방식의 단점으로는 동시대 및 소셜 미디어 매체의 특성에 따른 맞춤형 학습 콘텐츠가 구축되어야 한다는 점이다. 학습 모형은 효과성을 검증하여 시도되어야 한다. 또한, 온라인 녹화 수업 방식은 학습자들이 지속적으로 정보를 공유할 수 있는 소통의 통로가 마련되어야 한다. 이때 소통의 통로는 학습자 누구나 참여할 수 있으며, 콘텐츠에 대한 접근이 제한적이지 않아야 한다.

본 연구에서는 온라인 녹화 수업의 학습 대상으로 소셜 미디어 사용자 불특정 다수를 선정했다. 소셜 미디어 사용자에 대한 선행연구를 참조하여 학습자들의 특성과 그에 따른 교육 방식을 정리하면 다음과 같다.

소셜 미디어[83] 사용자는 인터넷 콘텐츠를 통하여 정보를 탐색하는 정보지향성, 기존에 익숙한 것에서 벗어나 새로운 경험을 얻기 위한 다양성 추구 성향, 소셜 미디어를 통해 콘텐츠를 생성하거나 콘텐츠를 활용하여 자신의 의견을 표현하거나 목적을 달성할 수 있는 자기실현성의 특징[84]이 있다. 소셜 미디어 사용자들의 정보지향성, 다양성 추구 성향, 소통이라는 특징을 통해 팟캐스트 청취 및 감상, 온라인 녹화 방식을 활용한 시창작 활동 교육 프로그램과 부합된다.

소셜 미디어 사용자 불특정 다수에게 활용 가능한 교육 방식에 대한 기존 연구로는 스마트 기술 기반의 문학교육 공간과 교육 자료에 대한 논의[85], 팟캐스트 제작 독서활동 프로그램의 효과에 대한 논의[86], 팟캐스트 참여의 구성 요소에 대한 논의, 북 팟캐스트 프로그램의 독서 동기에 미치는 효과[87]에 대한 논의 등이 있다. 소셜 미디어 사용자 대상 교육 방식에 관한 기존 연구에서는 주로 팟캐스트 매체를 활용한 스마트 기술 기반의 문학 소통 공간과 교육 자료를 고찰한다. 또한, 팟캐스트를 활용한 학습 활동과 효과에 대해 살핀다.

본 연구에서는 위와 같은 논의를 기반으로 소셜 미디어 사용자를 연구 대상으로 선정했다. 또한, 유튜브를 주요 매체로, 온라인 녹화 수업 방식으로 교육을 진행하였다. 이러한 과정은 소셜 리딩의 방식을 적용하였으며, 팟캐스트 <현지시밤>을 콘텐츠 자료로 제공하였다. 이러한 교육 방식은 문학 비전공자 학습자에게 감수성의 세련화 및 상상력의 확대, 시적 기법에 대한 이해에 도움을 줄 수 있다는 점에서 기대된다. 이에 본고에서는 소셜 미디어 사용자를 온라인 녹화 수업 방식의 학습자를 '시창작 교실' 프로그램에 참여한 중학생 37명으로 선정하였다. 이에 개인/집단 등의 매체를 활용한 다양한 활동으로 시행했다. 그 전제로 실제 수업 시작에 앞서 학습자의 선행지식을 설문조사 하였다. 그 내용은 다음과 같다.

구분	내용
선행지식	시를 분석하는 것이 어렵고 이해하기 힘듦
	주제에 대한 내 생각을 문장으로 쓰는 것이 어려움

<표 15> 설문조사-학습자의 선행지식

온라인 녹화 방식을 적용한 시창작 활동 교육 프로그램에서 설문조사를 통해 도출한 학습자의 선행지식에 대한 내용은 두 가지로 정리할 수 있다. 첫째, 학습자는 시를 보고 분석하는 것이 어렵고 이해하기 힘들었다. 둘째, 학습자는 주제에 대한 자기 생각을 문장으로 쓰는 것에 어려움이 있었다. 이에 배경으로, 다음과 같은 수업 방안을 제시할 수 있다.

학습자들은 팟캐스트를 활용하여 시편을 감상하고, 다양한 시 텍스트에 대한 분석을 시도할 수 있다. 교수자는 학습자들에게 다양한 특성의 시 텍스트를 제공하여 학습자들이 시를 바라보는 다양한 관점을 습득하도록 유도한다. 이러한 과정은 팟캐스트 주제를 활용한 짧은 글쓰기 활동을 통해 시적 기법의 이해에 도달할 수 있다.

온라인 녹화 방식의 교육 프로그램 실제

온라인 녹화 방식의 시창작 활동 교육 프로그램에 대한 개념적 가설, 조작적 가설을 설정하고자 한다.

1) 개념적 가설과 조작적 가설 설정

온라인 녹화 방식의 시창작 활동 교육 프로그램이 비전공자 대상 학습자들의 시창작의 동기, 시의 이해도 향상, 시 감상의 능력 향상, 시적 기법 이해, 감수성의 세련화 및 상상력의 확대에 영향을 미치는지 측정하기 위한 가설은 다음과 같다.

1-1. 팟캐스트 청취는 비전공자 대상 학습자들의 시창작의 동기 획득에 영향을 미칠 것이다.

1-2. 팟캐스트 주제를 활용한 짧은 글쓰기 활동은 비전공자 대상 학습자들의 시의 이해도 향상에 도움이 될 것이다.

1-3. 팟캐스트를 활용한 시 감상 및 시 분석 활동은 비전공자 대상 학습자들에게 시 감상의 능력 향상 및 시적 기법 이해로 이어질 것이다.

1-4. 온라인 녹화 방식의 소셜 리딩을 적용한 시창작 활동 교육 프로그램은 비전공자 대상 학습자들의 감수성의 세련화 및 상상력 확대에 도움이 될 것이다.

본 가설을 도식화하면 다음과 같이 정리할 수 있다.

독립개념	종속개념
1-1. 팟캐스트 청취	시창작의 동기 획득
1-2. 팟캐스트 주제를 활용한 짧은 글쓰기 활동	시의 이해도 향상
1-3. 팟캐스트를 활용한 시의 감상&시 분석 활동	시감상의 능력 향상 및 시적 기법 이해
1-4. 온라인 녹화 방식의 소셜 리딩을 적용한 시창작 활동	감수성의 세련화 및 상상력의 확대

<표 16> 온라인 녹화 방식-개념적 가설 도식화

온라인 녹화 방식의 교육 프로그램에 대한 조작적 가설은 다음과 같다.

1-1. 온라인 녹화 방식의 소셜 리딩을 적용한 시창작 활동 교육 프로그램은 비전공자 대상 학습자들의 가치 및 기대에서 유의미한 효과가 있을 것이다.

1-2. 온라인 녹화 방식의 소셜 리딩을 적용한 시창작 활동 교육 프로그램은 비전공자 대상 학습자들의 습관 태도 및 동기 흥미에서 유의미한 효과가 있을 것이다.

독립개념	종속개념
온라인 녹화 방식의 소셜 리딩을 적용한 시창작 활동 교육 프로그램 참여 전/ 후 비교	가치 및 기대 영역
	습관 태도 및 동기 흥미 영역

<표 17> 온라인 녹화 방식-조작적 가설 도식화

2) 프로그램 설계

다음은 온라인 녹화 방식의 매체를 활용한 시창작 활동 교육 모형의 준비단계, 실행단계를 제시한 것이다. 이는 다음과 같다.

(1)준비단계

①학습자 : 학습자 분석에서는 일반적 요인으로 소셜 미디어 사용자의 적성, 문화, 사회 요인 등이 고려된다. 출발점 행동으로 시와 관련한 소셜 미디어 사용자 학습자의 선행 지식을 진단하기 위해 시에 대한 지식이나 기능, 태도 등으로 구성한다. 이는 시에 대한 지식, 시창작 경험 여부, 시창작을 할 때 어려운 점 등과 같이 학습자의 선수지식을 포함한다. 학습 양식으로는 팟캐스트와 주제에 따른 시작품을 선택하여 다양한 학습 활동을 제공한다. 팟캐스트 <현지시밤>의 진행 순서는 다음과 같다. 팟캐스트 첫 부분에서는 에피소드 및 시편에 대한 소개가 이어진다. 중간 부분에서는

시편에 대한 작가의 낭독이 시작된다. 끝부분에는 주제에 대한 정보 전달 등이 이루어진다. 교수자는 구글 클래스 게시판을 활용하여 각 팟캐스트에 대한 주제와 간략히 내용을 안내한다.

②교수자 : 수업 목표(진술) 설정에서 개념적 가설과 조작적 가설은 다음과 같다.

개념적 가설은 온라인 녹화 방식의 시창작 활동 교육 프로그램이 비전공자 대상 학습자들의 시창작의 동기, 시의 이해도 향상, 시감상의 능력 향상, 감수성의 세련화 및 상상력의 확대에 영향을 미치는지 측정하기 위한 가설이다. 이는 다음과 같다. ㉠팟캐스트 청취는 비전공자 대상 학습자들에게 시창작의 동기를 획득에 영향을 미칠 것이다. ㉡팟캐스트 주제를 활용한 짧은 글쓰기 활동은 비전공자 대상 학습자들의 시의 이해도 향상에 도움이 될 것이다. ㉢팟캐스트를 활용한 시의 감상 및 시 분석 활동은 비전공자 대상 학습자들에게 시 감상의 능력 향상 및 시적 기법 이해로 이어질 것이다. ㉣온라인 녹화 방식의 소셜 리딩을 적용한 시창작 활동 프로그램은 비전공자 대상 학습자들에게 감수성의 세련화 및 상상력 확대에 도움이 될 것이다.

조작적 가설은 ㉠온라인 녹화 방식의 소셜 리딩을 적용한 시창작 활동 교육 프로그램은 비전공자 대상 학습자들의 가치 및 기대에서 유의미한 효과가 있을 것이다. ㉡온라인 녹화 방식의 소셜 리딩을 적용한 시창작 활동 교육 프로그램은 비전공자 대상 학습자들의 습관 태도 및 동기 흥미에서 유의미한 효과가 있을 것이다. 교수 방법으로는 사이버 교사 촉진형 온라인 녹화 수업 방식으로 선정한다.

③매체 : 매체, 자료의 설정에서는 실시간 온라인 화상회의 매체인 유튜브를 주요 매체로 설정한다. 구글 클래스를 활용하기도 한다. 자료 선정에서는 시각 자료인 그림과 영상 자료인 팟캐스트 콘텐츠를 선정한다.

팟캐스트 청취를 통한 시창작의 동기 획득, 팟캐스트 주제를 활용한 짧은 글쓰기 활동, 팟캐스트를 활용한 시의 감상 및 시 분석 활동, 온라인 녹화 방식의 소셜 리딩을 적용한 개인 시창작 활동 등은 학습자의 시창작의 동기 유발과 시의 이해도 향상, 시감상의 능력 및 시적 기법의 이해를 기반으로 감수성의 세련화 및 상상력을 확대시키려는 목적으로 시행된다.

(2)실행단계

①**학습자 : 프로그램 소개 및 매체 활용 방법 안내에서는** 구글 클래스 수업 게시판을 활용하여 안내한다. 소셜 미디어 사용자들은 정보지향성, 다양성 추구 성향, 소통이라는 특징이 있다. 이에 교수자는 학습자들에게 유튜브를 통해 팟캐스트 콘텐츠를 검색할 수 있으며, 다양한 주제의 팟캐스트 콘텐츠를 통해 시편을 감상하고 정보를 획득할 수 있음을 설명한다. **학습 내용과 주제를 미리 설명하기에서는** 온라인 녹화 방식 수업은 교수자가 구글 클래스로 과제를 확인하고 이를 피드백하면서 학습 활동을 촉진해주는 사이버 교사 촉진형의 형태로 진행됨을 학습자들에게 안내한다. 온라인 녹화 방식의 사이버 교사 촉진형 시창작 활동 교육 프로그램은 총 4회를 기준으로 시행됨을 설명한다.

②**교수자 : 학습자 동기 유발 활동 제안으로** 팟캐스트 3회 <소소하고 확실한 행복, 소확행>을 제시하여 구독자 사연 시편을 중심으로 학습자들이 청취하도록 학습 활동을 제시한다. 교수자는 학습자들에게 구독자 사연 시편에 관한 팟캐스트를 통해 일반인들도 누구나 시를 창작할 수 있음을 설명하고 창작동기를 가질 수 있도록 유도한다. 또한, 일상 속 인상 깊은 경험에 대한 글쓰기 활동을 연계하여 안내한다.

③**매체 : 학습 자료 제시 및 지도에서** 교수자는 팟캐스트 4회 <시창작법 소개>에서 자동연상기술법에 따른 시창작법을 학습자들이 청취하도록 학

습 활동을 제시한다. 교수자는 학습자들에게 팟캐스트 4회의 콘텐츠를 통해 시창작법의 하나인 자동연상기술법에 대해 알 수 있음을 설명한다. 이후 학습자들이 시적 기법에 대해 이해한 내용을 토대로 글로 써볼 수 있도록 학습 활동을 제시한다. 또한, 교수자는 구글 클래스 게시판에 시편을 게시하여 학습자들이 팟캐스트 감상을 통해 얻은 심미안을 바탕으로 시를 분석할 수 있도록 유도한다.

교수자는 팟캐스트 5회 <현대인의 불안>에서 불안이라는 주제를 도출하여 학습자들에게 짧은 글쓰기 활동을 제시한다. 이에 구글 클래스 게시판에 그림 자료를 게시하여 이를 참조로 글쓰기를 수행할 수 있도록 안내한다. 이후 구글 클래스 게시판을 통해 학습자의 과제를 피드백한다.

교수자는 학습자들에게 온라인 녹화 방식의 소셜 리딩을 적용한 개인 시창작 활동을 제시한다. 완성된 시작품은 구글 클래스 게시판을 통해 제출하도록 안내한다. 학습자가 구글 클래스에 시작품을 게시하면, 교수자는 작품의 퇴고 방향, 세부적인 내용을 중심으로 피드백을 제시한다.

3) 온라인 녹화 방식의 시창작 활동 프로그램 적용 사례

온라인 녹화 방식에서 유튜브 매체 활용을 중심으로 한 시창작 활동 교육에 대한 것이다. 교수자는 유튜브를 주 매체로 활용하여 사이버 교사 촉진형 온라인 녹화 수업을 진행하였다. 팟캐스트에서 시편은 화면의 자막과 작가의 낭독으로 소개되었다. 또한, 콘텐츠 안에는 시각 자료로 사진 자료가 제시되었다. 이외에 청각 자료로는 낭독자의 음성, 음원, 효과음 등으로 구성되었다.

<표 18> 유튜브 매체를 통해 소개된 팟캐스트 콘텐츠에 대한 내용

위의 표는 유튜브 매체를 통해 소개된 팟캐스트 콘텐츠에 대한 내용이다. 유튜브 콘텐츠 하단에는 팟캐스트의 주제, 소개 시편에 대한 내용이 간략히 안내되었다. 학습자들은 이를 통해 각각의 팟캐스트에 대한 주제와 내용을 파악할 수 있었다.

팟캐스트 에피소드 소개 화면에는 구독자 사연 시편에 대한 화면이 제시되어 있다. 학습자들은 이를 통해 구독자 사연 시편을 살펴보고 타인의 삶에 공감할 수 있었다. 팟캐스트 소개 시편의 자막 화면에는 낭독자의 음성, 효과음, 음원 등의 요소가 포함되었다.

다음은 구글 클래스 매체를 활용한 교수자와 학습자의 인터렉션 내용이다.

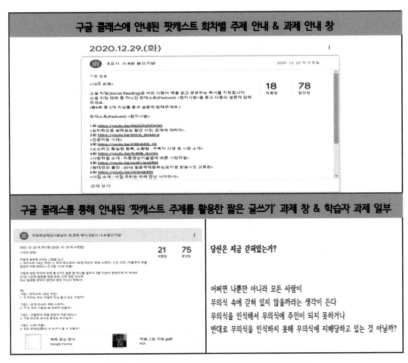

<표 19> 구글 클래스 매체를 활용한 교수자-학습자의 인터렉션 내용

교수자는 구글 클래스 학습 게시판에 각 팟캐스트 콘텐츠에 대한 주제와 소개 시편에 대한 내용을 간략하게 안내하였다. 이를 참조하여 학습자들이 팟캐스트를 청취하도록 하였다.

팟캐스트 3회는 <소소하고 확실한 행복, 소확행>이라는 주제로 구독자 사연 및 시편에 대해 소개되었다. 이에 구독자 Bob의 사연 시편인 「소확행」, 김이듬 시인의 시편 「이것은 제가 쓴 시가 아닙니다」 등이 소개되었다. 교수자는 시구독자 사연 시편에서 문학 비전공자들도 자신의 이야기를 시로 표현할 수 있으며, 이를 토대로 다른 사람들과 소통할 수 있음을 설명하였다.

팟캐스트의 4회는 <시창작법 소개>라는 주제로 자동연상기술법에 따른 시창작법이 소개되었다. 또한, 임솔아 시인의 「예보」, 권현지 시인의 「비상구」라는 시편이 소개되었다. 팟캐스트의 5회는 <현대인의 불안>이라는 주제로 2018 일본 국제 문학 심포지엄 한일시인교류회에 대한 내용이 안내되었다. 또한, 논자의 김이듬 시에 나타난 불안의식이라는 주제로 논자의 학술발표 내용이 간략하게 소개되었다. 마지막으로 김이듬 시인의 「나는 춤춘다」, 권현지 시인의 「피터팬」이라는 시편 등이 소개되었다. 이와 관련하여 교수자는 4회의 콘텐츠에서 불안이라는 주제를 도출하였다. 이에 불안에 대한 짧은 글쓰기 활동을 학습자들에게 제시하였다. 이때, 시각 자료로 그림이 소개되었다. 피카소의 <우는 여인>, 마크 로스코의 <무제-하버드 벽화 스케치>, 빈센트 반 고흐의 <아를르의 포룸 광장의 카페 테라스>, 샤갈의 <나와 마을> 등을 제시하였다. 이에 학습자들이 하나의 그림을 참조하여 짧은 글쓰기를 수행하도록 활동을 조직하였다.

팟캐스트에 소개된 시편은 최지인 시인의 「기쁨과 슬픔을 꾹꾹 담아」, 이제니 시인의 「발 없는 새」, 김이듬 시인의 「제가 쓴 시가 아닙니다」, 「나는 춤춘다」, 임솔아 시인의 「예보」, 권현지 시인의 「프로페셔널」, 「비상구」, 「피터팬」, 「월천(月穿)」, 「클리토스의 정원」, 「빛나는 고양이」 등이다. 학습자들은 팟캐스트를 통해 시편을 감상하였다. 교수자는 구글 클래스 게시판에 다양한 시편을 제시하여 학습자들이 팟캐스트 시편 감상을 통해 얻은 심미안을 기반으로 시를 분석하도록 학습활동을 제시하였다. 그리고 구글 클래스 학습 게시판을 통해 과제 피드백을 제시하였다.

옛날에는 산에서 아름다운 노랫소리가 들려왔습니다. 푸른 나뭇잎에 감추어진 동물들만의 작은 음악회가 동물 무도회에 빛을 비추고 있었죠. 호랑이가 춤을 추고, 여우가 바이올린을 키며 모두가 어울려 노래를 하고 춤을 추고 있답니다. 언제나 그랬듯이요. 그리고 그 빛나는 달의 무너지는데에는 많은 것이 필요하지 않았어요. 고요한 밤에 달이 조명처럼 우리의 무도회장을 비추고 있던 어느날, 여우의 음악소리에 이끌린 불청객이 찾아왔어요. 불청객은 괴성을 지르며 노랫소리와 달빛을 붉게 물들였습니다. 결국 마지막 무도회의 노래는 차가운 총알소리가 되어 많은 이들을 죽게 만들었고, 우리는 두번다시 그 아름다운 노래를 들을 수 없게 되었어요.

<그림 6> 구글 클래스에서 글쓰기 활동에 대한 교수자의 피드백 일부

위의 그림은 구글 클래스에서 짧은 글쓰기 활동에 대한 교수자의 학습자 피드백 일부이다. 짧은 글쓰기 활동에서 교수자는 구글 클래스 학습 게시판에 게시된 학습자 과제에 대해 피드백하였다. 이에 학습자는 자신의 학습 환경에서 짧은 글쓰기 과제에 대한 교수자의 세부적인 피드백을 바탕으로 자신의 과제를 점검하였다.

다음은 팟캐스트 콘텐츠를 활용한 개인 시창작 활동과 주제에 따른 개인 시창작 활동 방식의 수업 내용의 비교이다. 주제에 따른 개인 시창작 활동에서 학습자들은 시작품의 단어 사용이 한정적이었으며 지배적인 시의 정황을 파악하는 데 있어 다소 단조롭다는 특징이 있었다. 이는 짜인 주제에 학습자들이 단어나 지배적인 장면을 맞추려고 하다 보니 창의적인 시어나 새로운 장면을 도출하지 못했다는 점, 새로운 상상력을 생성하는 데 있어 자극이나 촉매제가 없다는 점 등에 기반한다. 이러한 이유로 학습자들은 주제에 따른 개인 시창작 활동에서 한계점을 보였다.

이와는 다르게 팟캐스트 콘텐츠를 활용한 개인 시창작 활동에서는 개인의 감수성을 기반으로 환상성과 매체적 상상력을 토대로 한 시작품을 살펴볼 수 있었다. 학습자들은 팟캐스트 콘텐츠를 활용하여 시창작의 동기를 획득하고, 다양한 시를 감상하였다. 다양한 시편을 통해 얻은 심미안을 바탕으로 시를 분석하기도 하였다. 이러한 과정은 시 감상의 능력 향상 및 시적 기법 이해, 감수성의 세련화 및 상상력의 확대로 이어졌다. 결과적으로 학습자들은 팟캐스트 콘텐츠를 활용하여 개인 시창작 활동을 잘 수행할 수 있었다.

다음은 유튜브와 구글 클래스의 장단점에 대한 것이다.

유튜브는 콘텐츠를 활용하여 소셜 미디어 사용자들을 대상으로 소셜리딩이 가능하다. 이는 매체를 통해 정보를 제공하고 지식을 공유함으로써 문학의 대중화를 이끌 수 있다는 측면에서 이점이 있다. 반면, 유튜브는 게시된 정보가 큰 파급력을 지닐 수 있다는 점에서 보다 신중한 정보의 활용이 필요하다. 구글 클래스는 교수자의 측면에서 해당 수업별 게시판의 활용을 통해 학습 자료를 게시할 수 있다. 학습자의 측면에서는 학습 과제물에 대한 구체적인 피드백을 살펴볼 수 있다. 반면, 구글 클래스는 학습자가 과제물에 대한 게시물을 누락한 경우 피드백을 전달하는 것에 한계점이 있다. 또한, 교수자는 교수 자료의 활용에 있어 원저자의 출처를 기입하여 학습자들이 정보를 원활하게 활용할 수 있도록 주의를 기울여야 한다. 이처럼 팟캐스트를 활용하여 개인 시창작 활동을 수행할 때 학습자들은 시창작의 동기를 획득했다. 또한, 시에 대한 이해 및 시 감상 능력을 기반으로 감수성의 세련화, 상상력이 확대된다는 사실을 도출하였다.

다음은 팟캐스트 콘텐츠를 활용한 개인 시창작 활동에 대한 시작품의 내용이다.

1

이상한 나라로 갈 수 있는 입구는 하나가 아니야
토끼굴일 수도 있고, 심해의 바위 틈새일 수도
심지어 약을 엄청 많이 먹는 것만으로도

이상한 나라에 갈 수 있어!

여기는 그런 입구 중 하나야

이곳에 온 사람들이 사라졌다는 이야기를 들은 적이 있어

하지만 다른 사람들은 그 이야기를 싫어했었지

저기,

흰 눈들 사이에 페인트가 칠해져 있는 듯한

붉은 얼룩이 보여

틀림없어, 저곳이야

높이를 따지지만 않으면 멀리 있지도 않아

바로 앞에 있어, 한 발자국만 더,

달빛에 희미한 그림자가 보여

귀여운 머리띠를 쓰고

예쁜 원피스를 입은 금발의 앨리스, 당신

— 구○○, 「앨리스」 전문

2

그녀는 넘을 수 없는 차원을 넘었다

누구나 볼 수 없는 달의 뒤편 같은

나는 달 위에 사다리를 놓고 지붕 위로 올라갔다

아무도 눈치 채지 못한 심야

토끼는 여유로운 티타임을 즐기고

카드들이 살아서 장미를 가꾸는 모순으로 가득 찬 세상

저 너머에는 장미로 가득한 숲의 여왕이

하얀 것들을 피로 물들였고

그녀에게 위험하고도 매력적인 제안을 건넸다

나의 게임에서 이기는 자는 아름답고 잔혹함으로 가득 찬 너의 세상으로

돌아갈 수 있다,

내가 주사위를 던지자 각자 다른 방향의 카드들, 망치를 들고 문을 부순다

네가 이겼어

역삼각형 얼굴형에 찢어진 두 눈, 그 위에 흉터

여왕이 변기의 레버를 누르며 말한다

굉음의 물소리

— 임〇〇, 「앨리스」 부분

3

아저씨는 나의 이웃이에요

매일 검은 옷과 선글라스를 끼고 지팡이를 짚고 있지요

아저씨는 친구가 없어요, 그래서 우리는 서로 친구가 되기로 해요

우리는 비밀 친구예요 서로의 집 옥상에서 매일 수다를 떠는 비밀친구요

오늘은 아저씨의 눈이 조금 슬퍼 보이는 것 같아요

집으로 돌아와 저 멀리 해넘이의 순간을 바라봤어요, 새들이 날아올라요

아침 일찍 학교에 가려고 길을 지나는데 마당에 폴리스라인이 쳐져있어요

무슨 일이죠? 붉은 해가 아저씨의 그림자를 삼켰다고 해요

오늘 밤 아저씨의 그림자와 이야기해볼래요

— 이〇〇, 「비밀친구」 전문

①의 「앨리스」에서 교수자는 "이상한 나라에 갈 수 있어!"라는 문장과 "여기는 그런 입구 중 하나야"라는 문장 사이에 행을 생성하는 방향으로 피드백하였다. 이는 시적 장면이 전환되면서 두 장면 사이의 행을 추가함으로써 장면을 구체화할 수 있기 때문이다. "한 발자국만 더,"라는 문장과 "달빛에 희미한 그림자가 보여"라는 문장 사이에도 동일하게 행을 생성하는 방향으로 피드백하였다. 또한, "달빛에 희미한 그림자가 보여"라는 문장 다음으로 시적 대상이 구체적으로 등장하지 않음으로 묘사, 비유를 통해 시적 대상을 구체화하여 표현하는 방향으로 피드백하였다. 이에 학습자는 다음과 같이 수정하였다.

1연에서는 "이상한 나라로 갈 수 있는 입구는 하나가 아니야/ 토끼굴일 수도 있고, 심해의 바위 틈새일 수도/ 심지어 약을 엄청 많이 먹는 것만으로도/ 이상한 나라에 갈 수 있어!"라는 문장으로 연을 구성하였다. 2연에서는 "여기는 그런 입구 중 하나야/ 이곳에 온 사람들이 사라졌다는 이야기를 들은 적이 있어/ 하지만 다른 사람들은 그 이야기를 싫어했겠지/ 저기,/ 흰 눈들 사이에 페인트가 칠해져 있는 듯한/ 붉은 얼룩이 보여/ 틀림없어, 저곳이야/ 높이를 따지지만 않으면 멀리 있지도 않아/ 바로 앞에 있어, 한 발자국만 더,"라는 문장으로 연을 구성하였다. 3연에서는 "달빛에 희미한 그림자가 보여/ 귀여운 머리띠를 쓰고/ 예쁜 원피스를 입은 금발의 앨리스, 당신"이라는 문장으로 시적 대상을 구체화했다.

②의 「앨리스」에서 교수자는 1연 "우리는 볼 수 없는 달의 뒤편 같은"이라는 문장을 "누구나 볼 수 없는 달의 뒤편 같은"이라는 문장으로 수정하도록 피드백하였다. '우리는'이라는 단어보다 '누구나'라는 단어를 사용하면 시적 화자가 "누구나 볼 수 없는 달의 뒤편"을 볼 수 있다는 의미와 상통하기 때문이다. 2연에서는 "빛이 통과하지 못한 그림자 같은 그곳에는"이라는 문장을 시적 화자가 장소에 도달하였음을 보여주는 문장으로 구체화하

도록 피드백하였다. 이는 문장을 구체화함으로써 시적 장면 간의 개연성을 살릴 수 있기 때문이다. 3연 "그녀는 제안을 받아들였고 여왕은 그녀의 귀를 속삭이며/ 네가 이겼어"라는 문장은 급작스러운 장면의 전개이므로 두 문장 사이 다른 문장을 삽입하는 방향으로 피드백하였다.

이에 학습자는 다음과 같이 수정하였다. 1연에서는 "그녀는 넘을 수 없는 차원을 넘었다/ 누구나 볼 수 없는 달의 뒤편 같은/ 나는 달 위에 사다리를 놓고 지붕 위로 올라갔다/ 아무도 눈치 채지 못한 심야/ 토끼는 여유로운 티타임을 즐기고/ 카드들이 살아서 장미들을 가꾸는 모순 가득한 세상"이라는 문장으로 수정하였다. 2연에서는 "나의 게임에서 이기는 자는 아름답고, 잔혹함으로 가득 찬 너의 세상으로 돌아갈 수 있다/ 내가 주사위를 던지자 각자 다른 방향의 카드들, 망치를 들고 문을 부순다/ 네가 이겼어"라는 문장으로 수정하였다. 3연에서는 "역삼각형 얼굴형에 찢어진 두 눈, 그 위로 흉터/ 여왕이 변기의 레버를 누르며 말한다/ 굉음의 물소리"라는 문장을 완성하였다.

③의 「비밀친구」에서 교수자는 학습자에게 전체 연을 시간의 순서에 맞게 장면을 구성하도록 피드백하였다. 또한, 전반적으로 불필요한 수사나 장식적 문장을 제외하도록 피드백하였다. 또한, 마지막 부분에 지배적인 장면이 극대화될 수 있도록 묘사를 활용하도록 피드백하였다. 이에 학습자는 다음과 같이 문장을 수정하였다.

"아저씨는 나의 이웃이에요/ 매일 검은 옷과 선글라스를 끼고 지팡이를 짚고 있지요/ 아저씨는 친구가 없어요, 그래서 우린 서로 친구가 되기로 해요/ 우리는 비밀 친구예요 서로의 집 옥상에서 매일 수다를 떠는 비밀 친구요/ 오늘은 아저씨의 눈이 조금 슬퍼 보이는 것 같아요/ 집으로 돌아와 저 멀리 해넘이의 순간을 바라봤어요, 새들이 날아올라요 / 아침 일찍 학교에 가려고 길을 지나는데 마당에 폴리스라인이 쳐져있어요/ 무슨 일이죠? 붉은 해가 아저씨의 그림자를 삼켰다고 해요/ 오늘 밤 아저씨의 그림자와 이야기해볼래요"와 같이 문장을 하나의 연으로 구성하였다. 또한, "집으로 돌아와 저 멀리 해넘이의 순간을 바라봤어요, 새들이 날아올라요"와 같이 묘사를 활용하여 장면을 극대화하였다.

이처럼 학습자들은 교수자의 피드백을 참조하여 작품을 퇴고하고 최종 작품을 완성하였다. 본 연구에서는 온라인 녹화 방식의 사이버 교사 촉진형 시창작 활동 교육을 시행하였다. 이는 모바일 매체나 웹을 사용하여 교수자의 촉진에 따라 학습자의 자기 주도적 학습이 가능하는 점, 소셜 미디어 콘텐츠를 활용하여 교수자와 학습자의 소통이 원활하다는 점 등에서 시행 목적이 있다.

온라인 녹화 방식의 시창작 활동 교육 프로그램은 학습자들이 팟캐스트 청취를 통해 시창작의 동기를 획득하고, 팟캐스트 주제를 활용한 짧은 글쓰기 활동을 통해 시의 이해도를 높이는 데 도움이 된다. 이는 팟캐스트를 활용한 시의 감상과 분석 활동으로 이어져 시 감상의 능력을 향상하고 시적 기법을 이해하는 데 도움이 된다. 온라인 녹화 방식의 소셜 리딩을 적용한 개인 시창작 활동은 감수성의 세련화와 상상력의 확대라는 과정으로 나아간다. 이러한 과정에서 개인의 감수성을 기반으로 동화적 상상력, 매체를 활용한 상상력의 다양한 시작품이 도출되었다.

이와는 다른 영역으로 주제에 따른 개인 시창작 활동은 시창작을 어려워하는 학습자들에게 시적 소재를 미리 제시함으로써 시를 창작할 수 있는 방향성을 알려줄 수 있다는 점, 자신의 관점을 기반으로 상상력을 확대하여 시를 창작할 수 있다는 점 등의 이유로 시행되었다. 다음은 온라인 녹화 방식의 시창작 활동 교육에서 주제에 따른 개인 시창작 활동에 대한 내용이다.

구석에 박혀있는 상자

그 속은 숲과 같지

그림자 진 숲과 같지

나는 숲을 향해 뚜벅뚜벅 들어선다

숨은 그림 찾기

낡은 수첩과 선글라스, 삐삐와 보온병을 찾으시오

세워진 나무 푯말을 본다

나무 위에 걸린 작은 수첩 하나

학창시절 내 학업은 대표하던 물건

첫 시험 전교 꼴등의 서러움과

수능 만점의 말로 표현할 수 없는 희열

잠시 수첩을 접는다

나무 위를 기어오른다, 작은 다락방

상자를 열자

유행 지난 선글라스 하나, 내 우정을 대표하는 물건

돈 모아 친구들과 백화점을 가서

고르고 골라 사 온 그 시절 최고의 의상

액정도 다 깨진 작은 삐삐는 이 중 가장 오래된 물건

학창시절에 쓰던 내 유일한 전자기기

그때는 우리가 이런 것으로 어떻게 메시지를 주고받았나

얼굴들이 보인다   — 김○○, 「숨은 그림 찾기」 부분

눈을 감아도 세상이 보이나요?

자, 이제부터 제가 내는 퀴즈에

눈을 감고 생각해 봅시다

자, 앞엔 사물 2개가 있습니다

이것을 만져보고 뭔지 이야기해봅시다

이것은 테가 있고, 안경같이 생겼습니다

또, 이것은 길쭉하고, 위로 갈수록 얇아집니다

선글라스와 보온병이 생각나셨나요?

이번엔 눈을 떠봅시다

이것은 당신이 생각하던 사물이 맞나요?

나무 위로 주렁주렁 뻗어 나가는 빛나는 가지들

자, 그렇다면 당신이 보고 있는 것이 사실이 맞나요?

— 함○○, 「눈을 감고 보는 세상」 전문

심야엔 박쥐들의 울음소리로 음산하고

한적한 오후엔 첨병대는 파도 소리뿐인 무인도

햇볕이 쨍쨍한 무인도에서 선글라스를 끼고

보온병에 담긴 시원한 얼음물을 마시며

큰 바위 위에 대자로 누웠다

넓은 무인도에는 나와 내 그림자뿐

그때 저 멀리에서 날아온 갈매기 한 마리

내 어깨를 부리로 툭툭 친다

나와 무인도에서 함께 살자고 한다

나는 깊은 고민에 빠졌다

— 노○○, 「무인도」 전문

  1의 「숨은 그림 찾기」에서 교수자는 1연 "내 삶이 들어 있는 상자"라는 문장을 삭제하고 시 전체에서 상자가 자신의 삶을 보여주는 역할을 하도록 피드백하였다. 또한, 3연의 "뭐가 있을지 모르는 숲처럼/ 별것 아닌 추억들이 들어있는 상자"라는 문장을 삭제하여 시적 대상을 통해 주제를 보여주는 방향으로 피드백하였다. 4연 "이제는 기억도 나지 않는 상자 속 물건들"이라는 문장을 "나는 숲을 향해 뚜벅뚜벅 들어선다/ 숨은 그림찾기"라는 문장으로 수정하고 다음 연의 시적 장면들과 문장이 어울리도록 피드백하였다.

  이에 학습자들은 다음과 같이 수정하였다. 1연에서는 "구석에 박혀있는 상자/ 그 속은 숲과 같지/ 그림자 진 숲과 같지"라는 문장으로 수정하였다. 2연에서는 "나는 숲을 향해 뚜벅뚜벅 들어선다/ 숨은 그림찾기/ 낡은 수첩과 선글라스, 삐삐와 보온병을 찾으시오/ 세워진 나무 푯말을 본다"라는 문장으로 수정하였다. 3연에서는 "나무 위에 걸린 작은 수첩 하나/ 학창시절 내 학업을 대표하던 물건/ 첫 시험 전교 꼴등의 서러움과/ 수능 만점의 말로 표현할 수 없는 희열/ 잠시 수첩을 접어둔다" 등으로 수정하였다. 4연에서는 "나무 위를 기어오른다, 작은 다락방/ 상자를 열자/ 유행 지난 선글라스 하나, 내 우정을 대표하는 물건/ 돈 모아 친구들과 백화점에 가서/ 고르고 골라 사 온 그 시절 최고의 의상" 등으로 수정하였다. 5연에서는 "액정도 다 깨진 작은 삐삐는 이 중 가장 오래된 물건/ 학창시절에 쓰던 내 유일한 전자기기/ 그때는 우리가 이런 것으로 어떻게 메시지를 주고받았나/ 얼굴들이 보인다" 등으로 문장을 퇴고했다.

2의 「눈을 감고 보는 세상」에서는 1연 "눈을 감아도 세상이 보이나요?"라는 문장을 제외한 나머지 문장을 삭제하도록 피드백하였다. 이는 시적 화자의 질문을 통해 시적 단어와 장면을 보여주기 위함이다. 또한, 4연에서는 '선글라스와 보온병이 생각나셨나요?/ 이번엔 눈을 떠봅시다'라는 문장 뒤에 지배적인 장면을 묘사를 활용하여 보여주는 방향으로 피드백하였다. 이 시편은 문답형 진술로 제시되고 있다. 그러나 시적 화자가 모두 그 답을 해줌으로써 시적 긴장도가 떨어지고 있다. 이에 지배적인 장면을 포착하고 이를 보여주는 방식으로 수정되어야 한다.

이에 학습자는 다음과 같이 수정하였다. 1연에서는 "눈을 감아도 세상이 보이나요?/ 자, 이제부터 제가 내는 퀴즈에/ 눈을 감고 생각해 봅시다"라는 문장으로 수정하였다. 2연에서는 "자, 앞에 사물 2개가 있습니다/ 이것을 만져보고 뭔지 이야기해봅시다"라는 문장으로 수정하였다. 3연에서는 "이것은 테가 있고, 안경같이 생겼습니다/ 또, 이것은 길쭉하고, 위로 갈수록 얇아집니다"라는 문장으로 수정하였다. 4연에서는 "선글라스와 보온병이 생각나셨나요? 이번엔 눈을 떠봅시다/ 이것은 당신이 생각하던 사물이 맞나요?"라는 문장으로 수정하였다. 5연에서는 "나무 위로 주렁주렁 뻗어 나가는 빛나는 가지들/ 자, 그렇다면 당신이 보고 있는 것이 사실이 맞나요?"라는 문장으로 수정하였다.

3의 「무인도」에서 1연 "나는 무인도에서 살고 싶다/ 사람 하나 없는 무인도에서"라는 문장을 삭제하도록 피드백하였다. 이는 무인도에 대해 누구나 알고 있으며, 새로운 사실이 아니기 때문이다. 2연 "소리라곤 숲속에 사는 동물소리/ 첨벙대는 파도 소리뿐인 무인도에서"라는 문장은 감각적인 비유나 묘사를 활용하여 문장을 구체화하는 방향으로 피드백하였다. 3연 "햇빛이 쨍쨍한 무인도에서 선글라스를 끼고/ 보온병에 담긴 시원한 얼음물을 마시며/ 큰 바위 위에 편하게 누워 있고 싶다"라는 문장에서 '누워 있다'라는 서술어를 현재형으로 수정하도록 피드백하였다. 시에서 현재형 서술어를 쓰는 것이 시적 장면에서 현장감을 살려주기 때문이다. 4연 "나에게는 어떠한 제어도 주어지지 않는다"라는 문장은 구체적인 장면으로 표현하는 방향으로 피드백하였다. 5연 "그때 저 멀리에서 날아온 갈매기 하나가 나에게 말을 건다"라는 문장은 갈매기의 구체적인 행동을 통해 시적 장면을 보여주는 방향으로 피드백하였다. 이에 학습자는 다음과 같이 작품을 수정하였다.

1연에서는 "심야엔 박쥐들의 울음소리로 음산하고/ 한적한 오후엔 첨벙대는 파도 소리뿐인 무인도"로 문장을 수정하였다. 2연에서는 "햇볕이 쨍쨍한 무인도에서 선글라스를 끼고/ 보온병에 담긴 시원한 얼음물을 마시며/ 큰 바위에서 대자로 누웠다"로 문장을 수정하였다. 3연에서는 "넓은 무인도에는 나와 내 그림자뿐/ 그때 저 멀리 날아온 갈매기 한 마리/ 내 어깨를 부리로 툭툭 친다/ 나와 무인도에서 함께 살자고 한다"로 문장을 수정하였다. 4연에서는 "나는 깊은 고민에 빠졌다"로 문장을 수정하였다.

이처럼 시창작 활동에서는 팟캐스트 콘텐츠를 활용한 개인 시창작 활동 방식이 주제에 따른 개인 시창작 활동 방식보다 감각적인 시적 장면, 구체적인 단어를 도출하는 데 도움이 되었다. 팟캐스트 콘텐츠를 활용하여 시창작을 할 때, 시창작의 동기를 획득할 수 있으며, 팟캐스트 주제를 활용한 짧은 글쓰기 활동, 팟캐스트를 활용한 시의 감상 및 시 분석 활동은 시 감상 능력의 향상 및 시적 기법 이해로 나아갔다. 이를 기반으로 온라인 녹화 방식의 소셜 리딩을 적용한 개인 시창작 활동에서 감수성이 세련화되어 상상력이 확장되었다. 팟캐스트 콘텐츠를 활용한 시창작 활동은 학습자들의 내면에 억눌린 무의식을 자연스럽게 표출할 수 있게 유도한다. 따라서 팟캐스트 콘텐츠를 활용한 개인 시창작 활동을 제시하는 것이 학습자들에게 시창작의 동기 획득, 시의 이해도 향상, 시 감상의 능력 향상 및 시적 기법 이해, 감수성의 세련화 및 상상력의 확대에 도움이 된다는 사실이 도출되었다.

온라인 녹화 방식의 시창작 활동 교육 프로그램 분석

온라인 녹화 방식에서 유튜브 활용을 중심으로 한 시창작 활동 교육에 대한 것이다. 온라인 녹화 방식의 교육에서는 유튜브와 구글 클래스를 활용하였다. 먼저, 유튜브를 활용하여 학습자들에게 팟캐스트 콘텐츠를 제시하기 위해 구글 클래스 게시판에 각 팟캐스트에 대한 내용을 간략하게 안내하였다.

교수자는 팟캐스트 청취를 통해 시창작에 대한 관심을 유도하였다. 또한, 팟캐스트 주제를 활용한 짧은 글쓰기 활동, 팟캐스트를 활용한 시의 감상 및 시 분석 활동, 개인 시창작 활동 등을 제시하였다. 이러한 과정은 사이버 교사촉진형으로 진행되었으며, 구글 클래스 게시판을 활용하여 과제 피드백, 학습에 대한 안내가 이루어졌다. 또한, 수업 게시판의 댓글 기능을 활용하여 교수자-학습자 간의 소통이 이루어졌다. 이를 통해 학습자들은 자신의 과제물을 점검하고 교수자와 지속적으로 소통하였다.

온라인 녹화 방식의 교육에서는 유튜브 매체를 활용한 팟캐스트 청취, 팟캐스트 주제를 활용한 짧은 글쓰기 활동, 팟캐스트를 활용한 시의 감상 및 분석 활동, 소셜 리딩을 적용한 개인 시창작 활동 등의 교육을 진행하였다.

온라인 녹화 방식에서 소셜 리딩 방식을 적용한 교육의 결과에 대한 이점은 다음과 같다.

온라인 녹화 방식의 교육에서 팟캐스트 청취는 시창작의 동기 획득에 영향을 미쳤다. 학습자들은 청취자 사연 시편 및 다양한 시편을 통해 문학 비전공자도 시를 쓸 수 있다는 점을 스스로 인식하여 시창작의 동기를 획득하였다.

또한, 팟캐스트 주제를 활용한 짧은 글쓰기 활동이 시의 이해도 향상에 영향을 미쳤다. 이는 팟캐스트 주제를 활용하여 시각 자료를 기반으로 학습자가 시를 이해하는 데 도움이 된 것으로 판단된다.

마지막으로 팟캐스트를 활용한 시의 감상 및 시 분석 활동이 시 감상의 능력 향상 및 시적 기법 이해에 영향을 미쳤다. 학습자들이 팟캐스트 청취를 통해 다양한 시를 접함으로써 심미안을 획득하여 자연스럽게 시의 기법을 이해하게 되었다. 이러한 모든 과정은 온라인 녹화 방식의 소셜 리딩을 적용한 개인 시창작 활동에서 학습자들의 감수성의 세련화와 상상력의 확대라는 결과로 이어지게 되었다.

온라인 녹화 방식의 소셜 리딩 방식을 적용한 개인 시창작 활동과 주제에 따른 개인 시창작 활동의 단점은 다음과 같다.

온라인 녹화 방식의 소셜 리딩 방식을 적용한 개인 시창작 활동의 경우 학습자들에게 일반적이며 누구나 공감할 수 있는 주제를 제시할 때 학습자들이 팟캐스트를 청취하는 과정에서 시창작의 동기를 획득하였다. 주제에 대한 내 생각을 짧게 메모하기, 나의 경험과 연관되는 지점에 대해 생각해보기 등의 활동으로 연계하기도 하였다. 주제에 따른 개인 시창작 활동에서 교수자는 학습자들이 다양한 시적 단어를 조합하여 새로운 시적 장면을 구성할 수 있도록 설정하였다. 이때, 주제는 하나의 특성에 치우치지 않는 것이며, 학습자의 상상력을 불러일으킬 수 있는 것으로 설정하였다. 또한, 교수자는 시창작 활동이 자유로운 소통의 도구이며, 개인의 심미안을 바탕으로 시를 향유할 수 있음을 학습자들에게 인지시켜야 했다. 이는 시에 대한 거부감을 낮춰 학습자들에게 시창작 활동에 대한 자신감과 심미적 만족감을 느끼게 하려는 목적에서였다.

온라인 녹화 방식의 교육에서는 유튜브를 활용한 팟캐스트 청취, 팟캐스트 주제를 활용한 짧은 글쓰기 활동 및 시의 감상 및 분석 활동, 소셜 리딩을 적용한 개인 시창작 활동 등의 활동이 학습자들에게 도움이 될 것으로 사료된다. 유튜브를 활용한 팟캐스트 청취는 시각적으로 시를 보여주고 청각적으로 낭독자가 시를 낭독해주는 방식을 통하여 시창작의 동기를 가질 수 있게 한다. 시가 어렵고 재미없는 것이 아니라 일상생활 속에서도 팟캐스트를 통해 쉽게 접할 수 있으며, 재미와 정보를 주는 것임을 인지시켜줄 수 있다는 점에서 기대효과가 있다. 이는 팟캐스트의 주제를 활용하여 짧은 글쓰기 활동을 수행하는 과정으로 나아간다. 또한, 시를 감상하면서 얻게 된 심미안을 기반으로 다양한 시들을 분석하여 시를 향유할 수 있다.

자신의 개인 학습 환경에서 소셜 리딩을 활용한 개인 시창작 활동은 다양한 인문학적 관점을 기반으로 자신의 내면과 세계관을 표현할 수 있는 소통 수단이 될 수 있다는 점에서 정서적, 사회적 측면에서 긍정적인 기대효과가 있다.

제4장
매체별 교육사례 결과 비교

1. 설문조사 결과 분석 및 피드백 보완

이 장에서는 3장에서 별도로 진행했던 각각의 사례를 매체의 활용방식 중심으로 분류하여 사례별 장단점을 도출한다. 이 분석결과는 매체의 활용 방식별 최적의 교육효과를 창출해 내기 위한 교육설계를 제언하는 데 활용하고, 궁극적으로는, 문학비전공자를 대상으로 한 다양한 시창작 활동 교육 프로그램의 운영 효과를 높이는 효과적인 매체 활용 제언을 하는 데 목적을 두고자 한다.

먼저, 참여자(학습자)의 설문조사를 실시하고 그 결과를 분석·정리한다. 모든 설문조사에는 문항 수, 문항 문제의 폭, 당시의 분위기나 개인적인 심리상태, 주변여건과 제반시설에 대한 만족도 등 계측할 수 없는 많은 변수가 있기 때문에 그 설문조사의 결과에 대한 신뢰도를 정밀하게 도출해낼 수 없다는 한계점을 가지고 있다. 특히 시창작 활동의 모든 커리큘럼은 참여자에게 자신의 내면 심리상태에 대해 주목하도록 유도하기 때문에 시창작 활동 이후의 설문조사는 공통키워드를 찾아내기 더욱 어려웠다. 그러나 교육 전체를 파악하고 차기 커리큘럼을 설계하는 데 있어서 참여자들의 설문조사는 가장 중요한 피드백이라는 점은 확실하다. 따라서 차기 교육 프로그램을 제언할 수 있도록 방향을 설정하는 요소를 도출하는 데 강점을 두고자[88] 한다.

설문조사는 사례별 매체의 활용방식에 초점을 두어 ①블랜디드 방식 사례, ②비대면 방식 사례, ③온라인 녹화 방식 사례로 분류하고, 사례별 ㉠매체 활용(강의참여, 토론참여), ㉡이론 교육(묘사, 진술, 패러디), ㉢창작 활동(모둠 활동, 개인 활동), ㉣교육인터렉션(교수자, 학습자)로 나누어 설문을 정리한다.

사례별 공통 설문은 모두 주관식으로 설정하였다. 주관식 설문은 당시 시창작 활동 교육 프로그램에 참여한 학습자의 생각과 느낌 등이 구체적으로 드러날 수 있다. 이는 시창작 활동 교육 프로그램 운영 시 매체 활용에 대한 제언에서 주요한 내용이 될 수 있기 때문이다. 주관식의 설문은 매체 활용, 이론 교육, 창작 활동, 교육 인터렉션 등의 유형에서 활동이 얼마나 학습자에게 도움이 되었는지, 활동이 얼마나 잘 이루어졌는지를 묻는 내용으로 구성했다.

사례별 주관식 설문내용을 정리하면 다음과 같다.

구분		주관식 설문내용
㉠매체 활용	강의참여	온라인(오프라인)에서 줌 실시간 매체 또는 유튜브를 활용한 강의 참여가 얼마나 도움이 되었다고 생각하십니까?
	토론참여	줌의 마이크와 채팅창 기능을 활용한 토의·토론 참여가 과제 해결에 얼마나 도움이 되었다고 생각하십니까?
㉡이론 교육	시의 기법	시의 기법(묘사, 진술, 패러디) 등의 이해가 시창작 과정에서 얼마나 도움이 되었다고 생각하십니까?
㉢창작 활동	모둠 활동	모둠 시창작 활동에서 다른 학습자들과의 협동심을 통한 시창작 활동이 얼마나 도움이 되었다고 생각하십니까?
	개인 활동	개인 시창작 활동에서 1:1 피드백을 통한 시창작 활동이 얼마나 도움이 되었다고 생각하십니까?
㉣교육 인터렉션	학습자 간의 소통	매체를 활용한 시창작 활동 교육 프로그램에서 학습자 간의 소통이 얼마나 잘 이루어졌다고 생각하십니까?
	교수자와 의 소통	매체를 활용한 시창작 활동 교육 프로그램에서 교수자와의 소통이 얼마나 잘 이루어졌다고 생각하십니까?

<표 20> 사례별 주관식 설문내용

㉠매체활용에 대한 설문은 강의참여와 토론참여 등으로 구분하였다. 강의참여에서는 온라인(오프라인)에서 줌 실시간 매체 또는 유튜브를 활용한 강의 참여가 얼마나 도움이 되었는지이다. 이에 매체의 활용방식에 따른 매체기능이 시창작 활동 교육에서 얼마나 최적의 교육효과를 낼 수 있는지 살펴보았다. 토론참여에서는 줌의 마이크와 채팅창 기능을 활용한 토의·토론 참여가 과제 해결에 얼마나 도움이 되었는지이다. 이에 시창작 활동 교육에서 매체의 기능을 활용하여 토론참여가 적절하게 이루어질 수 있는지 점검했다.

㉡이론교육에 대한 설문은 시의 기법 등의 이해가 시창작 과정에서 얼마나 도움이 되었는지이다. 이에 시의 기법에 따른 기대효과를 살펴보고자 하였다. 묘사는 대상에 대한 관찰을 통해 시적 대상을 이미지로써 구체적으로 표현할 수 있기 때문에 시창작 활동 교육에서 기본적인 시의 기법으로 적용할 수 있다고 보았다. 또한, 상징은 추상적인 관념이나 심상을 구체적인 사물을 통해 표현할 수 있어 시의 기법으로, 시창작 활동 교육에서 시적 단어를 구체화하는 데 필수적이라고 판단했다. 패러디는 특정 작가의 소재나 고유한 문체를 흉내내어 자신만의 주제를 기반으로 풍자, 위트, 아이러니 등의 요소 등을 내포할 수 있는 특징을 가지고 있어 시창작 활동 교육에서 학습자들이 쉽게 접근할 수 있다고 보았다. 이론 교육에 대한 설문은 시의 기법(묘사, 진술, 패러디) 등으로 구분하여 학습 대상별로 다르게 적용했다. 왜냐하면 학습 대상의 특징별로 적용할 수 있는 시의 기법이 다르며, 이에 따른 기대효과도 다르기 때문이다.

㉢창작 활동에 대한 설문은 모둠 활동과 개인 활동 등으로 구분하였다. 먼저, 모둠 활동에서는 모둠 시창작 활동에서 다른 학습자들과의 협동심에 따른 시창작 수행이 얼마나 도움이 되었는지이다. 이에 학습자 간 협동심이 모둠 시창작 활동에서 프로그램의 활동에 어떤 영향을 미치는지 알아

보았다. 개인 활동에서는 개인 시창작 활동에서 1:1 피드백을 통한 시창작 활동이 얼마나 도움이 되었는지이다. 이에 개인 시창작 활동에서 교수자의 1:1 피드백이 학습자에게 어떤 영향을 미치는지 살펴보았다.

ㄹ교육인터렉션에 대한 설문은 학습자 간의 소통과 교수자와의 소통으로 구분하였다. 학습자 간의 소통에서는 매체를 활용한 시창작 활동 교육 프로그램에서 학습자 간 소통이 얼마나 잘 이루어졌는지이다. 이는 매체를 활용한 시창작 활동 교육에서 학습자 간의 소통이 얼마나 잘 이루어질 수 있는지 알아보았다.

교수자와의 소통에서는 매체를 활용한 시창작 활동 교육 프로그램에서 교수자와의 소통이 얼마나 왜 잘 이루어졌는지이다. 이에 매체를 활용한 시창작 활동 교육에서 교수자와 학습자 간의 소통이 얼마나 잘 이루어질 수 있는지를 알아보고, 다양한 소통의 방식을 고민했다.

각 설문은 매체의 활용 별로 구분하여 정리했고, 표에서 설문 결과의 장점은 (+), 단점은 (-)로 표기했다.

블랜디드(on-offline) 방식 사례
: zoom 매체 활용& 현장 강의, 중학생 대상, 이론과 실기 수업 병행

비대면 방식과 대면 방식을 병행한 블랜디드 방식 시창작 활동 교육 프로그램 사례에 대한 설문조사 결과에서 다음과 같은 장단점을 정리할 수 있었다.

첫째, 매체의 활용 부분은 강의참여와 토론참여 등으로 분류하여 대면 방식의 교육과 비대면 방식의 교육으로 살펴보았다. 대면 방식의 강의참여에서는 사진, 그림, 미술 영상 자료 등의 활용으로 수업의 집중도가 높아졌다. 또한, 강의 참여시 화면 크기를 조정하거나 데스크탑, 노트북을 활용하여 교수자의 안내에 따라 활동에 참여할 수 있었다. 그러나 비대면 방식의 강의참여에서 학습 과정에서 교수자의 목소리와 화면 끊김 현상으로 정보 진달이나 속도가 원활하지 못했다. 이에 대한 교수법의 보완으로 블랜디드 방식의 시창작 활동 교육에서는 인터넷 속도를 상시 점검하고, 다양한 시각 및 영상 자료를 확보한다. 토론참여에서 비대면 방식의 강의참여에서 데스크탑을 사용하는 경우 개인 마이크가 준비되어야 토론 참여가 가능했다. 또한, 토론 시 다른 학습자의 잡음이 마이크를 통해 공유되어 수업 활동에 방해가 되었다. 이에 대한 교수법의 보완으로 블랜디드 방식의 시창작 활동 교육에서는 학습자의 강의 환경을 상시 점검한다. 학교에서는 학습자에게 노트북이나 마이크를 대여해주는 시스템을 구축한다. 온라인 수업에서는 기기를 활용한 수업이 필수적이다. 학습자의 학습 환경에 기기가 준비되지 않은 경우 수업참여에 한계가 있기 때문이다. 또한 토론 참여시 학습자에게 순차적으로 마이크를 켜는 방식을 제시하여 학습자들 간의 잡음이 공유되지 않도록 한다.

둘째, 이론교육은 묘사와 패러디 등으로 살펴보았다. 묘사에서는 줌의 화면 공유 기능을 활용하여 각종 자료를 공유하여 강의의 효율성이 높아졌다. 그러나 대면 수업에서는 시 이론에 대한 개념 이해가 어려웠다. 패러디에서는 ppt와 학습 게시판의 유인물을 통해 패러디의 개념과 특성을 잘 이해할 수 있었다. 또한, ppt로 패러디 이론을 살펴보고 유인물을 통해 창작 활동과 연계할 때 패러디에 대한 이해도가 높았다. 교수법의 보완점으로 묘사에서는 줌 실시간 매체의 화이트보드 기능을 활용하여 실습 및 다양한 창작 활동을 연계한다. 줌의 화이트보드, 화면공유 기능을 활용하면 실시간으로 학습 활동을 학습자들과 공유할 수 있다. 또한, 시각 및 영상 자료를 활용하여 이론에 대한 이해를 유도한다. 시각 및 영상 자료를 활용은 학습자들에게 시각적인 이미지를 떠올리게 함으로써 시의 이론에 자연

구분		설문ろ
㉠매체 활용	강의참여	①사진, 그림, 미술 영상 자료 등의 활용으로 수 ②시스템상 목소리와 화면 끊김 현상으로 정보 전달 ③화면 크기를 조정하거나 데스크탑, 노트북을 활용
	토론참여	①줌 실시간 매체를 활용한 토론 시 개인 마이 ②토론 시 다른 학습자의 잡음이 마이크를 통해
㉡이론 교육	묘사	①줌의 화면공유 기능을 활용하여 각종 자료를 ②대면 수업에서 이론 개념 이해가 어려웠음(-)
	패러디	①ppt를 통해 패러디의 개념을 이해하기 쉬웠 ②학습 게시판의 유인물을 통해 패러디를 잘 C ③ppt와 유인물을 창작 활동과 연계할 때 문학
㉢창작 활동	모둠활동	①모둠 시창작 활동을 통해 사회성을 기를 수 ②집중도와 참여도가 낮은 학습자로 인해 과제 ③대면 수업에서 모둠 시창작 활동에서 과제 ④사전에 학습자 모둠이 편성되어야 자발적인 토론
	개인활동	①개인 시창작 활동을 할 때 내 생각과 의견을 ②1:1 개인 피드백을 통해 발표하고 칭찬을 받 ③대면 수업에서 (주제에 따른) 개인 시창작 홀
㉣교육인터렉션	학습자 간의 소통	①온라인 수업에서는 수업 방해요소가 없어 흐 ②온라인 수업은 교수자의 설명과 자료화면이 ③오프라인 수업은 친구들과 직접 대화와 활동 ④오프라인 수업은 학습 시간이 정해져 있어서
	교수자와의 소통	①1:1 대면, 구글 클래스를 통해 교수자가 소 ②1:1 대면, 구글 클래스를 통한 피드백에 수업 ③오프라인 수업에서 과제물에 대한 교수자의 1:

스럽게 접근할 수 있게 돕는다. 패러디에서는 ppt와 유인물을 활용하여 다양한 창작 활동을 제시한다. 이는 이론과 실기를 병행함으로써 패러디의 개념에 대한 이해와 학습 효과를 극대화하는 데 목적이 있다.

셋째, 창작 활동은 모둠 활동과 개인 활동으로 분류하여 살펴보고자 하였다. 모둠 활동에서 대면과 비대면 방식의 강의 참여에서는 사회성을 기

	교수법 보완점
집중도가 높아짐(+) 속도가 원활하지 못하였음( ) 원활한 강의참여를 할 수 있었음(+)	- 다양한 시각 및 영상 자료 확보 - 인터넷 속도 상시 점검
준비되어야 토론 참여가 가능함(-) 되어 수업 활동에 방해가 되었음(-) 하여 강의 효율성을 높임(+)	- 기기대여 시스템 구축 - 순차적 마이크on-off 방식 제안 - 화이트보드, 화면공유 등 다양한 기능 활용 - 이론 강의는 비대면 수업(+자료) 활용
수 있었음(+) 이 이해도가 높았음(+)	- ppt와 유인물을 통한 이론과 다양한 창작 활동 제시
(+) 에 어려움이 있었음(-) 간이 부족했음(-) 과정으로 이어질 수 있음(-)	- 줌 매체를 활용하여 상벌 규칙을 제안 - 활동 수행 시간을 고려한 수업 설계 - 구글 클래스를 활용한 과제 제출 - 학습자의 성향에 따른 팀빌딩
을 통해 표현할 수 있어서 좋았음(+) 감이 들었음(+) 다소 어렵게 느껴졌음(-)	- 학습자의 무의식을 끌어낼 수 있는 다양한 시각 및 영상 자료 활용
소통이 잘되었음(+) 되어 학습자 간 소통 시간이 부족함(-) 수 있어서 유대감이 생김(+) 학습자의 자발적인 참여가 어려움(-)	- 줌의 소모임, 채팅창 기능을 활용한 수업 활동 적용 - 학습활동의 특성과 매체의 기능을 고려한 수업모형 설계 및 적용
주 해주어서 좋았음(+) 가 활동에 수업동기, 흥미를 느낌(+) 이 즉각적으로 이루어지지 않음(-)	- 구글 클래스를 활용한 과제 피드백 제공 - 학습자의 동기를 강화할 방법 적용

<표 21> 블랜디드 방식 사례에 대한 설문결과와 교수법 보완점

를 수 있었다. 그러나 모둠 활동에서 집중도와 참여도가 낮은 학습자로 인해 과제 수행에 어려움이 있었다. 또한, 모둠 시창작 활동에 과제 수행 시간이 부족했다. 모둠 활동에서는 사전에 학습자 모둠이 편성되어야 자발적인 토론 참여 과정으로 이어질 수 있었다. 이에 교수법에 대한 보완으로 모둠 구성에서 모둠 시창작 활동에서는 상벌 규칙을 적용하여 협동 기반의

학습 활동을 제시한다. 줌의 매체를 활용하여 상벌 또는 규칙을 학습자들이 직접 제안할 수 있다. 또한, 블랜디드 수업 방식에서 과제 수행 활동 시 대면 수업 방식보다 비대면 방식의 수업 비율을 높게 두어 설계한다. 비대면 수업에서 미처 수행하지 못한 과제는 구글 클래스 과제 게시판을 통해 제출하는 방법을 적용한다. 교수자는 관찰일지를 통해 학습자의 성향과 특성을 고려하여 모둠을 구성한다. 모둠 시창작 활동에서 학습자 간의 거리감, 모둠 형성의 특성 등은 과제 수행에 영향을 미쳤다. 실제 모둠 활동에서 교수자가 모둠을 정해준 그룹은 과제 수행에 대한 완성도가 높으나, 질적 우수도는 낮았다. 반면, 자발적으로 모둠을 구성한 경우 과제 수행에 대한 완성도가 낮으나, 질적 우수도는 높았다. 개인 활동에서는 학습자의 무의식을 끌어낼 수 있는 다양한 시각 및 영상 자료를 활용할 수 있다. 시각자료를 통한 시창작 활동은 학습자가 시각 자료를 통해 자연스럽게 이미지를 떠올릴 수 있게 하며 지배적인 장면, 시어 등을 쉽게 도출할 수 있도록 유도한다.

넷째, 교육인터렉션에서는 학습자 간의 소통과 교수자와의 소통 등으로 분류하여 살펴보았다. 학습자 간의 소통에서 온라인 수업은 수업의 방해요소가 없어 학습자 간의 소통이 이루어졌다. 그러나 온라인 수업은 교수자의 설명과 자료화면이 주가 되어 학습자 간 소통 시간이 부족했다. 대면 방식 수업의 경우 학습자들은 다른 학습자들과 직접 얼굴을 보고 대화와 활동을 할 수 있어서 유대감이 생겼다. 그러나 대면 방식의 수업은 학습 시간이 정해져 있기 때문에 모든 학습자의 자발적인 참여가 어려웠다. 교수법의 보완으로 블랜디드 수업 방식에서 비대면 수업의 경우 줌의 채팅창, 소모임 기능을 활용하여 학습자 중심의 학습활동을 적용한다. 줌의 기능을 활용한 소통은 실시간으로 즉각적으로 이루어지기 때문에 원활한 소통이 가능하다. 또한, 학습 활동의 특성과 매체의 기능을 고려하여 수업모형을 설계한다.

학습활동의 특성에 따라 소요되는 시간이 다르기 때문에 매체의 기능을 활용하여 수업모형을 구안하여 효과적인 학습이 가능하도록 한다. 교수자와의 소통에서 1:1대면, 구글 클래스를 통해 교수자가 학습자들과 소통을 자주 시도했다. 또한, 학습자들에게 지속적인 피드백과 동기를 유발하게 유도하여 학습자들이 수업 참여와 학습 활동에 흥미를 느끼도록 하였다. 그러나 대면 방식 수업의 경우 과제물에 대한 교수자의 1:1 피드백 제공이 즉각적으로 이루어지지 않았다. 이에 대한 교수법의 보완으로 교수자는 구글 클래스 게시판을 활용하여 과제물에 대한 피드백을 제공한다. 학습자들은 구글 클래스의 댓글 기능을 활용하여 교수자에게 질문을 할 수 있다. 피드백 파일은 따로 저장하여 언제든 점검이 가능하다. 교수자는 학습 대상에 따라 구글 클래스, 네이버 밴드, 메일, 메신저, 문자 등을 활용하여 지속적인 피드백을 제공한다. 또한, 학습자의 동기를 강화할 수 있는 다양한 방법을 구안하여 학습에 적용한다. 교수자의 격려는 학습자들에게 학습 동기를 강화하는 데 영향을 미친다.

비대면(online) 방식 사례
: zoom 매체 활용, 일반인(30-70대) 대상, 이론과 실기 수업 병행

시창작 활동 교육프로그램 전체를 비대면 방식으로 진행한 교육사례의 설문조사 결과에서 다음과 같은 장단점을 정리할 수 있었다.

첫째, 매체의 활용에서는 강의참여와 토론참여로 구분하여 살펴보았다. 강의참여에 대한 설문결과 다른 지역에 살고 있지만, 줌 실시간 화상회의 매체를 활용하여 강의에 참여할 수 있었다. 또한, 네이버 밴드 게시판을 통해 수업 내용을 살필 수 있다는 점이 만족스러웠다. 그러나 매체의 사용이

구분		
⊙매체 활용	강의참여	①다른 지역에 살고 있지만 줌 실시간 매체 ②네이버 밴드 게시판을 통해 수업 내용을 살 ③매체의 사용이 능숙하지 않아서 강의참○
	토론참여	①매체의 기능을 활용하는 데 능숙하지 않 ②다른 학습자의 마이크를 통해 잡음이 공
ⓒ이론 교육	묘사	①ppt를 활용해 묘사의 종류에 따른 시작품 ②ppt를 통한 묘사의 이해에 어려움을 느
	상징	①시각 자료인 그림, 영화의 한 장면을 통 ②네이버 밴드에 게시된 시각 자료를 기반
ⓒ창작 활동	모둠 활동	①그림 자료를 활용하여 시창작 활동에서 ②줌 매체와 시각 자료를 참조하여 모둠 활
	개인 활동	①개인 시창작 활동에서 시를 창작하는 것 ②주제에 따른 개인 시창작 활동에서 충분한
②교육인터렉션	학습자 간의 소통	①줌 실시간 매체를 통해 학습자들과의 활 ②줌 실시간 매체를 통한 수업에서 학습
	교수자와의 소통	①마이크를 통해 강사의 목소리를 들음으로 ②대면 방식의 1:1 피드백이 시창작 능력을 높

능숙하지 않아서 강의참여 및 적응에 시간이 많이 소요되었다. 이에 강의
참여에 대한 교수법의 보완으로 타지역의 학습자들도 학습 프로그램에 참
여할 수 있는 다양한 프로그램을 개설한다. 줌 매체를 통한 학습 참여는 공
간에 구애받지 않고 실시간으로 원하는 학습 프로그램에 참여할 수 있다.
또한, 구글 클래스, 네이버 밴드 등의 학습 게시판을 적극적으로 활용한다.
학습자들은 수업 게시판을 통해 언제든지 수업에 관한 정보를 얻을 수 있

결과	교수법 보완점
...하여 강의에 참여하게 되었음(+) ...다는 점이 만족스러움(+) ...응에 시간이 소요됨(-)	- 타지역의 학습자도 참여할 수 있는 줌을 통한 프로그램 개설 및 홍보 - 수업 게시판의 적극적 활용 - 매체 기능 실습 활동 제시
...적으로 참여하지 못함(-) ...토론과정에서 방해가 되었음(-) ...고 심도 있는 토론이 가능함(+)	- 매체기능 실습 - 매체활용 실습, 에티켓 지정 - 시각 및 영상 자료를 활용한 학습자의 이해유도
...을 배움으로써 시를 잘 이해할 수 있었음(+) ...상과 상상을 통해 상징을 연습함(+) ...거를 도출하는 것이 쉽게 느껴짐(+) ...유동적이고 구체적인 시를 창작함(+)	- 수업 게시판에 다양한 주제의 시각 및 영상 자료 게시 & 창의적 쓰기 활동 제시 - 시각 및 영상 자료를 활용한 모둠 활동의 다양화
...웠음(-) ...필요함(-)	- 시각 및 영상 자료에 기반한 시창작 활동 제시 - 학습자가 공감할 수 있는 주제 선정 및 안내
...이 가능함, 이를 통해 다양성을 존중하게 됨(+) ...않으면 소통이 원활하지 않음(-) ...트 시대에 시를 차분히 감상할 수 있었음(+) ...었을 것이라는 아쉬움이 들었음(-)	- 학습자 중심 활동 제시 - 소규모 수업 설계 - 교수자의 매체 환경 수시 점검 - 블랜디드 방식 교육 적용

<표 22> 비대면 방식 사례에 대한 설문결과와 교수법 보완점

으며, 자유로운 소통이 가능하다. 이러한 요소는 학습자에게 학습 참여에 대한 동기를 고취한다. 매체를 활용한 강의참여에서는 매체의 기능을 활용하는 데 능숙하지 않은 학습자들이 있다. 교수자는 매체의 기능을 활용할 수 있는 실습 시간을 따로 마련하여 학습자들의 이해를 유도할 수 있다. 학습자들의 매체 활용도가 높아질수록 적극적이고 주체적인 참여로 이어지기 때문이다.

토론참여에서는 매체의 기능을 활용하는 데 능숙하지 않아 적극적으로 참여하지 못했다. 또한, 다른 학습자의 마이크를 통해 잡음이 공유되어 토론과정에서 방해가 되었다. 토론참여에 대한 교수법의 보완으로 교수자는 매체기능을 실습하는 시간을 마련하여 학습자들의 매체 사용과 적응도를 수시로 점검한다. 매체를 다룰 때 기기의 잡음이 발생하는 것을 방지하기 위해 교수자는 학습자들과 줌 실시간 매체를 활용하여 매체 활용법과 온라인 에티켓을 함께 정해본다. 이러한 과정은 학습자들이 매체를 활용한 프로그램 참여에 거부감을 가지지 않고, 학습자 간 에티켓을 통해 보다 원활한 소통의 기회를 제공한다.

둘째, 이론 교육에서는 묘사와 상징 등으로 분류하여 살펴보았다. 묘사에서는 ppt를 활용해 묘사의 종류에 따른 시작품을 살펴보고, 심도 있는 토론을 통해 문학의 대중화에 대해 생각해볼 수 있었다. 그러나 ppt를 통한 묘사의 이해에 어려움을 느꼈다. 이에 묘사에 대한 교수법의 보완으로 시각 및 영상 자료를 활용하여 학습자의 이해를 유도한다. 시각 및 영상 자료를 활용하여 묘사를 설명하는 방법은 학습자들에게 머릿속으로 이미지를 쉽게 떠올릴 수 있도록 유도함으로써 묘사에 대한 개념에 쉽게 접근할 수 있도록 돕는다. 한편, 상징에서는 시각 자료인 그림, 영화의 한 장면을 통해 상징을 배움으로써 함축적인 시 장르에 대해 잘 이해할 수 있었다. 또한, 네이버 밴드의 수업 게시판에 게시된 시각 자료를 기반으로 연상과 상상을 통해 상징을 연습하고자 했다. 이론 교육에서 상징에 대한 교수법의 보완으로 교수자는 수업 게시판에 다양한 주제의 시각 및 영상 자료를 게시하고, 창의적 쓰기 활동을 제시한다. 시각 및 영상 자료를 활용한 글쓰기 활동은 학습자의 상상력을 증대시켜 적극적인 시창작의 과정으로 나아가는 함의적 의미를 획득한다.

셋째, 창작 활동은 형태에 따라 모둠 활동과 개인 활동으로 나누어 진행했다. 모둠 활동에서는 그림 자료를 활용하여 시창작 활동에서 시적 단어를 도출하는 것이 쉽게 느껴졌다. 또한, 줌 매체와 시각 자료를 참조하여 다양한 관점을 가진 학습자들과의 모둠 활동을 통해 유동적이고 구체적인 시를 창작할 수 있었다. 모둠 활동에 대한 교수법의 보완으로 시각 및 영상 자료를 활용하여 모둠 활동을 다양화한다. 시각 및 영상 자료에 기반한 모둠 활동은 학습자 간 다양성을 통해 심미안을 획득할 수 있도록 유도한다. 한편, 개인 활동에서는 개인 시창작 활동에서 시를 창작하는 것이 어렵다고 했다. 또한, 주제에 따른 개인 시창작 활동에서 활동에 대한 충분한 설명이 필요하다고 했다. 개인 활동에 대한 교수법의 보완으로 시각 및 영상 자료를 활용한 시창작 활동을 제시한다. 시창작 활동에서 시각적인 자료를 참조하면 머릿속으로 쉽게 이미지를 떠올릴 수 있어서 시적 대상을 포착하고 구체화하는데 용이하다. 또한, 교수자는 학습자가 공감할 수 있는 주제를 선정하고, 주제 선정 이유에 관해 설명한다. 학습 활동에 대한 교수자의 충분한 설명은 학습자가 창작에 대한 거부감을 낮춰 창작의 의의를 인식할 수 있게 돕는다.

넷째, 교육인터렉션 부분은 학습자 간의 소통과 교수자와의 소통 등으로 분류하여 살펴보았다. 학습자 간의 소통에서는 줌 실시간 매체를 통해 학습자들과의 활발한 소통이 가능하였으며, 이를 통해 다양성을 존중하게 되었다. 그러나 수업에서 학습 인원이 많으면 비대면 수업에서 소통이 원활하지 않았다. 학습자 간의 소통에서 교수법의 보완으로 학습자 중심의 활동을 제시할 수 있다. 학습자 중심의 활동은 학습자들의 주체성을 기반으로 적극적인 참여를 유도한다. 이는 학습 동기의 강화로 이어진다. 또한, 시창작 활동 교육은 학습자 간의 소통을 원활히 하기 위해 소규모로 수업을 설계한다. 소규모 수업에서 교수자는 시간에 구애받지 않고 학습자에게 세밀한 피드백 제공이 가능하다. 교수자와의 소통에서는 강사의 목소리 톤

이 차분하여 온택트 시대에 시를 차분히 감상할 수 있었다. 그러나 대면 방식의 1:1 피드백을 통한 교수자의 즉각적인 피드백이 있었다면, 시창작 능력을 더욱 높일 수 있었을 것이라는 아쉬움이 있었다. 소통에 대한 교수법의 보완점으로 교수자는 매체 환경을 수시로 점검할 수 있다. 교수자의 매체 환경은 수업 과정에서 학습자의 이해와 활동에 많은 영향을 미치기 때문이다. 또한, 시창작 활동 교육은 수업 환경이나 학습 활동에 따라 대면과 비대면 방식을 병행한다. 이는 대면 수업과 비대면 수업의 장단점을 보완할 수 있다. 교수자는 블랜디드 수업 방식을 통해 학습자에게 최적의 교육 환경을 제공할 수 있으며, 다양한 학습 활동과 교육모형을 구안할 수 있다.

온라인 녹화 방식 사례
: Youtube채널 활용, 불특정다수 대상, 이론 수업 한정

온라인 녹화 방식의 시창작 활동 교육 프로그램에 대한 소셜 미디어 사용자 대상 설문조사 결과에서 다음과 같은 장단점을 정리할 수 있었다.

첫째, 매체의 활용에서는 강의참여와 토론참여 등으로 분류하여 살펴보았다. 강의참여에서는 웹과 핸드폰을 통해 시간과 공간에 구애받지 않고 강의에 참여할 수 있어서 부담감이 적었다. 또한, 이해가 되지 않는 내용은 핸드폰을 통해 반복하여 이해할 수 있었다. 매체 활용에서 교수법의 보완으로 콘텐츠 청취 환경을 정기적으로 점검한다. 토론참여에서는 구글 클래스 학습 게시판을 통해 토론 참여에 대한 링크를 확인하였으며, 줌 실시간 화상회의의 소모임 기능을 활용하여 원활한 토론 활동이 가능했다. 매체 활용에서 토론참여에 대한 교수법의 보완으로 교수자는 구글 클래스 게시판을 통해 줌 매체를 활용한 다양한 학습자 간 토론활동을 제시한다. 온라인 녹화 방식의 교육에서는 학습자 간 소통이 이루어지지 않는다. 이에 교수자는 별도로 소통 활동을 제시함으로써 학습자 간 소통을 유도한다. 줌 실시간 화상회의 매체의 마이크와 채팅창, 소모임 등의 기능 활용은 학습효과를 극대화할 수 있도록 돕는다.

둘째, 이론 교육에서는 묘사와 자동연상기술법 등으로 분류하여 살펴보았다. 묘사에서는 팟캐스트를 통해 묘사를 반복하여 이해할 수 있었다. 또한, 팟캐스트를 통해 편안한 학습 환경에서 시편을 감상하고 묘사와 진술의 차이점을 알 수 있었다. 이론 교육에서 묘사에 대한 교수법 보완으로 시의 기법과 관련한 팟캐스트를 제작하고 이를 유튜브에 게시한다. 이는 팟캐스트 청취를 통해 자연스럽게 시의 기법 이해를 유도할 수 있어서 교육효과가 높다. 또한, 다양한 시편을 팟캐스트로 제작하여 게시하는 방법은 학습자들에게 시에 대한 관심과 흥미를 불러일으킨다. 일상 속에서 쉽게 접할 수 있는 유튜브 매체를 통해 시를 소개하는 소셜 리딩의 방식은 학습자들에게 흥미와 공감을 일으킬 수 있기 때문에 시창작 활동 교육에서 교육적 효과를 기대할 수 있다. 자동연상기술법에서는 팟캐스트를 통한 자유연상에서 자동연상기술법을 잘 이해할 수 있었다. 또한, 팟캐스트를 통해 자동연상기술법을 이해하고 팟캐스트 주제에 대한 짧은 글쓰기 활동을 수행할 수 있었다. 이론 교육에서 자동연상기술법에 대한 교수법의 보완으로 자동연상기술법을 활용한 다양한 글쓰기 활동을 제시한다. 학습자들은 자유로운 연상작용을 통해 머릿속에 떠오르는 이미지를 구체적인 단어와 장면으로 도출할 수 있어서 글쓰기에 대한 거부감이 줄어든다.

셋째, 창작 활동은 모둠 활동과 개인 활동 등으로 분류하여 살펴보았다. 모둠 활동에서는 다양한 활동이 제시되지 않아 아쉬운 마음이 들었다. 이에 창작 활동에서 모둠 활동에 대한 교수법의 보완으로 교수자는 구글 클래스를 통해 모둠 프로젝트를 제시한다. 학습자들은 모둠 프로젝트를 통해 줌 실시간 매체를 활용하거나 구글 클래스의 학습자 게시판의 댓글 기능을 활용하여 모둠별 프로젝트를 시행한다. 온라인 녹화 방식 수업은 학

구분		
㉠매체 활용	강의참여	①웹과 핸드폰을 통해 시간과 공간에 구 ②이해가 되지 않는 내용은 핸드폰을 통
	토론참여	①구글 클래스 학습 게시판을 통해 토론 원활한 토론 활동이 가능함(+)
㉡이론 교육	묘사	①팟캐스트를 통해 묘사의 개념을 반복히 ②팟캐스트를 통해 편안한 학습 환경에서
	자동연상기술법	①팟캐스트를 통한 자유연상에서 자동연 ②팟캐스트를 통한 자동연상기술법 이해.
㉢창작 활동	모둠활동	①모둠 활동이 제시되지 않아 아쉬운 □
	개인활동	①팟캐스트 청취 후 시에 흥미가 생겨 ②팟캐스트의 시편 청취 후 내가 겪은 '
㉣교육인터렉션	학습자 간의 소통	①구글 클래스를 활용하여 다른 학습자 ②유튜브 댓글의 활성화되지 않아 학습
	교수자와의 소통	①구글 클래스를 통한 교수자의 촉진으로 ②구글 클래스 및 댓글 기능을 활용하여 과

습자 간의 교류가 없다는 특징이 있다. 교수자는 구글 클래스를 통해 모둠
활동을 제시함으로써 학습자에게 수업에 대한 적극적인 참여와 소통을 촉
진한다. 개인 활동에서는 팟캐스트에서 시편 청취 후 시에 흥미가 생겨 개
인 시창작 활동에 대한 부담감이 줄어들었다. 또한, 팟캐스트 청취 후 일상
속에서 내가 겪은 일에 대하여 시로 표현해보고 싶은 마음이 들었다. 창작
활동에서 개인 활동에 대한 교수법의 보완으로 팟캐스트와 시창작 활동을

문내용	교수법 보완
지 않고 강의에 참여할 수 있음(+) 복하여 이해할 수 있었음(+)	- 콘텐츠 청취 환경 점검
게시&줌 실시간 매체의 소모임 기능을 활용하여	- 구글 클래스 게시판, 줌을 활용한 토론 활동 제안
해할 수 있었음(+) 감상하고 묘사와 진술의 차이점을 알 수 있었음(+)	- 시의 기법과 관련한 팟캐스트 제작 및 게시 - 다양한 시편을 팟캐스트로 제작하여 게시
법을 잘 이해할 수 있었음(+) 에 대한 짧은 글쓰기 활동을 수행(+)	- 자동연상기술법을 활용한 글쓰기 활동 제시
들었음(-)	- 구글 클래스를 활용한 모둠 프로젝트 제시
창작 활동에 대한 부담감이 줄어듦(+) 하여 시로 표현해보고 싶은 마음이 들었음(+)	- 팟캐스트와 시창작 활동의 연계 - 공감과 흥미를 유발할 수 있는 다양한 학습 활동 제시
작품을 감상할 수 있었음(+) 소통이 이루어지지 않음(-)	- 학습자별 접근이 용이한 학습 게시판 활용 - 유튜브 댓글 기능을 활용한 학습활동 제시
동을 잘 수행할 수 있었음(+) 한 피드백을 받을 수 있음(+)	- 학습 게시판의 적극적 활용

<표 23> 온라인 녹화 방식 사례에 대한 설문결과와 교수법 보완점

연계한다. 이는 팟캐스트 콘텐츠를 활용하여 학습에 대한 거부감과 부담감을 낮춤으로써 학습자의 적극적인 수업 참여를 유도하려는 목적이 있다. 또한, 공감과 흥미를 유발할 수 있는 다양한 학습활동을 제시한다. 공감 가능한 팟캐스트의 주제 및 내용의 제시는 학습자의 흥미를 유발하고 시창작의 동기를 강화한다.

넷째, 교육 인터렉션에서는 학습자 간의 소통과 교수자와의 소통 등으로 분류하여 살펴보았다. 학습자 간의 소통에서는 구글 클래스를 활용하여 다른 학습자의 시작품을 감상할 수 있었다. 그러나 유튜브 댓글이 활성화되지 않아 소셜 미디어 사용자 간의 활발한 소통이 이루어지지 않았다. 교육 인터렉션에서 학습자 간 소통에 대한 교수법의 보완으로 학습자별 접근이 용이한 학습 게시판을 안내한다. 학습 게시판은 네이버 밴드, 구글 클래스 등이 제시될 수 있다. 학습자들은 학습 게시판을 통해 수업에 대한 정보를 획득할 수 있다. 학습 게시판의 활성화는 학습 프로그램을 적극적인 참여로 이끌기 때문에 학습 게시판 선택은 중요하다. 또한, 유튜브 댓글 기능의 활성화는 학습자들의 적극적인 소통으로 이끈다. 이에 교수자는 유튜브 댓글 기능을 활용한 다양한 학습 활동을 제시한다. 유튜브 댓글의 활성화는 다양한 문학 커뮤니티의 생성으로 이어진다. 교수자와의 소통에서는 구글 클래스를 통한 교수자의 촉진 활동으로 학습 활동을 잘 수행할 수 있었다. 또한, 구글 클래스 및 댓글 기능을 활용하여 과제에 대한 피드백을 받을 수 있었다. 교수자와의 소통에 대한 교수법의 보완으로 학습 게시판을 적극적으로 활용한다. 학습 게시판의 적극적인 활용은 학습자들에게 원활한 소통을 기반으로 수업의 만족감을 높이기 위한 목적이 있다.

2. 매체의 활용성 비교

이 장에서는 3장에서 별도로 진행했던 각각의 사례를 매체의 활용방식을 중심으로 분류하여 장단점을 도출한다. 또한, 각 교육방식에 대한 매체의 활용성을 하드웨어적 측면, 소프트웨어적 측면, 휴먼웨어적 측면 등으로 분류·분석하고 제언한다.

블랜디드 방식의 시창작 활동 교육에 대한 장점은 다음과 같다.

첫째, 블랜디드 방식의 시창작 활동 교육은 실제 학습 환경에 따라 학습 활동을 융통성 있게 적용할 수 있다. 블랜디드 방식의 시창작 활동 교육 프로그램의 면대면 학습환경에서는 주로 웹이나 ppt를 활용하여 이론 수업을 진행하였다. 또한, 온라인 학습 환경에서는 주로 줌 실시간 화상회의 매체의 기능을 활용하여 시각 및 영상 자료를 통해 실기 위주의 학습 활동을 진행하였다. 블랜디드 방식의 시창작 활동 교육은 학습환경에 따라 교육활동을 적용할 수 있었으며, 이로 인해 학습자들은 보다 넓은 학습의 장을 경험하였다. 둘째, 블랜디드 방식의 시창작 활동 교육은 통합 학습 경험 제공이 가능하며, 이에 학습자들은 자기 주도적 학습이 가능하다. 블랜디드 방식의 시창작 활동 교육에서 학습자들은 면대면 학습 환경에서 다양한 시각 및 영상 자료를 활용한 학습 활동을 수행하였다. 비대면 학습 환경에서는 매체의 기능을 활용하여 다양한 학습 활동을 수행할 수 있었다. 블랜디드 방식의 시창작 활동 교육에서 통합 학습의 경험은 학습자들에게 자기 주도적 학습 방법을 습득할 수 있는 계기가 되었다. 자기 주도적 학습 방법을 습득한 학습자들은 학습 환경에 맞추어 집중도 있게 수업에 참여하였다. 셋째, 블랜디드 방식의 시창작 활동 교육은 학습자들과 직접적, 간접적 소통이 가능하다. 면대면 교육 환경에서는 1:1 대면 방식으로 직접적인 소통이 가능했다. 비대면 교육 환경에서는 구글 클래스 학습 게시판과 실시간 댓글을 활용하여 간접적으로 소통하였다. 학습자들은 자신이 원하는 소통 방식으로 교수자에게 피드백을 받을 수 있었다. 블랜디드 방식의 교육은 학습자들이 소통 방식을 선택하고 교수자의 피드백을 기반으로 학습 동기를 강화할 수 있다는 점에서 기대된다고 할 수 있다.

반면, 블랜디드 방식의 시창작 활동 교육에 대한 단점은 다음과 같다.

첫째, 온라인 수업 방식에서는 매체의 접근성을 고려하여 학습 활동이 시행되어야 한다. 마이크를 통한 잡음 공유는 학습 과정에서 방해요인으로 작용한다. 매체활용에 대한 능숙도의 여부가 수업 참여의 적극도를 결정한다. 따라서 교수자는 학습자들에게 매체 기능을 실습할 수 있는 시간을 제공하여 수시로 매체 활용도를 점검하고, 학습자의 적극적인 수업 참여를 유도한다.

둘째, 관찰일지를 통해 학습자들의 성향과 특성에 따른 모둠을 구성해야 한다. 블랜디드 방식의 시창작 활동 교육은 통합적 학습 경험이 가능하다. 학습자들의 성향과 특성에 따른 모둠 구성은 학습 수행에도 큰 영향을 미쳤다. 교수자는 학습수행과정에서 학습자의 성향과 특성을 파악하였으며, 관찰일지를 기반으로 학습 모둠을 구성하였다. 이에 학습자들은 제시된 모둠을 기반으로 학습활동을 수행하였으며, 모둠 평가를 시행하였다. 교수자는 학습자의 모둠 평가를 기반으로 모둠구성을 재점검할 수 있었다. 셋째, 매체의 기능과 학습 환경에 따른 융통성 있는 학습 모형이 제시되어야 한다. 블랜디드 방식의 시창작 활동에서 교수자는 매체 기능과 학습 환경에 따른 효과적인 학습 모형을 제시해야 했다. 이에 기존 연구에서 매체를 활용한 시창작 활동의 모형을 참조하여 실제 수업 환경에 적용 가능한 방향으로 학습 모형을 설계하였다. 줌 매체를 활용하여 시각 자료를 활용한 모둠 시창작 활동, 구글 클래스를 활용한 피드백 제공 등과 같이 매체 및 기능을 활용한 다양한 학습 활동 등을 제시하였다.

블랜디드 방식의 교육에서 하드웨어적 측면, 소프트웨어적 측면, 휴먼웨어적 측면 등으로 매체의 활용성을 분류한 내용은 다음과 같다.

블랜디드 방식의 하드웨어적 측면에서 학습자들은 강의에 참여할 때 화면 크기를 조정하고 데스트탑, 노트북을 활용하여 수업에 참여할 수 있었다. 이는 더욱 선명하고 확대된 화면을 통해 교수자의 설명을 이해하고 학습 활동에 적극적으로 참여하기 위함이다. 학습자들은 데스크탑이나 노트북 등의 매체를 활용하여 원활하게 학습에 참여할 수 있다. 또한, 수업 전 구글 클래스 학습 게시판의 수업 유인물을 통해 학습 내용을 미리 확인할 수 있다. 학습자들은 구글 클래스 학습 게시판의 수업 유인물을 미리 점검함으로써 수업에 집중할 수 있다. 비대면 환경에서는 줌 실시간 매체의 화이트보드 기능을 활용하여 ppt를 통해 학습 개념을 한 번 더 설명하고 실습과 같이 다양한 창작 활동을 연계할 수 있다.

블랜디드 방식의 소프트웨어적 측면에서 교수자는 학습자의 무의식을 끌어낼 수 있는 다양한 시각 및 영상 자료를 활용할 수 있다. 이는 학습자들이 자신의 체험이나 무의식을 시각적인 이미지를 머릿속으로 떠올려 생각을 구체화하기 위한 목적으로 시행된다. 짧은 감상 쓰기, 마인드맵핑, 묘사적 글쓰기 등으로 연계될 수도 있다.

또한, 대면 환경에서는 교수자는 노트북이나 컴퓨터 등을 연결하여 ppt를 제시하고 시의 기법에 대한 이해를 유도한다. 교수자는 수업 관찰 일지를 통해 학습자의 성향과 특성을 파악할 수 있으며, 이를 기반으로 팀을 구성한다. 학습자의 성향에 따라 학습활동의 수행도나 과제물의 완성도가 다를 수 있기 때문이다. 교수자는 모둠 구성을 조금씩 바꿔가면서 수업에 적용할 수 있겠다. 블랜디드 방식의 수업에서는 대면과 비대면 혼합방식으로 수업을 진행한다. 학습환경과 학습활동의 특성에 따라 매체의 기능을 적절히 활용하여 수업모형을 설계하고 시행할 수 있겠다. 블랜디드 방식의 수업에서 교수자는 학습자들과 구글 클래스를 활용하여 24시간 소통이 가능하다. 학습자들은 교수자의 과제물에 대한 피드백과 학습 조언을 기반으로 자신의 과제물을 점검하고 수정할 수 있다.

블랜디드 방식의 휴먼웨어적 측면에서는 규칙이나 보상이 필요하다. 블랜디드 방식의 교육에서 교수자는 학습자들에게 규칙이나 보상을 제시할 수 있다. 이에 학습자들은 활동 수행 시 규칙을 준수하며, 보상을 통해 학습 태도를 수정하거나 학습 동기를 강화할 수 있다.

문학 비전공자를 대상으로 한 블랜디드 방식의 시창작 활동 교육 프로

블랜디드 방식		
하드웨어적 측면	㉠강의 참여시 화면 크기를 조정하거나 데스트탑, 노트북을 활용하여 강의 참여 가능 ㉡구글 클래스 학습 게시판에 수업 유인물 게시 ㉢줌 실시간 매체의 화이트보드 기능을 활용한 실습 및 다양한 창작 활동 연계 ㉣구글 클래스를 활용한 교수자-학습자 24시간 소통	㉠타지 활용하 ㉡네 업 접 ㉢네이 게시 ㉣줌으 ㉤줌 한 토
소프트웨어적 측면	㉠학습자의 무의식을 끌어낼 수 있는 다양한 시각 및 영상 자료 활용 ㉡ppt를 활용한 시의 기법 이해 유도 ㉢줌을 활용하여 학습자 관찰&학습자의 성향에 따른 팀 빌딩 ㉣학습활동의 특성과 매체의 기능을 연계한 수업 설계	㉠학 는 다 ㉡시 이해 ㉢줌 둠 시 ㉣학 계한
휴먼웨어적 측면	㉠줌 실시간 매체를 활용한 규칙 보상 필요	㉠학

그램에서 매체 활용에 대한 제언은 다음과 같다.

첫째, 블랜디드 방식의 학습 환경에 따른 하드웨어적 시스템을 구축해야 한다.

블랜디드 방식의 시창작 활동 교육에서는 대면환경과 비대면 환경을 혼합한 형태로 수업이 이루어진다. 비대면 환경에서 줌 실시간 화상회의 매체로 수업을 진행할 때 컴퓨터 네트워크가 원활하지 않을 경우 화면 끊김 현상이나 속도의 저하 등의 문제가 발생한다. 이로 인해 교수자의 음성은

비대면(online) 방식	온라인 녹화 방식
습자도 줌 실시간 강의 매체를 의 참여 가능 드의 자가 출석 기능 활용, 수 크 게시 등으로 강의 참여가능 드 학습 게시판에 수업 유인물 크 기능을 활용한 교수 매체를 활용한 학습자 간 활발	㉠시간과 공간에 구애받지 않고 웹과 핸드폰 을 활용하여 강의 참여 가능 ㉡이해가 되지 않는 학습 내용은 핸드폰으로 반복하여 청취 가능 ㉢구글 클래스 학습 게시판에 팟캐스트 내용 및 주제 안내 ㉣줌 실시간 매체의 소모임 기능을 활용한 토 론 활동 ㉤구글 클래스 게시판을 활용한 학습자의 시작품 감상 ㉥구글 클래스 및 댓글 기능을 활용한 교수 자의 촉진
연상 및 상상력을 끌어낼 수 있 각 자료 활용 영상 자료를 활용한 시의 기법 매체와 시각 자료를 융합한 모 동 그램의 특성과 매체의 기능을 연 수업 설계	㉠팟캐스트 주제와 학습자의 경험을 연계한 창작 활동 ㉡학습자의 공감과 흥미를 유발할 수 있는 다 양한 주제의 팟캐스트 콘텐츠 활용 ㉢팟캐스트 청취 활동을 제시하여 시의 기법 이해 유도 ㉣학습자의 특성과 매체의 기능을 연계한 수업 설계
온라인 에티켓 필요	㉠학습자 커뮤니티 형성

<표 24> 교육방식에 따른 매체의 활용성 비교

학습자들에게 분명하게 전달되지 않으며, 영상 자료의 전달은 원활하지 못하다. 블랜디드 방식의 시창작 활동 교육에서는 대면환경과 비대면 환경에서 발생하는 컴퓨터 네트워크를 실시간으로 점검할 수 있는 시스템이 구축되어야 교수자와 학습자의 원활한 소통이 가능하다. 이에 교수자는 학습자들에게 구글 클래스, 네이버 밴드 등을 활용하여 학습 내용을 확인하고 과제를 수행할 수 있는 기초 교육을 지도할 수 있다.

둘째, 블랜디드 방식의 특성에 따라 학습자의 집중도를 높일 수 있는 수업 설계가 이루어져야 한다. 블랜디드 방식의 시창작 활동 교육에서는 대면 환경과 비대면 환경의 혼합 방식으로 수업이 진행된다. 이에 교수자는 수업 일지를 통해 학습자의 성향과 특성을 파악하여 모둠을 구성할 수 있다. 모둠 구성은 학습 활동의 참여와 과제 수행에도 영향을 미치기 때문에 중요하다. 또한, 블랜디드 방식의 수업은 학습자의 특성에 따라 대면을 선호하는 학습자, 비대면을 선호하는 학습자가 존재한다. 이에 교수자는 블랜디드 방식의 특성에 따라 대면과 비대면 방식의 교육으로 수업을 번갈아 가며 시행할 수 있다. 또한, 학습 환경별로 학습자의 특성에 따라 적용할 수 있는 학습 활동을 구안해야 한다. 개인 활동에서는 시각 및 영상 자료를 활용하여 학습자가 주체적으로 시행할 수 있는 내용으로, 모둠 활동에서는 협동심을 끌어낼 수 있는 내용으로 구성한다. 이때, 교수 자료는 학습자가 공감 가능한 것으로 구성하며 다양한 시각 및 영상 자료를 통해 학습자의 활동을 촉진할 수 있다.

셋째, 학습자와의 원활한 소통을 위해 학습 게시판의 활성화를 유도할 수 있다. 블랜디드 방식의 수업에서의 소통은 학습자 간의 소통, 교수자와 학습자 간의 소통 등으로 분류하여 살펴볼 수 있다. 블랜디드 방식의 수업은 학습 환경에 따라 소통의 방식이 결정된다. 이에 블랜디드 방식의 수업에서는 구글 클래스를 활용할 수 있다. 수업 전에 수업 내용을 유인물로 게시하여 학습자들이 수업 전에 학습 내용을 미리 살펴볼 수 있도록 한다, 또한, 학습자 과제물이나 작품을 해당 날짜별로 게시하여 학습자들이 함께 공유하고 댓글을 통해 의견을 나눌 수 있도록 유도한다. 구글 클래스를 활용하면 보다 구체적이고 섬세한 피드백이 가능하다. 학습자들은 이를 통해 자신의 과제물이나 작품을 점검할 수 있으며 댓글 기능을 활용하여 지속적인 소통이 가능하다. 설문조사 기능을 활용하여 수업에 대한 전반적인 의견을 점검할 수도 있다. 이처럼 구글 클래스를 활용한 학습 게시판의 활성화는 학습자, 교수자 간의 24시 소통을 가능하게 한다.

비대면 방식의 시창작 활동 교육에 대한 장점은 다음과 같다.

첫째, 줌 실시간 매체를 활용한 비대면 방식의 시창작 활동 교육은 인터넷을 통해 학습의 경계가 확장됨으로써, 타지역에 사는 문학 비전공자 학습자들도 쉽게 교육에 참여할 수 있었다. 학습자들은 핸드폰이나 데스크탑, 노트북 등의 매체를 선택하여 네이버 밴드에 게시된 줌 링크를 통해 자신이 가능한 시간대에 자발적으로 시창작 활동 교육 프로그램에 참여할 수 있었다.

둘째, 비대면 방식의 시창작 활동 교육은 시각 자료를 활용한 모둠 창작 활동을 유도함으로써 사회적 상호작용을 촉진한다. 학습자들은 학습자 간의 협동심을 기반으로 시창작 활동을 수행하였으며, 시의 기법을 이해할 수 있었다. 학습자들은 줌 매체의 카메라, 채팅창, 마이크 등의 기능을 활용하여 실시간으로 소통하였다. 셋째, 비대면 방식의 시창작 활동 교육은 마이크를 통해 온택트 시대에 시를 차분하게 감상함으로써 시창작 활동과 시 장르에 친근하게 다가갈 수 있었다. 학습자들은 비대면 방식의 시창작 활동 교육에 참여함으로써 문학을 자발적으로 향유할 수 있게 되었다. 이처럼 학습자들의 교육 참여, 문학의 향유는 시의 대중화에 기여한다.

반면, 비대면 방식의 시창작 활동 교육에 대한 단점은 다음과 같다.

첫째, 비대면 방식의 시창작 활동 교육에서는 매체를 활용할 수 있는 능력이 요구된다. 비대면 방식의 시창작 활동 교육은 매체 활용 능력에 따라 주체적인 학습 참여가 가능하다. 학습자가 매체를 활용하는 데 능숙하지 못할 때 적극적으로 수업에 참여하는데 한계점이 있었다.

둘째, 비대면 방식의 시창작 활동 교육은 인간적인 유대감을 형성하는데 한계점이 있다. 비대면 방식의 시창작 활동 교육에서는 교수자의 직접적인

1:1 피드백보다는 학습 게시판을 활용한 간접적인 피드백 방식으로 소통이 가능하다.

셋째, 비대면 방식의 시창작 활동 교육은 학습자의 학습 환경에 매체가 구비되어야 수업 참여가 가능하다. 비대면 방식의 수업은 마이크, 카메라, 노트북이나 데스크탑, 핸드폰 등의 매체를 활용하여 수업에 참여할 수 있다. 또한, 수업에 참여 시 화면의 배율도 학습자들의 학습 활동 수행에 영향을 미친다.

비대면 방식의 교육에서 하드웨어적 측면, 소프트웨어적 측면, 휴먼웨어적 측면 등으로 매체의 활용성을 분류한 내용은 다음과 같다.

비대면 방식의 하드웨어적 측면에서는 타지역에 사는 학습자들도 줌 실시간 화상 강의 매체를 활용하여 자신의 학습 환경에서 실시간으로 수업에 참여할 수 있다. 또한, 학습자들은 네이버 밴드의 출석부 기능을 활용하여 직접 자가 출석이 가능하다. 또한, 네이버 밴드 학습 게시판에 게시된 수업 유인물을 통해 학습 내용을 점검할 수 있으며, 수업 게시판에 게시된 링크를 클릭하여 수업에 접속할 수 있다. 비대면 방식의 교육에서는 줌의 마이크 기능을 활용할 수 있다. 교수자는 학습 내용을 설명할 수 있으며, 직접 음성으로 피드백을 제공할 수 있다. 학습자들은 마이크 기능을 활용하여 수업에 참여할 수 있으며, 다른 학습자들과 모둠 활동이나 토론 활동에서 채팅창 기능을 활용하여 자신의 생각을 표현할 수 있다. 매체 기능을 활용한 원활한 소통을 위해 매체 환경에 대한 상시 점검이 필수적이다. 비대면 방식의 수업에서는 줌 실시간 매체를 활용하여 학습자 간 활발한 소통이 가능하다. 학습자들은 채팅창이나 마이크 등의 기능을 활용하여 자유롭게 토론할 수 있으며, 소모임 기능을 활용하여 보다 긴밀한 소통이 가능하다.

비대면 방식의 소프트웨어적 측면에서는 학습자의 연상 및 상상력을 끌어낼 수 있는 다양한 시각 자료를 활용할 수 있다. 또한, 시각 및 영상 자료를 활용하여 시의 기법을 이해하도록 유도할 수 있다. 줌 실시간 매체를 활용한 비대면 방식의 수업에서는 시각 및 영상 자료를 활용하여 모둠 시창작 활동을 시행할 수 있다. 학습자들은 시각 및 영상 자료를 기반으로 줌의 기능을 활용하여 모둠 시창작 활동을 수행할 수 있다. 다양한 자료는 학습자들의 생각을 구체화할 수 있도록 유도하며, 학습자들은 협동심을 기반으로 학습 내용을 빠르게 이해할 수 있다. 이러한 과정에서 학습자들은 사회적 의사소통 능력이 향상될 수 있다. 비대면 방식의 시창작 활동 교육에서는 학습 프로그램의 특성과 매체의 기능을 연계하여 소규모로 수업을 설계할 수 있다. 소규모 수업에 교수자는 학습자들에게 보다 섬세하고 즉각적인 피드백을 제공할 수 있다.

비대면 방식의 휴먼웨어적 측면에서는 학습자 간 온라인 에티켓이 필요하다. 매체 환경에서 발생하는 소음은 수업의 방해요인으로 작용한다. 이에 교수자는 학습자들이 스스로 매체 환경을 점검할 수 있도록 유도하고, 매체의 기능을 실습해보는 시간을 마련한다.

문학 비전공자를 대상으로 한 비대면 방식의 시창작 활동 교육 프로그램에서 매체 활용에 대한 제언은 다음과 같다.

첫째, 학습활동 모니터링을 통한 다양한 비대면 방식의 교수-학습 모형 구안에 대한 것이다. 비대면 방식의 시창작 활동 교육은 다양한 기관과 연계할 수 있다. 학교에서는 청소년들의 꿈과 끼를 발견하기 위한 목적으로 자유학기제 프로그램과 연계할 수 있다. 또한, 주민자치센터에서는 지역 주민을 대상으로 사회적 의사소통능력과 삶의 질을 향상하는 목적으로 주민자치 프로그램과 연계할 수 있다. 이처럼 비대면 방식의 시창작 활동 교육 프로그램은 기관과 목적, 매체의 기능 활용에 따라 다양한 교수-학습모형이 구안될 수 있다.

둘째, 학습 공동체에 따른 단계별 토론 활동 제시&온라인 토론장의 활성화에 대한 것이다. 비대면 방식의 교육에서는 학습자들은 자신의 학습 환경에서 장소와 시간에 구애받지 않고 줌 실시간 화상회의 매체를 통해 토론이 가능하다. 비대면 방식의 교육에서 교수자는 학습 공동체에 따라 단계별 토론 활동을 제시할 수 있다. 토론의 주제는 다양하고 학습자의 관심사를 포괄할 수 있는 것으로 선정한다. 이에 토론 활동은 일반적인 주제에서 심화된 주제로 단계를 높여갈 수 있겠다. 온라인 토론장의 활성화는 학습자의 학습 동기를 촉진하여 적극적인 수업 참여를 유도한다.

셋째, 매체 활용 능력의 촉진을 통한 시의 대중화 실현에 대한 것이다. 비대면 방식의 시창작 활동 교육은 다양한 교육 활동을 수행하기 위해 매체의 기능을 활용하도록 유도한다. 매체 활용 능력의 활성화는 적극적인 학습 활동의 참여로 이어진다. 또한, 학습자의 매체 활용 능력은 시의 대중화로 나아갈 수 있는 기반이 된다. 이에 교수자는 스마트교육 역량을 강화하여 학습자들의 활동을 촉진한다. 또한 온라인 수업 유형에 따라 매체 활용 능력을 촉진할 수 있는 다양한 학습 프로그램을 구안하여 적용할 수 있다.

온라인 녹화 방식의 시창작 활동 교육에 대한 장점은 다음과 같다.

첫째, 온라인 녹화 방식의 수업은 학습자가 학습 내용이나 시간, 매체를 선택할 수 있으며 반복 학습이 가능하다. 학습자들은 온라인 녹화 방식의 수업에서 필요한 학습 내용을 원하는 시간과 매체를 선택하여 수업에 참여할 수 있었다. 이에 학습자들은 웹상에서 다양한 정보 자원을 참조할 수 있었으며, 학습 내용에 대한 반복 학습이 가능했다.

둘째, 온라인 녹화 방식의 수업은 학습자의 수준을 고려하여 단계별 학습이 가능하다. 교수자는 구글 클래스에 게시된 과제를 통해 학습자의 수준을 점검할 수 있었다. 이에 학습자의 수준과 관심도 등을 고려하여 단계별로 수업 활동을 제시하였다.

셋째, 학습자들은 매체를 활용해 커뮤니티를 형성할 수 있다. 학습자들은 구글 클래스 학습 게시판을 활용해 공통 관심사에 대한 커뮤니티를 형성하였다. 학습자들은 커뮤니티를 형성해 지식을 공유하고 생성하는 등의 지속적인 소통을 도모하였다.

반면, 온라인 녹화 방식의 시창작 활동에 대한 단점은 다음과 같다.

첫째, 온라인 녹화 방식의 시창작 활동은 콘텐츠 개발에 많은 시간과 비용이 든다. 온라인 콘텐츠를 개발하기 위해서는 시간과 비용이 충분하게 확보되어야 한다. 이에 부분적으로 전문가와의 협업이 필요하다.

둘째, 온라인 녹화 방식의 시창작 활동은 교수자의 인간적인 피드백 제공이 어렵다. 온라인 녹화 방식의 교육은 교수자와 학습자의 거리가 멀기 때문에 교수자의 긴밀한 소통에 한계가 있었다. 이에 인간적인 피드백을 제공이 어려웠다.

셋째, 온라인 녹화 방식의 시창작 활동은 학습자 간 협력 활동을 수행하는 데 한계가 있다. 온라인 녹화 방식의 교육은 주로 개별 학습으로 진행되었다. 이에 교수자는 학습자 간 협력을 활동을 제시하는 것에 한계가 있었다.

문학 비전공자를 대상으로 한 온라인 녹화 방식의 시창작 활동 교육프로그램에서 매체 활용에 대한 제언은 다음과 같다.

첫째, 다양한 온라인 교육 콘텐츠의 개발 및 구축이 필요하다. 온라인 녹화 방식의 시창작 활동 교육에서는 수업에서 활용 가능한 다양한 콘텐츠가 구축되어야 한다. 콘텐츠는 문학을 향유하고 시창작 활동 교육과 연계할 수 있는 다양한 내용으로 구성될 수 있다. 또한, 전문가의 협업을 통해 콘텐츠의 질을 높일 수 있다.

둘째, 학습자의 성찰과 동기부여를 강화할 수 있는 학습모형이 설계되어야 한다. 온라인 녹화 방식의 시창작 활동 교육에서 학습자의 주체성은 학습 참여에 필수적이라고 할 수 있다. 그러나 온라인 녹화 방식의 교육 방식은 학습자가 수동적으로 강의에 참여할 가능성이 높다. 이에 학습자의 성찰 및 동기부여를 강화할 수 있는 학습모형 설계가 필요하다.

셋째, 학습자의 소통 창구를 마련하여 온라인 커뮤니티의 활성화를 유도할 수 있다. 온라인 녹화 방식의 시창작 활동 교육에서는 학습자들의 소통 창구를 마련하여 커뮤니티의 활성화를 유도할 수 있다. 소통의 창구로는 구글 클래스, 네이버 밴드 등의 온라인 학습 게시판을 활용할 수 있다. 온라인 커뮤니티가 활성화되면 온라인 토론장이 형성되어 학습자들은 보다 심화한 학습 수행이 가능하다.

제5장
결론 및 제언

　지금까지의 시창작교육은 전문 시인의 육성이라는 점에서 창작 주체가 한정되어 왔다. 이에 문학 비전공자를 대상으로 한 시창작교육은 문단에 등단하기 위해서가 아닌 인간의 내면 성찰과 표현으로서 기능하여야 한다는 필요성이 제기되었다. 또한, 창작 교육이 전문적인 문예창작 활동으로 제한될 때 예술적이고 심미적인 체험에 대한 교육의 기회가 소홀히 다뤄질 수 있다는 우려의 목소리가 등장하였다. 이처럼 시창작 주체에 대한 변화의 요청이 2000년대부터 디지털 매체를 통해 활발하게 논의되기 시작했다. 앞으로의 시창작교육은 다양한 정체성을 바탕으로 학습자의 전공에 국한되지 않는 균형 있는 방향으로 폭넓게 논의될 수 있다. 이는 문학 비전공자를 대상으로 한 시창작 활동 교육을 통해 가능하다.

　문학 비전공자를 대상으로 한 시창작 활동 교육은 시에 대한 장벽을 낮춰 누구나 자기 내면의 이해와 성찰을 바탕으로 세계와 타인을 바라보는 세계관을 생성하는 데 기여한다. 이러한 과정에서 개인은 정체성을 형성한다. 이때의 창작은 자기 정체성을 점검하는 도구가 된다. 창작은 개인에게 생각과 감정을 정리하고 결합할 수 있게 도우며 타인과 관계를 맺는 능력인 정서지능을 강화한다. 또한, 문학 비전공자를 대상으로 한 시창작 활동 교육은 타 분야와 문화예술의 상호 관련성을 기반으로 상상력을 확장하고 창의성을 공유할 수 있다. 이러한 과정은 문학 비전공자들이 일상에서도 시를 향유할 수 있는 계기로 작용할 것이다.

이러한 필요성을 배경으로 본 연구는 블랜디드 수업 방식, 비대면 온라인 수업 방식, 온라인 녹화 수업 방식 등으로 분류하여 실제 사례를 들어 분석하면서 교수 방법의 특징을 도출하고자 했다. 이러한 매체의 활용 방식은 각각의 매체 효용성을 밝히는 데 도움이 될 것이고, 직접적으로 문학 비전공자에게는 매체의 활용 능력뿐만 아니라 심미성 향상과 시적 향유에까지 영향을 줄 수 있다. 이에 본고에서는 각각의 실제 사례에 대한 분석 내용을 토대로 현재 문학 비전공자에게 적용할 수 있는 매체를 활용한 시 창작 활동 교육 방법을 제시하고자 했다.

본고는 사례 연구방법의 연구를 통해 현재 교육현장에서 시창작교육에 대한 구체적이고 실질적인 지도 방법을 제시하여, 매체 활용에 따른 시창 작 활동 교육에 대한 기대 효과를 예측하고, 더 나아가 제4차 산업혁명 시 대에 맞는 효과적인 교육방법론의 모색으로써 매체를 활용한 시창작 활동 교육모형을 제시하고자 했다. 즉, 강의 방식에 따른 특징과 장점을 제시하고, 수업 방법에 따른 구체적인 매체 활용을 중심으로 한 시창작교육모형을 제시함으로써 궁극적으로 시의 대중화를 위한 방법으로써 시창작교육의 확장에 기여하고자 했다. 교육 대상자로는 문학 비전공자인 중학생, 일반 성인(30대~70대), 소셜 미디어 불특정 다수 등의 한정된 사례로 접근하고자 했다. 이와 같은 교육 대상자는 블랜디드 교육 방식, 비대면 교육 방식, 온라인 녹화 교육 방식 등을 적용하는 데 있어서 프로토타입을 추출할 수 있는 적합한 대상자라 판단하였다.

따라서 본 연구는 창작 주체인 문학 비전공자 학습자에게 효과적인 시창작 활동 교육을 제공하기 위한 일환으로, 매체를 교육 도구로 활용하여 온택트 시대에 따른 시창작교육의 방향성을 제시하여 문학 비전공자 학습자의 매체 활용 능력과 시의 접근성을 높이는 시창작교육의 교수-학습 방안을 마련하는 데 목적을 두었다.

먼저 2장에서는 이론적 배경으로 매체를 활용하는 교수법을 중심으로 매체를 활용한 교수법의 해외이론을 살펴보았다. 이에 호반의 시각화 이론, 데일의 경험의 원추이론, 하이니히 외의 ASSURE 모형 등을 살펴보았다. 또한, 매체의 활용성을 중심으로 기존 연구인 매체를 활용한 수업모형을 살펴보았다. 이를 기저로 매체를 활용한 시창작 활동 교육의 수업모형 설계(안)를 구축하고자 했다.

3장에서는 Dan Coldeway의 시간과 장소에 따른 교육의 접근 방법에 따른 개념을 기저로 블랜디드 수업 방식, 비대면 실시간 수업 방식, 온라인 녹화 수업 방식 등 매체를 활용한 세 가지 교육 방식을 가져왔다. 이에 Romiszowski의 구조화된 이러닝의 정의 개념을 확장하여 수업 방식 학습 방법에 따라 개인적인 자기학습과 집단/협력학습으로 분류하여 학습 활동을 구체화했다.

먼저, 블랜디드 방식의 시창작 활동 교육 프로그램은 중학생 학습자를 연구 대상으로 온라인과 오프라인 병행형으로 수업을 진행하였다. 비대면 방식에서는 실시간 화상회의 매체인 줌과 구글 클래스를 사용했으며, 대면 방식으로는 1:1로 직접적인 소통을 했다. 이에 매체별 활용의 장단점을 분석했다.

다음으로, 비대면 방식의 시창작 활동 교육 프로그램은 일반 성인(30대 ~70대) 학습자를 연구 대상으로 비대면 방식으로만 수업을 진행하였다. 이에 비대면 방식으로 실시간 화상회의 매체인 줌과 네이버 밴드를 사용했다. 이에 매체 활용의 장단점을 분석했다.

마지막으로, 온라인 녹화 방식의 시창작 활동 교육 프로그램은 소셜 미디어 사용자 불특정 다수를 연구 대상으로 사이버 교사촉진형으로 수업을 진행하였다. 온라인 녹화 수업 방식에서는 유튜브와 구글 클래스를 사용했다. 이에 매체 활용의 장단점을 분석했다.

4장에서는 3장에서 진행하였던 매체별 교육 사례의 결과를 비교·분석하였다. 이에 학습자 설문조사를 실시하고 그 결과를 분석·정리하였으며 작품 피드백을 통해 보완점을 제시하였다. 또한, 각각의 수업 방식에 대한 매체의 활용성을 하드웨어적 측면, 소프트웨어적 측면, 휴먼웨어적 측면으로 분류하여 매체의 활용성을 비교하고자 했다.

매체를 활용한 시창작 활동 교육 프로그램에 대한 제언은 다음과 같다.

첫째, 문학 비전공자 대상 매체를 활용한 시창작 활동 교육 프로그램에서는 다양한 교육 자료와 콘텐츠를 구축해야 한다. 교육 자료 및 콘텐츠는 누구나 공감할 수 있으며 접근 가능한 것, 상상력을 확장할 수 있는 내용으로 구성할 수 있다. 콘텐츠 개발에서는 보다 나은 콘텐츠의 질을 위해 전문가와의 협업이 필요하겠다.

둘째, 매체를 활용한 시창작 활동 교육 프로그램에서는 메타버스를 활용한 소통 플랫폼을 개설하여 교수자와 학습자 간의 소통이 이루어질 수 있다. 이는 교수자와 학습자의 1:1 면담, 전시회를 통한 시 텍스트 감상, 시집 판매를 통한 수익 모델 창출 등으로 이어질 것이다.

셋째, 디지털 정체성을 기반으로 자발적 커뮤니티의 활성화를 유도해야 한다. 자신의 소셜 미디어를 기반으로 디지털 정체성을 형성한 학습자들은 학습 게시판 등을 활용하여 문학 커뮤니티를 형성할 수 있다. 이에 매체를 활용한 시창작 활동 교육 프로그램은 디지털 정체성을 기반으로 문학 비전공자 학습자들의 자발적 커뮤니티의 활성화를 유도할 수 있다.

넷째, 교수자의 디지털 역량을 강화해야 한다. 매체를 활용한 시창작 활동 교육 프로그램에서는 교수자의 디지털 역량이 중요시된다. 이에 교수자의 전문 역량을 강화할 수 있는 다양한 교육 및 연수 등의 지원이 필요하다.

다섯째, 기관과 연계한 시민 대상 교육 프로그램의 기회가 확대되어야 한다. 매체를 활용한 시창작 활동 교육은 일반인을 대상으로 학교, 지역 도서관, 주민자치센터, 여성비전센터, 건강지원센터, 평생교육원 등의 기관과 연계할 수 있다. 이에 문학 비전공자들 누구나 매체를 활용하여 일상 속에서도 시를 창작하고 향유하며 학습자 간의 사회적 의사소통을 할 수 있다.

문학 비전공자를 대상으로 한 시창작 활동 교육 프로그램은 동시대성, 학습자의 맥락, 매체 활용성, 연계 기관, 프로그램의 특성에 따라 달라질 수 있다. 본 연구는 참여자 설문조사에서 계측할 수 없는 많은 변수로 설문조사에 대한 신뢰도를 정밀하게 도출해낼 수 없다는 한계점을 가진다. 그러나 이는 차기 교육 프로그램을 제언할 수 있도록 방향을 제시하고 있다는 점에서 강점이 있다. 또한, 본 연구는 문학 비전공자 학습자에게 효과적인 시창작 활동 교육을 제공하기 위한 일환으로 4차 산업혁명 시대에 따른 시창작교육의 방향성을 제시하고 있다는 점에서 의의가 있다. 본 연구에 이은 매체를 활용한 시창작 활동 교육 프로그램에 대한 차기 연구를 과제로 남겨두고자 한다.

참고문헌

(1) 단행본

- 권성호·서윤경,『교육공학적 관점에 따른 미디어교육의 이론과 실제』제1판, 한울, 2005.

- 남정권·김종욱,『원격 교육 및 교수매체론』제1판, 강현출판사, 2013.

- 박성익 외 3인,『교육방법의 교육공학적 이해』제5판, 교육과학사, 2015.

- 박숙희·염명숙,『교수-학습과 교육공학』제3판, 학지사, 2013.

- 신재한,『교육매체 개발 및 활용의 이해』제1판, 교육과학사, 2015.

- 이승하 외 8인,『한국 현대시문학사』제3판, 소명출판, 2010.

- 조은순 외 2인,『원격 교육론』제1판, 양서원, 2012.

- Romiszowski, A.J.,『Designing instructional systems』1, Nichols, 1981.

- Schwab, Klaus., 송경진 역,『클라우드 슈밥의 제4차 산업혁명』제40판, 메가스터디(주), 2016.

- Schwab, Klaus.·Malleret, Thierry., 이진원 역,『위대한 리셋』제1판, 메가스터디(주), 2021.

(2) 논문

- 강경리, 「수업 공간의 특성과 교육적 분위기에 기초한 실시간 원격 수업의 개선 방안에 대한 탐구」, 『교육혁신연구』 제31권 제3호, 부산대학교 교육발전연구소, 2021.

- 강은혜, 「제4차 산업혁명의 핵심기술을 활용한 기업의 CSR 프로그램의 효과성 연구」, 건국대 대학원 박사학위논문, 2021.

- 강호정, 「문화콘텐츠로서의 랩의 시창작교육 활용 가능성 연구」, 『우리어문연구』 제63권, 우리어문학회, 2019.

- 공광규, 「신경림 시의 창작방법 연구」, 단국대 대학원 박사학위논문, 2005.

- 공다영, 「비대면 수업시스템 성공요인에 대한 교수자, 학습자, IT관리자의 인식 비교」, 고려대 대학원 박사학위논문, 2021.

- 구연정·임석원, 「디지털 시대의 문학교육과 매체융합적 수업모델」, 『독일언어문학』 제91권, 한국독일언어문학회, 2021.

- 권현지·임수경, 「비대면 온라인 수업 방식을 적용한 시창작교육 수업의 실제」, 『교육문화연구』 제27권 제1호, 인하대학교 교육연구소, 2021.

- _____, 「소셜 리딩(Social reading)을 적용한 시교육 효과 연구」, 『문화와 융합』 제43권 제4호, 한국문화융합학회, 2021.

- 김경천, 「오페라 아리아 가창 수업을 위한 비대면 교수학습법 연구」, 단국대 대학원 박사학위논문, 2021.

- 김귀정, 「랩을 활용한 시창작 수업 설계 연구」, 동국대 대학원 석사학위논문, 2019.

- 김명철, 「시창작교육에서의 이미지화 기법 활용 방안 연구」, 고려대 대학원 박사학위논문, 2019.

- 김수경, 「매체변용 원리를 활용한 영상시창작교육 연구」, 이화여대 대학원 박사학위논문, 2011.

- 김영도, 「시와 사진을 융합한 문예교육콘텐츠 연구」, 한남대 대학원 박사학위논문, 2011.
- 김우찬, 「소셜미디어 특성과 사용자 개인 특성이 소셜미디어의 만족도와 지속적 사용 의도에 미치는 영향 연구」, 한성대 대학원 석사학위논문, 2019.
- 김이상, 「시교육 이론과 방법론 연구」, 동아대 대학원 박사학위논문, 1991.
- 김정배, 「시적 상상력을 통한 문화콘텐츠 교육」, 『열린정신 인문학연구』 제18권 2호, 원광대학교 인문학연구소, 2017.
- 김혜영, 「김영랑 시의 창작방법 연구」, 단국대 대학원 박사학위논문, 2012.
- 김혜원, 「오규원 시의 창작 방식 연구」, 전북대 대학원 박사학위논문, 2013.
- 도성경, 「몽골인 학문 목적 한국어 학습자 대상 학위논문 쓰기 지도를 위한 화상 강의 모형 개발 연구」, 이화여대 국제대학원 박사학위논문, 2021.
- 문신, 「정서 체험의 시적 형상화 교육 연구」, 전북대 대학원 박사학위논문, 2013.
- 박치완, 「세대론의 르네상스와 '디지털 원주민 세대'의 이해」, 『문화콘텐츠연구』 제16호, 건국대학교 글로컬문화전략연구소, 2019.
- 서덕민, 「멀티포엠을 활용한 시창작교육법 연구」, 『인문학연구』 제15권 제1호, 원광대학교 인문학연구소, 2014.
- 서수영, 「매체를 활용한 시창작교육 방안」, 인천대 교육대학원 석사학위논문, 2009.
- 송문석, 「시 텍스트의 창작과 수용방법에 관한 연구」, 제주대 대학원 박사학위논문, 2003.
- 신지연, 「원격 수업에서 자기 경험 말하기 교육의 효과 연구」, 『국어교육연구』 제47권, 서울대학교 국어교육연구소, 2021.
- 신지영, 「학습자 중심의 현대시 교육방안 연구」, 성균관대 교육대학원 석사학위논문, 2008.

- 유병학, 「시문학 교육 연구」, 세종대 대학원 박사학위논문, 1993.

- 유영희, 「이미지 형상화를 통한 시창작교육 연구」, 서울대 대학원 박사학위논문, 1999.

- 이기조, 「비대면 학습의 지속적 활용의도에 영향을 미치는 요인에 관한 연구」, 세종대 대학원 박사학위논문, 2021.

- 이태희, 「정지용 시의 창작방법 연구」, 경희대 대학원 박사학위논문, 2003.

- 이희정, 「의과대학 온라인교육(Online education)의 학습참여도, 학습성취도 및 학습만족도에 대한 영향요인 분석을 통한 효과적 교수학습전략연구」, 이화여대 대학원 박사학위논문, 2021.

- 임수경, 「현대시창작교육의 실천적 연구」, 단국대 대학원 박사학위논문, 2006.

- 임수경, 「기관-대학 협업 비교과교양프로그램 운영 실제」, 『교양교육연구』 제6권 제15호, 한국교양교육학회, 2021.

- 전상우, 「생태시창작 원리와 교육 내용 연구」, 경북대 대학원 박사학위논문, 2018.

- 정현숙, 「영상시 제작 수업이 정서에 미치는 영향」, 『교육이론과 실천』 제26권, 경남대학교 언론출판국, 2017.

- 주수언·양지선, 「플립러닝을 활용한 가정교과교육학 전공 수업의 온라인 활동 개발 및 적용」, 『교과교육학연구』 제25권 제1호, 이화여자대학교 사범대학 교과교육연구소, 2021.

- 지세나, 「매체와 스토리텔링을 기반으로 한 활동 중심 시 교육 연구」, 연세대 대학원 석사학위논문, 2016.

- 최순열, 「문학교육론 연구」, 동국대 대학원 박사학위논문, 1998.

- 최호영, 「다매체 시대의 문학교육과 디카시의 교육적 활용 방안」, 『문화와 융합』 제43권 제8호, 한국문화융합학회, 2021.

- 허란, 「시창작을 통한 문학 생활화 교육 방안 연구」, 세종대 대학원 박사학위논

문, 2020.

- 홍효정, 「블랜디드 러닝을 위한 대학 교수자의 역량 도출 및 진단도구 개발」, 숙
  명여대 대학원 박사학위논문, 2016.

- 홍흥기, 「시창작교육의 방법론적 연구」, 중앙대 대학원 박사학위논문, 2002.

- 황보현, 「시창작교육에서의 트리즈(TRIZ)원리 활용 연구」, 경기대 대학원 박사
  학위논문, 2015.

Romiszowski, A.J., 「The future of E-learning as an educational innovation:
  Factors influencing project success and failure」, 2, Associação Brasileira
  de Educação a Distância, 2003.

(3) 보고서 등

- 경기도교육청, 「2018 경기자유학년제 운영 가이드」, 2018.

(4) 전자문서

- 교육부, 「2015 개정 교육과정 안내」, https://www.moe.go.kr/boardCnts/
  (2021.10.21)

- ＿＿＿. 「자유학기제 확대 발전 계획」, https://www.moe.go.kr/boardCnts/
  (2021.10.31)

- ＿＿＿. 「제4차 평생교육진흥 기본계획」, https://www.moe.go.kr/
  boardCnts/(2021.10.13)

미주

1 온택트(Ontact)는 비대면을 일컫는 언택트에 온라인을 통한 외부와의 연결 (On)을 더한 개념으로, 온라인을 통해 대면하는 방식을 가리킨다. 언택트 (Untact)란 Contact(접촉하다)의 부정의 의미인 언(un)을 합성한 말로 비대면, 비접촉의 뜻을 가진 합성어이다.

2 이는 1) 전국 곳곳의 대학에 문예창작과가 대폭 신설됨으로써 시인을 제도 적으로 배출시킬 수 있는 교육적 장치의 마련 2) 학교 제도뿐만 아니라 다양한 문화센터에서 시창작과 관련된 교양 강좌의 개설을 통한 대중들의 참여 유도 3) 지역의 문예지 창간을 통한 신인 배출 4) 기존 메이저 문예지에 문제의식에 대한 대응의 일환으로 창간된 문예지로부터의 신인들의 배출 5) 이와 같은 다양한 경로를 통해 배출된 신인들이 창조적 언어로서 1990 년대 시단을 풍요롭게 한 점 6) 그리하여 다양한 시의 경향에 걸맞은 다양한 시적 담론을 생성시킨 점 등의 특징을 통해 살펴볼 수 있다. 이승하 외 8 인, 『한국 현대시문학사』, 소명출판, 2010, pp.379~381 참조.

3 유영희, 「이미지 형상화를 통한 시창작교육 연구」, 서울대 대학원 박사학위 논문, 1999, p.7 참조.

4 문신, 「정서 체험의 시적 형상화 교육 연구」, 전북대 대학원 박사학위논문, 2013, p.4 참조.

5 홍흥기에 따르면, 국어교육, 문학교육, 시창작교육은 동일 선상에서 서로 밀접한 관계에 자리한다고 보았다. 홍흥기, 「시창작교육의 방법론적 연구」, 중앙대 대학원 박사학위논문, 2002 참조; 임수경에 따르면, 시창작교육은 학습자가 시를 마음으로 느끼고, 시를 즐기며 주체적으로 감상할 수 있는 능력을 기르면서 동시에 직접 시 감상 활동에 참여하고 표현할 수 있는 능력을 배양하는 방향으로 접근되어야 한다고 말한다. 임수경, 「현대시창작교육의 실천적 연구」, 단국대 대학원 박사학위논문, 2006 참조.

6 클라우스 슈밥은 제4차 산업혁명에 따른 새로운 환경에 적응하기 위해서 네 가지 기능인 상황맥락 지능, 정서 지능, 영감 지능, 신체 지능에 주목한다. 이 중에서 정서 지능은 시창작교육이 왜 문학 비전공자로 설정되어야 하는가에 대한 이유를 뒷받침한다. 정서지능(emotional)은 생각과 감정을 정리하고 결합해 자기 자신 및 타인과 관계 맺는 능력을 말한다. Schwab, Klaus., 송경진 역, 『클라우스 슈밥의 제4차 산업혁명』, 2016, 메가스터디(주), pp.251~252 참조.

7 위의 책, p.141 참조.

8 김정배, 「시적 상상력을 통한 문화콘텐츠 교육」, 『열린정신 인문학연구』 제18집 제2호, 원광대학교 인문학연구소, 2017, p.26 참조.

9 본고에서는 문학을 전공하지 않은 학습자를 비전공자 학습자로 총칭하고자 한다. 이에 매체의 활용을 통해 시창작 활동 교육을 시행하고자 한다.

10 이에 따라 교수-학습방법이 가르침(teaching) 중심에서 배움(learning) 중심으로, 교수자 주도 수업에서 학습자 주도 수업으로, 전통적 강의중심·집단중심수업에서 인터넷 기반 탐구중심·개인중심수업으로, 단편적 지식·정보의 기억중심에서 고부가치의 지식을 창출하는 융합·창의중심 수업으로,

개별학습보다는 네트워크를 통한 협력학습 중심으로 바뀌고 있다. 박성익 외 3인,『교육방법의 교육공학적 이해』, 교육과학사, 2015, p.378 참조.

11 매체를 활용한 교육에 대한 최근의 학위논문은 다음과 같다. 이희정,「의과 대학 온라인교육(Online education)의 학습참여도, 학습성취도 및 학습만 족도에 대한 영향요인 분석을 통한 효과적 교수학습전략연구」, 이화여대 대학원, 박사학위논문, 2021. 다음으로 매체를 활용한 교육에 대한 최근의 소논문은 다음과 같다. 구연정·임석원,「디지털 시대의 문학교육과 매체융합 적 수업모델: 디지털 미디어를 통한 문학 텍스트의 재매개와 '다시쓰기'」,『독일언어문학』제91권, 한국독일언어문학회, 2021, pp.417~438 ; 최호 영,「다매체 시대의 문학교육과 디카시의 교육적 활용 방안」,『문화와 융합』 제43권 제8호, 한국문화융합학회, 2021, pp.143~166 ; 강경리,「수업 공 간의 특성과 교육적 분위기에 기초한 실시간 원격 수업의 개선 방안에 대한 탐구」,『교육혁신연구』제31권 제3호, 부산대학교 교육발전연구소, 2021, pp.277~314 ; 주수언·양지선,「플립러닝을 활용한 가정교과교육학 전공 수업의 온라인 활동 개발 및 적용」,『교과교육학연구』제25권 제1호, 이화 여자대학교 교과교육연구소, 2021, pp.1~14 ; 신지연,「원격 수업에서 자기 경험 말하기 교육의 효과 연구: 중학교 학습자의 자기 인식 및 우울감 개선 을 중심으로」,『국어교육연구』제47권, 서울대학교 국어교육연구소, 2021, pp.71~100. 이처럼 매체를 활용한 교육에 대한 연구는 주로 소논문에 집중 되어 있음을 확인할 수 있다.

12 박성익 외 3인, 앞의 책, p.375 참조.

13 같은 책, pp.370~371 참조.

14 홍홍기, 앞의 논문, pp.4~6 참조.

15 권성호·서윤경,『교육공학적 관점에 따른 미디어교육의 이론과 실제』, 한 울, 2005, p.36 참조.

16 김명철, 「시창작교육에서의 이미지화 기법 활용 방안 연구」, 고려대 대학원 박사학위논문, 2010, pp.8~9 참조.

17 위의 논문, p.124 참조.

18 이 논문에서 언급하는 블랜디드 수업 방식, 온라인 녹화 수업 방식에 관한 실제 사례는 다음의 논문을 확장·변용하였음을 밝힌다. 권현지·임수경a, 「비대면 온라인 수업 방식을 적용한 시창작교육 수업의 실제」, 『인하교육연구』 제27권 제1호, 인하대학교 교육연구소, 2021, pp.195~226 ; 권현지·임수경b, 「소셜 리딩(Social reading)을 적용한 시교육 효과 연구」, 『문화와 융합』 제43권 제4호, 한국문화융합학회, 2021, pp.695~725.

19 최순열, 「문학교육론 연구」, 동국대 대학원 박사학위논문, 1998.

20 유영희, 앞의 논문 참조.

21 임수경, 앞의 논문 참조.

22 문신, 「정서 체험의 시적 형상화 교육 연구」, 전북대 대학원 박사학위논문, 2013.

23 이상, 「시교육 이론과 방법론 연구」, 동아대 대학원 박사학위논문, 1992 참조.

24 유병학, 「시문학 교육 연구」, 세종대 대학원 박사학위논문, 1993 참조.

25 홍홍기, 「시창작교육의 방법론적 연구」, 중앙대 대학원 박사학위논문, 2002 참조.

26 김명철, 앞의 논문 참조.

27 손예희, 「시 교육에서 상상적 경험에 대한 연구」, 서울대 대학원 박사학위논문, 2011.

28 태희, 「정지용 시의 창작방법 연구」, 경희대 대학원 박사학위논문, 2003.

29 송문석, 「시 텍스트의 창작과 수용방법에 관한 연구」, 제주대 대학원 박사학위논문, 2003.

30 공광규, 「신경림 시의 창작방법 연구」, 단국대 대학원 박사학위논문, 2005.

31 김혜영, 「김영랑 시의 창작방법 연구」, 단국대 대학원 박사학위논문, 2012.

32 김혜원, 「오규원 시의 창작 방식 연구」, 전북대 대학원 박사학위논문, 2013.

33 김영도, 「시와 사진을 융합한 문예교육콘텐츠 연구」, 한남대 대학원 박사학위논문, 2011.

34 황보현, 「시창작교육에서의 트리즈(TRIZ)원리 활용 연구」, 경기대 대학원 박사학위논문, 2015.

35 전상우, 「생태시창작 원리와 교육 내용 연구」, 경북대 대학원 박사학위논문, 2018.

36 박숙희·염명숙, 『교수-학습과 교육공학』, 학지사, 2013, p.235 참조.

37 이기조, 「비대면 학습의 지속적 활용의도에 영향을 미치는 요인에 관한 연구 : 교수자를 중심으로」, 숭실대 대학원 박사학위논문, 2021, p.2 참조.

38 도성경, 「몽골인 학문 목적 한국어 학습자 대상 학위논문 쓰기 지도를 위한 화상 강의 모형 개발 연구」, 이화여대 국제대학원 박사학위논문, 2021.

39 김경천, 「오페라 아리아 가창 수업을 위한 비대면 교수학습법 연구」, 단국대 대학원 박사학위논문, 2021.

40 공다영, 「비대면 수업시스템 성공요인에 대한 교수자, 학습자, IT관리자의 인식비교 : 상호지향성 모델을 중심으로」, 고려대 대학원 박사학위논문, 2021.

41 강은혜, 「제4차 산업혁명의 핵심기술을 활용한 기업의 CSR 프로그램의 효과성 연구 : 청소년을 대상으로 한 비대면 교육 프로그램 사례를 중심으로」, 건국대 대학원 박사학위논문, 2021.

42 Simonson, M. 외 2인, 『Teaching and Learning at a Distance: Foundations of Distance Education』, Prentice Hall, 2003.) 남정권·김종욱, 『원격 교육 및 교수매체론』, 강현출판사, 2013, p.7. 재인용.

43 본 논문에서는 각 교수 방법에 따른 학습자 매칭 시 다음의 논문을 참조하여 분석하고자 하였음을 명시해둔다. 박치완, 「세대론의 르네상스와 '디지털 원주민 세대'의 이해」, 『문화콘텐츠연구』 제16호, 건국대학교 글로컬문화전략연구소, 2019, pp.7~43.

44 홍효정, 「블랜디드 러닝을 위한 대학 교수자의 역량 도출 및 진단도구 개발」, 숙명여대 대학원 박사학위논문, 2016, p.11 참조.

45 창의융합형 인재는 인문학적 상상력, 과학기술 창조력을 갖추고 바른 인성을 겸비하여 새로운 지식을 창조하고 다양한 지식을 융합하여 새로운 가치를 창출할 수 있는 사람을 뜻한다. 창의융합형 인재가 갖추어야 할 핵심역량으로는 자기관리 역량, 지식정보처리 역량, 창의적 사고 역량, 심미적 감성 역량, 의사소통 역량, 공동체 역량 등이 있다. 교육부, 「2015 개정 교육과정 안내」, https://www.moe.go.kr 교육부 홈페이지 참고.

46 자유학기 활동은 주제선택 활동, 예술체육 활동, 동아리 활동, 진로탐색 활동 등으로 분류될 수 있다. 교육부, 「자유학기제 확대 발전 계획」, https://www.moe.go.kr 교육부 홈페이지 참고.

47 Schwab, Klaus.·Malleret, Thierry., 이진원 역, 『위대한 리셋』, 메가스터디, 2021, p.286 참조.

48 4P 전략은 다음과 같다. 1)People-학습자 중심으로의 패러다임 전환 2)Participation-지속적이고 자발적인 참여 확대 3)Prosperity-개인과 사회의 동반 번영 지원 4)Partnership-기관 및 제도 간 연계·협력 강화

49 지역 어디서나 누리는 평생학습이라는 과제에서는 지역 단위 뿔뿌리 평생학습 역량 강화의 측면에서 지역 단위 평생교육 활성화라는 주제로 읍·면·동 평생학습센터 확대 등 주민의 접근성을 제고한다. 국민 누구나 누리는 평생학습이라는 과제에서는 재직자 등 성인의 자발적 평생학습 지원의 측면에서 인생 전환기 진로설계 컨설팅 지원이라는 주제로 생애전환기 중·장

년의 자존감 회복을 위한 진로탄력성 프로그램 개발·보급한다. 교육부, 「제4 차 평생교육진흥 기본계획」, https://www.moe.go.kr 교육부 홈페이지 참고.

50 김경천, 앞의 논문, p.24 참조.

51 김우찬, 「소셜미디어 특성과 사용자 개인 특성이 소셜미디어의 만족도와 지속적 사용 의도에 미치는 영향 연구」, 한성대 대학원 석사학위논문, 2019, pp.11~16 참조.

52 신재한, 『교육매체 개발 및 활용의 이해』, 교육과학사, 2015, p.35 참조.

53 위의 책, p.26. 재인용

54 박성익 외 2인, 『교육방법의 교육공학적 이해』, 교육과학사, 2015 참고 ; 남정권·김종욱, 앞의 책, p.228 참고.

55 (Heinich R. 외 3인, 『Instructional Media and Technologies for Learning』, Prentice-Hall, 1996) 박숙희·염명숙, 앞의 책, 재인용.

56 남정권·김종욱, 같은 책, pp.232~244쪽 참조.

57 김수경, 「매체변용 원리를 활용한 영상시창작교육 연구」, 이화여대 교육대학원, 석사학위논문, 2011.

58 서수영, 「매체를 활용한 시창작교육 방안」, 인천대 교육대학원 석사학위논문, 2009.

59 신지영, 「학습자 중심의 현대시 교육방안 연구 : 백석 시를 중심으로」, 성균관대 교육대학원 석사학위논문, 2008.

60 남정권·김종욱, 앞의 책, pp.234~236 참조.

61 메이거(Mager)는 교수 목표 진술 방법으로 대상(Audience), 행동 (Behavior), 조건(Condition), 정도(Degree) 등의 네 가지 ABCD 요소를 제시하고 있다. 이에 기반하여 수업 목표 진술을 설정할 수 있다. 위의 책, p.237 참조.

62 조은순 외 2인, 『원격 교육론』, 양서원, 2012 ; 한국교육학술정보원, 『원격

교육수업 실행 방안』, 2020, p.3 재인용.

63 Romiszowski, A.J.,『Designing instructional systems』, Nichols, 1981 ; 남정권,『블랜디드 수업 설계 전략』, 한국학술정보, 2011, p.18 재인용.

64 Romiszowski, A.J., 「The future of E-learning as an educational innovation: Factors influencing project success and failure」 2, Associação Brasileira de Educação a Distância, 2003, pp.1~12 참조.

65 허란, 「시창작을 통한 문학 생활화 교육 방안 연구」, 이화여대 대학원 석사학위논문, 2020.

66 지세나, 「매체와 스토리텔링을 기반으로 한 활동 중심 시 교육 연구」, 연세대 석사학위논문, 2016 ; 정현숙, 「영상시 제작 수업이 정서에 미치는 영향」,『교육이론과실천』제26권, 경남대학교 출판부, 2017, pp.149~187.

67 강호정, 「문화콘텐츠로서의 랩의 시창작교육 활용 가능성 연구」,『우리어문연구』제63권, 우리어문학회, 2019, pp.189~219 ; 김귀정, 「랩을 활용한 시창작 수업 설계 연구」, 동국대 교육대학원 석사학위논문, 2019.

68 신재한, 앞의 책, pp.194~200 참조.

69 김영도, 앞의 논문.

70 김수경, 앞의 논문.

71 최호영, 「다매체 시대의 문학교육과 디카시(dica-pome)의 교육적 활용 방안」,『문화와 융합』제43권 제8호, 한국문화융합학회, 2021, pp.143~166.

72 서덕민, 「'멀티포엠'을 활용한 시창작교육법 연구」,『열린정신 인문학연구』제15권 제1호, 원광대학교 인문학연구소, 2014, pp.187~203.

73 이 연구에서는 교수 방법인 블랜디드 수업 방식, 비대면 실시간 수업 방식, 온라인 녹화 수업 방식에서 활동 프로그램에 따라 독립개념과 종속개념을 설정하고 있음을 명시해둔다.

74 신재한, 같은 책, p.149 참조.

75 최자령, 「크라우드소싱 기반 적응형 전자책을 위한 전자출판 프레임워크 연구」, 숙명여대 대학원 박사학위논문, 2017, p.34 참조.

76 이재민, 「소셜 리딩과 독서 혁명」, 『브레히트와 현대연극』 제42호, 한국브레히트학회, 2020, pp.205~226 참조.

77 표국선, 「소셜미디어 이용자 특성이 고객자산화를 통해 온라인 구전 마케팅에 미치는 영향 연구」, 경기대 대학원 박사학위논문, 2020, pp.24~26 참조.

78 임순범·신은주, 「소셜미디어의 이해와 활용」, 생능출판사, 2013, p.145 참조.

79 팟캐스트 <현지시밤>의 진행 순서에 따른 콘텐츠 내용은 다음과 같다. 먼저, 팟캐스트의 처음 부분에서는 회차별 주제와 연관된 간략한 에피소드 및 시편 소개가 이어진다. 중간 부분에서는 처음 부분에서 소개되었던 시편에 대한 작가의 낭독이 이루어진다. 끝부분에서는 회차별 주제에 대한 정보 전달이 이루어진다. 이처럼 팟캐스트 <현지시밤>은 10분 내외의 짧은 팟캐스트, 밤에 편안하게 들을 수 있는 문학 팟캐스트라는 특성으로 제작되었다.

80 진가연, 「현대시 감상 활동 구성에서 팟캐스트의 효용 고찰」, 『국어교육학회』 제51권 제1호, 국어교육학연구, 2016, pp.285~312 참조.

81 김정우, 「스마트 교육 시대의 문학교육」, 『국어교육학연구』 제49권 제1호, 국어교육학회, 2014, pp.78~105 참조.

82 이건웅·박성은, 「출판산업에서 팟캐스트 활용 사례 연구」, 『글로벌문화콘텐츠』 제19호, 글로벌 문화콘텐츠학회, 2015, pp.147~165.

83 소셜 미디어는 참여(Participation), 공개(Openness), 대화(Conversation), 커뮤니티(Community), 연결(Connectedness) 등의 특징이 있다. 임순범·신은주, 앞의 책, p.50 참조.

84 김우찬, 「소셜미디어 특성과 사용자 개인 특성이 소셜미디어의 만족도와 지속적 사용 의도에 미치는 영향 연구」, 한성대 대학원 석사학위논문, 2019, pp.11~16 참조.

85 김정우, 「스마트 교육 시대의 문학교육」, 『국어교육학연구』 제49권 제1호, 국어교육학회, 2014, pp.78~105쪽 참조.

86 황정의, 「팟캐스트 제작 독서활동프로그램의 독서 효과 연구」, 경기대 대학원 박사학위논문, 2020 참조.

87 우미성, 「북 팟캐스트 프로그램이 독서 동기에 미치는 효과 연구」, 서울교육대 교육대학원 석사학위논문, 2021 참조.

88 임수경, 「기관-대학 협업 비교과교양프로그램 운영 실제」, 『교양교육연구』 제6권 제15호, 한국교양교육학회, 2021, p.11 참조.

2부

시창작 활동 교육 프로그램의 장소적 지평

청년공간을 중심으로

1. 서론

　본고는 청년을 대상으로 '청년공간'에서 이루어진 시창작교육 프로그램 운영 사례를 분석함으로써, 시창작교육에 대한 수강생들의 지속적인 참여에 '청년공간'이 미치는 영향을 밝혀, 지역사회 내 '청년공간'에서의 시창작교육 프로그램이라는 모델의 근거를 축적하는 것을 목적으로 한다.

　지금까지의 시창작은 전문 시인의 육성이라는 점에서 창작 주체가 한정되어 왔다. 시창작은 문단에 등단하기 위해서가 아닌 인간의 내면 성찰과 표현으로서 기능하여야 한다는 필요성이 제기되었다. 또한, 창작교육이 전문적인 문예창작 활동으로 제한될 때 예술적이고 심미적인 체험에 대한 교육의 기회가 소홀히 다뤄질 수 있다는 우려의 목소리가 등장하였다. 이처럼 시창작 주체에 대한 변화의 요청이 2000년대부터 디지털 매체를 통해 활발하게 논의되기 시작했다. 이에 시창작교육은 다양한 정체성을 바탕으로 학습자의 전공에 국한되지 않는 균형 있는 방향으로 폭넓게 논의될 수 있다(권현지, 2022:1-2).

　문학 비전공자인 청년을 대상으로 한 시창작교육은 청년들에게 시를 통하여 자기 내면을 이해하고 성찰의 계기를 제공하여 개인의 정체성을 형성하고 세계관을 정립하도록 돕는다. 청년기는 인간의 생애주기에서 성적 성숙과 더불어 급격한 신체 변화가 일어나는 단계로 자기에 적합한 성역할의 습득, 직업 선택에 대한 의사결정, 자아 정체감의 확립 등의 발달과업을 수행해야 하는 시기(정옥분, 2003 재인용)이다. 과거의 예측과 비교한 현재 자신의 성취수준을 의미하는 자아존중감(self-esteem)을 높이는 방법에 관하여 Harters(1990)는 청년에 대한 정서적·사회적 지지를 역설하였다(정인희, 2012:231-234). 이때, 시창작교육은 자기 정체성을 점검하고, 생각과 감정을 정리·결합하여 타인과 관계를 맺는 능력인 정서지능을 강화함으로써 청년에게 자아존중감을 고양시킨다.

이러한 시창작의 효용은 청년의 공간에서 극대화된다. 아무것도 없는 빈 곳을 의미하는 공간은 시창작 활동이라는 문화적 행위를 매개로 자기정체성 형성과 세계관 정립에 오롯이 집중할 수 있는 '문화공간'으로 그 의미가 확장된다.

2000년대 초반부터 활발하게 이루어져 온 지역 문화공간 조성 사업은 초기(2004~2008)에 대규모 기업을 유치하여 개발사업을 진행하는 등의 외연적 발전에 집중되는 양상을 보였다. 그러나 이벤트적인 한계로 점차 지역의 창조성을 높이고 문화 중심의 지역개발을 추구하면서 지역 문화공간 조성으로 그 초점이 이동하였다(이영주, 이병훈, 2019:131).

한편, 2023년에 발표된 문화체육관광부의 주요업무 추진계획(문화체육관광부, https://www.mcst.go.kr)에 따르면, 핵심과제는 한국문화(케이컬처)가 이끄는 국가번영(자유·혁신), 한국문화(케이컬처)로 행복해지는 국민(공정·연대)이라는 두 개의 영역에서 살펴볼 수 있다. 여기에서, 한국문화(케이컬처)가 이끄는 국가번영은 공연, 시각예술, 문학 등 장르별 융복합·다목적 창작·향유 기반시설을 강화하는 것을 내용으로 하고, 한국문화(케이컬처)로 행복해지는 국민은 사회문화예술교육에서 생애주기별 관심·

특성을 반영한 문화예술교육 지원을 내용으로 한다. 특히, 청년에 대한 인문·문화프로그램이 그 방안으로 명시되어 있다. 이는 문학 등 다목적 창작·향유 기반시설에서 청년을 대상으로 생애주기, 관심, 특성을 고려한 문화예술교육의 필요성을 반영한 것이다. 이러한 맥락에서 청년의 생애주기, 관심, 특성을 반영한 시창작교육은 청년세대에 평생학습과(신효주, 김민호, 2022:1) 문화예술교육으로 누구나 쉽게 접근할 수 있으며, 직접 교육 서비스를 체험할 수 있으므로 체험경제이론을 적용할 수 있다.

Pine & Gilmore(1998)의 체험경제이론(Experience economy)은 제품 및 서비스의 상위개념을 체험으로 보고, 소비자들이 생산과정에 직접 참여하는 과정을 진정한 체험으로 본다. 이때의 체험은 단순히 감각적 측면뿐 아니라 엔터테인먼트 체험(Entertainment experience), 교육적 체험(Educational experience), 현실도피적 체험(Escapist experience), 미적 체험(Esthetics experience) 등으로 분류되며 체험 마케팅 전략으로 제시된다(하동현, 2009:39).

현재, 청년공간을 활용한 청년 대상 시창작 활동 교육 프로그램에 대한 단독 연구는 미비하다. 따라서 본고에서는 체험경제이론의 관점에서 청년 공간이 시창작교육에 대한 수강생들의 지속적인 참여에 미치는 영향을 검토하고자 한다. 이에 2장에서는 문학교육 프로그램, 청년공간, 복합문화공간, 지각된 가치, 행동의도에 대한 이론적 고찰을 하였다. 본고는 유휴산업 시설을 활용한 복합문화공간의 공간적 특정 요소 중 상징성, 전문성, 참여성, 예술성 등이 체험경제이론의 경험적 요소인 오락적 체험, 교육적 체험, 일탈적 체험, 심미적 체험 등으로 접목될 수 있으며, 이는 청년공간에서 시창작교육 프로그램 인식으로 적용될 수 있다고 보았다. 또한, 김지흔·진철웅(2022)의 연구 모형을 적용하여 청년공간에서 이루어진 시창작 프로그램의 지각된 가치가 시창작 프로그램의 행동의도에 영향을 미치도록 기능한다는 가설을 설정하였고, Sweeny와 Soutar(2001)의 기능적·사회적·감정적 가치를 지각된 가치로 적용하였다. 이와 같은 논의를 통하여 청년공간에서 어떠한 장소 특정적 요인이 지각된 가치, 학습자의 행동의도에 영향을 주는지 파악하고, 이로써 수강생들의 교육체험에 대한 지속적 참여의도를 높여 궁극적으로 청년공간이 발전하기 위한 방안을 모색하고자 하였다. 3장에서는 청년공간에서 시창작 활동 교육 프로그램의 실제 운영 사례로 프로그램의 운영 목적 및 방향, 운영 내용 및 과정 등을 살펴 추후 프로그램으로의 확장 가능성을 타진하고자 하였다. 4장에서는 청년공간에서 시창작교육 프로그램의 구축 필요성이 제기되었다. 5장에서는 결론과 제언이 제시되었다.

본고는 지역사회 내 '청년공간'에서의 시창작교육 프로그램이라는 모델의 근거를 축적하는 것을 목적으로 지역사회 내 기구축된 청년공간에서 시창작교육 프로그램의 확장 가능성을 타진할 수 있다는 점에서 실험적이며, 청년역량 강화 및 사회통합에 기여할 수 있는 교육모델 개발이라는 후속 연구의 기초자료로 활용될 수 있다는 점에서 의의가 있다.

2. 이론적 배경

2.1. 문학교육 프로그램

문학교육 프로그램에 대한 기존 연구는 지역기관 및 매체를 통한 문학교육 프로그램 연구(설동희, 2014; 권현지, 2022; 하진, 2022), 지역 활동 작가를 중심으로 한 문학교육 프로그램 연구(장창영, 2018; 문수빈, 장우권, 2022), 인문학 프로그램 교육모델 설계 및 제안 연구(김상훈, 2019; 이원영, 2021), 문학치료에 관한 연구(박성미, 2022; 엄희수, 양윤정, 조은상, 2022; 백현기, 강경숙, 노정은, 2022) 등으로 분류할 수 있다.

지역기관 및 매체를 통한 문학교육 프로그램에 관한 연구는 다음과 같다.

설동희(2014)에서는 대학 부설 평생교육원에서의 문학교육 현황 및 한계를 파악하고, 대학 부설 평생교육원의 문학교육 활성화에 대한 실질적인 방향을 제시하고자 하였다. 그러나 이 연구는 문헌과 기관의 자료에 근거해 이루어졌기 때문에 신뢰도가 제한적이며, 충분한 설문을 수행하지 못해 교육 실태를 제대로 반영하지 못했다.

권현지(2022)에서는 매체를 교육 도구로 활용하여 온택트 시대에 따른 시창작교육의 방향성을 제시하여 문학 비전공자 학습자의 매체 활용 능력과 시의 접근성을 높이는 시창작교육의 교수-학습 방안을 마련하고자 하였다. 그러나 이 연구는 참여자 설문조사에 대한 신뢰도를 정밀하게 도출해내지 못했다.

하진(2022)에서는 지역문학관 교육프로그램의 활성화를 위해 기획 모델을 도출하여 학습자 주도의 참여 학습을 위한 방안으로 교육연극을 제시하였다. 그러나 이 연구는 외부 관람자를 대상으로 하는 단기프로그램의 방법이 기획되어야 한다는 한계가 있다.

지역 활동 작가를 중심으로 진행되는 문학교육 프로그램에 관한 연구는 다음과 같다.

장창영(2018)에서는 지역에서 활동하고 있는 작가를 멘토로 이용하여 교육현장에서 적용 할 수 있는 글쓰기 프로그램을 개발하였다. 이 연구는 지역 청소년과 새로운 관계 형성을 유도하고, 창작 글쓰기를 활성화할 방안을 모색했다는 점에서 의미 있다.

문수빈·장우권(2022)에서는 상주작가 문화프로그램 개선사항 및 운영 방안을 도출하고자 하였다. 그러나 이 연구는 각 도서관과 지역의 특성을 고려한 상주작가 문화프로그램의 활성화 방안이 모색될 필요가 있다.

인문학 프로그램 사례에 기반한 교육모델 설계 및 제안 연구는 다음과 같다.

김상훈(2019)에서는 대학교와 고등학교가 협력하여 인문학 프로그램을 만들고, 이를 운영한 경험을 바탕으로 인문학 프로그램을 제시하였다. 이 글에서 제시된 인문학 프로그램은 실제 학교 현장에 적용할 수 있는 실제적인 연구라는 점에서 의미 있다.

이원영(2021)에서는 학교 문학교육이 나아가야 할 방향으로 인문 소양 강화 교육으로서 문학교육 실천을 위한 시사를 제공하고자 하였다. 그러나 이 연구는 인문 소양 교육으로서 다양한 현장 실천 사례의 시사를 종합한 문학교육 모델을 마련하지 못했다.

문학치료에 관한 연구는 다음과 같다.

박성미(2022)에서는 설화를 매개로 한 쓰기 활동을 통해 자기서사가 개선될 수 있는 가능성을 보이는 실행연구를 시행하였다. 그러나 이 연구는 참여자 개인의 자기서사에 대한 개선 추이를 끝까지 관찰하지 못해 참여자의 특징을 일반화할 수 없다.

엄희수·양윤정 외 1인(2022)에서는 청년의 자기성장이라는 프로그램 목표에 도달할 수 있도록 집단 문학치료 프로그램을 구성하고 실행 및 수정·보완을 통해 그것을 실천적으로 확인하는 실행연구를 진행하였다. 그러나 이 연구는 프로그램의 실효성을 점검하지 못했다.

백현기·강경숙 외 1인(2022)에서는 대학생을 대상으로 한 표현 중심 문학치료 프로그램이 대인관계 역량에 미치는 영향을 알아보고자 프로그램을 실시하기 전후의 대인관계 역량의 변화를 살펴보았다. 그러나 이 연구는 공고를 통해 자발적으로 참여한 신청자들로 실험을 실행했다는 점에서 프로그램의 영향력을 일반화하는 것에 한계가 있다.

이처럼 문학교육 프로그램은 주로 문학 비전공자를 대상으로 평생교육원, 학교, 지역 도서관, 매체를 활용한 온라인 학습환경 등에서 진행되며, 지역 활동 작가를 중심으로 교육이 수행되기도 한다. 또한, 문학교육 프로그램은 인문학 프로그램의 실제 사례에 기반한 교육모델 설계 및 제안 연구가 있다. 그러나 문학 프로그램에 대한 기존 연구에서는 청년공간에서 청년을 대상으로 한 시창작 활동에 대한 단독 연구가 미비하다. 본고에서는 전문 창작자를 중심으로 청년공간에서 청년을 대상으로 한 시창작 활동에 대한 사례를 분석하고, 시창작교육에 대한 수강생들의 지속적인 참여에 '청년공간'이 미치는 영향을 밝혀, 지역사회 내 '청년공간'에서의 시창작교육 프로그램이라는 모델의 근거를 축적하고자 한다.

2.2. 청년공간, 복합문화공간

논자는 청년공간, 복합문화공간에 대한 이론적 정의를 김선희(2022)의 청년커뮤니티공간의 정의에 대한 틀(김선희, 2022:28)을 참조하여, 국가법령정보센터(https://www.law.go.kr)에서의 내용을 점검하고자 한다. 또한, 유휴산업시설을 활용한 복합문화공간의 공간적 특정 요소를 파악하여 청년공간의 공간적 특정 요소를 도출하고자 한다.

청년공간은 시, 도, 군 각각의 조례에서 따라 청년공간, 청년활동공간, 청년 채움공간, 청년활동 거점공간 등 그 명칭이 다르다. 주로 청년의 활동 지원, 청년의 사회참여(확대), 능력개발, 자발적인 참여, 소통 및 교류, 청년의 상호교류 활성화, 청년의 삶의 질 향상, 청년문화 활성화, 청년정책의 실현을 위해 마련된 시설, 청년창업준비를 위한 입주공간 등의 내용으로 정의된다. 청년공간은 청년의 상호교류 활성화, 사회참여, 권익 증진, 자립 기반 형성, 청년창업 생태계 조성, 일자리 창출, 정책 개발, 자기계발 및 교육·훈련 여건 개선, 청년 문화의 활성화 등을 목적으로 한다.

청년공간에 대한 기존 연구는 크게 공간에 대한 연구(고명지, 2020; 김선희, 2022), 프로그램에 대한 연구(홍제남, 2019; 신효주, 김민호, 2022), 정책에 대한 연구(김경례, 2017; 유해연, 박연정, 2019), 청년공간 운영에 대한 연구(정진철, 홍성표, 박보람, 2020) 등으로 분류된다.

고명지(2020)에서는 내용분석 방법으로 각 시대별 신문기사와 한국사회의 청년세대 문화 공간의 변화를 점검하여, 오늘날 청년세대의 문화를 공간의 이동을 중심으로 살펴보았다. 이 연구는 시대 변화에 따라 청년세대의 공간적 특징을 도출하였다는 점에서 의미 있다.

김선희(2020)에서는 청년문화공간에 적용된 시·지각 감성디자인 특성을 파악하고, 설문조사를 통해 청년층 사용자를 만족시키는 지각 감성디자인의 방향을 제시하고자 하였다. 그러나 이 연구는 사례들의 디자인 특성을 세부적으로 파악하지 못했다는 한계점이 있다.

홍제남(2019)에서는 지역사회 협력 청소년 자치 배움터에서 이루어지는 활동에 대해, 학습자의 학습권 실현의 관점에서 사례를 분석하고 교육혁신이 주는 의미를 탐색하였다. 이 연구는 지역사회협력 청소년 자치배움터의 성과를 살펴 교육혁신에 대한 방향을 시사한다.

신효주·김민호(2022)에서는 제주지역 청년들이 어떠한 사회적 조건 속에서 청년공간지원사업에 참여하여 무엇을 경험했고, 자기 경험에 어떤 의미를 부여하는지 분석했다. 그러나 이 연구는 참여자 대부분이 대학생으로 제한되어 청년층을 대표할 수 없다는 한계가 있다.

김경례(2017)에서는 전남지역 청년 및 청년문화예술인들의 활동과 정책적 욕구를 바탕으로 청년문화정책의 방향성을 모색하고자 하였다. 이 연구는 청년문화예술인의 창작 공간뿐만 아니라 문화공간을 확보해 청년 문화 활동의 활성화를 모색한다는 점에서 의미 있다.

유해연·박연정(2019)에서는 서울시 청년시설의 현황과 실태를 살펴봄으로써 향후 확대될 청년시설의 정책적 시사점을 도출하고 제안하고자 하였다. 이 연구는 청년허브공간의 유의미한 확산 및 활성화를 위한 기초 연구로써 의미 있다.

정진철·홍성표 외 1인(2020)에서는 근거이론 연구로 청년센터의 운영 맥락을 통합적으로 이해하여 청년고용서비스의 발전 방향을 제시하고자 하였다. 그러나 전국 청년센터 중 일부 센터의 운영 경험으로 연구가 이루어져 제시된 모형을 일반화하는 데 한계가 있다.

청년공간에 대한 연구는 청년세대와 청년공간의 특징을 살펴볼 수 있다. 또한, 청년커뮤니티공간 운영 방향에 도움이 될 수 있으며, 복합문화공간의 특성을 갖는 청년시설을 통해 문화예술 교육 프로그램 등을 운영할 수도 있다. 그러나 이 연구는 공간의 용도, 복합문화공간의 특성, 청년에 대한 특성, 프로그램 취지에 따라 교육 프로그램이 달라질 수 있다.

청년공간 프로그램에 대한 연구는 열린 생태계적, 청소년의 학습공간으로 지역사회 협력 자치 배움터의 사례 분석을 통해 청년공간지원사업 참여 경험의 교육적 의미를 도출할 수 있다. 그러나 청소년, 청년을 포괄할 수 있는 참여 연령의 확대, 전문가를 통한 교육 프로그램의 운영을 통해 실제 참여 경험에 따른 검증이 필요하다.

청년공간 정책에 대한 연구는 청년문화정책의 방향에 따라 구체적인 실행전략과 청년시설의 정책적 시사점을 도출할 수 있다. 그러나 청년공간 정책은 복합문화공간의 특성을 가진 청년공간에서 지속적이고 전문적인 문화예술 교육 프로그램 시행이 전제되어야 한다.

청년공간 운영에 대한 연구는 청년센터 운영 메커니즘에 대한 중심 현상과 영향요인을 살펴볼 수 있다. 그러나 지역별 실제 청년센터의 운영현황, 온오프라인 청년센터의 실제 운영 현상을 통해 단계적으로 분석되어야 한다.

복합문화의 기존 연구는 복합문화공간의 사례 및 프로그램 연구(임종훈, 전재현, 2014; 조정은, 2021), 운영방안 연구(이진영, 김면, 2018), 공간적 특성에 대한 연구(박수린, 이정교, 2018), 복합문화공간의 체험요소 및 기능의 영향요인 연구(고영선, 허철무, 2020; 장혜임, 이진우, 2020), 복합문화공간의 장소 특정적 공간 요소 연구(채승현, 김주연, 임선희, 2020), 유휴산업시설을 통한 복합문화공간의 지속가능성 연구(쉬지아량, 윤지영, 2021) 등으로 분류할 수 있다.

본고에서는 유휴산업시설을 활용한 복합문화공간의 공간적 특정 요소로 상징성, 전문성, 참여성, 예술성 등을 추출하고, 체험경제이론에 기반한 청년공간에서의 시창작교육 프로그램 인식을 적용하여 사용자의 행동의도를 측정하고자 한다. 이에 시창작 활동 교육 프로그램은 청년들에게 자립기반, 능력개발 등 정서적·실질적으로 도움을 줄 수 있는 내용으로 프로그램이 구성될 수 있다.

2.3. Pine & Gilmore의 체험경제이론(Experience economy)

Pine&Gilmore(1998)의 체험경제이론(Experience economy)에서는 거시적인 관점에서 경제적 가치의 발전을 1단계 범용품, 2단계 제조품, 3단계 서비스, 4단계 체험 등 단계적으로 발전해왔음을 지적하며(하동현, 2009:38) 4단계에 해당하는 체험에 대하여 제품 및 서비스의 상위개념으로 정의하고, 생산과정에 소비자들이 직접 참여함으로써 체험하게 되는 과정이라고 하였다. 그들은 체험을 감정적, 육체적, 정신적 차원의 이벤트에 참여하는 개인의 내부에서 발생하는 사적인 것으로, 그 누구도 체험을 소유하지 않으며 각각의 체험은 무대에 올려진 이벤트와 개인이 상호작용하면서 생겨나는 것이라고 하였다(양길승, 조은주, 2016:18). 이 이론에서는 체험요소에 대하여 횡축은 고객의 체험 참여 정도에 따라 수동적 참여와 적극적 참여로 구분하고, 종축은 체험을 경험하는 고객과 환경과의 관

계성을 기준으로 구분한다. 또한, 각 영역을 엔터테인먼트, 교육, 현실도피, 미적 범주로 명명하였다(장혜임, 이진우, 2020). 그들은 체험을 능동적인 참여자와 수동적인 참여자, 흡수와 몰입에 따라 네 가지 요소를 분류하였는데 이는 엔터테인먼트 체험(Entertainment experience), 교육적 체험(Educational experience), 현실도피적 체험(Escapist experience), 미적 체험(Esthetics experience)이다(장윤영, 서원석, 2014:203).

체험경제이론은 관광에 대한 연구(장윤영, 서원석, 2014; 송학준, 이충기, 2015 양길승, 조은주, 2016), 예술(이명심, 민현주, 2021), 지리학(하동현, 2009), 문화경제(장혜임, 이진우, 2020), 문헌 정보학(김미정, 이병기, 2020) 등에서 연구되고 있다. 체험경제이론에 대한 연구는 관광에 대한 연구가 주를 이루며, 체험경제이론을 적용한 문학 프로그램 연구는 미비하다. 이에 본 연구는 청년공간에서 청년들이 교육받고 시창작 활동 교육 서비스에 대해 체험한다는 관점에서 피교육자를 대상으로 체험경제이론을 적용하고자 한다.

2.4. 지각된 가치(perceived value), 행동의도

지각된 가치에 대한 기존 연구는 다음과 같다.

김지윤·주경희(2014)에서는 모바일 SNS 지속 사용 의도에 대한 영향 요인을 고찰하여 모바일 SNS 활성화를 위한 기초 연구를 수행하였다. 그러나 이 연구는 소비자가 지각하는 가치가 보다 세분화될 필요가 한다.

황미진(2014)에서는 소비자의 지각된 가치를 경제적, 사회적, 정서적, 그리고 이타적 가치로 제안하고 다차원의 가치가 소비 후 감동과 만족에 미치는 영향을 검증하였다. 그러나 이 연구는 새로운 개념인 SBC와 이타적 가치가 지니는 차별적 역할의 규명이 미흡하다.

장혜임·이진우(2014)에서는 체험이론을 중심으로 리딩테인먼트를 지향하는 복합문화공간의 체험요소와 지각된 가치와 만족도 간의 영향 관계를 규명하였다. 그러나 이 연구의 설문에서 외부인보다 주변인들의 방문이 공간에 유도되어 비정형적인 표본구성이 나타났다.

정철현·김철중(2020)은 배달음식 앱이 발전할 방안을 모색하고 배달음식 앱 서비스 산업 활성화를 위한 방안을 제시하였다. 그러나 이 연구는 조사표본에서 배달음식 앱을 사용한 경험이 있는 소비자를 대상으로 진행하여 조사를 일반화할 수 없다는 한계가 있다.

이처럼 가치는 개인이 얻게 되는 혜택과 지불과 비용 간에서 얻게 되는 것으로 주관적 또는 개인적 신념으로 정의된다. 가치는 제품에 대한 내재적 가치와 지각하는 가치로 구분된다. 제품에 대한 내재적 가치는 개인에 따라 차이가 있을 수 있다. 소비자들이 지각하는 주관된 가치는 소비자가 포기한 대안 또는 지불한 가격에 대비해 제공받은 제품 및 서비스에 대한 전반적인 평가이다. 지각된 가치는 다양한 종류의 지각된 가치를 하나의 차원으로 보는 단일 차원 측정 방법, 가치를 구성하는 요소 관찰을 위해서 지각된 가치의 구성 요소를 개별적인 각각의 차원으로 보는 다차원 측정 방법이 있다.

본고에서는 지각된 가치의 구성 요소를 개별적인 차원으로 보는 다차원의 가치로 본다. 이에 Sweeny와 Soutar(2001)의 기능적·사회적·감정적 가치를 지각된 가치로 본다.

행동의도에 대한 기존 연구는 다음과 같다.

김희정·김시중(2012)에서는 행동의도를 관광객이 관광경험을 하면서 형성된 신념이나 태도에 기반한 해당 관광지에 대한 미래 행동계획 및 후속 행동으로 정의한다.

용석홍·박철호 외 1인(2019)에서는 행동의도를 재방문의도, 구전할 의도를 보유한 심리상태로 정의한다.

구경여·김영국(2012)에서는 일반적인 소비자 행동론에서 행동의도의 변수는 충성도와 구전활동, 재구매의도 등으로 구성된다고 말한다. 이글에 따르면, Baker&crompton(2000)는 상품이나 서비스가 제공하는 품질과 만족도, 태도, 주관적 규범, 방문 환경 등에 의해 방문의도가 결정된다고 하였다(구경여, 김영국, 2012:112).

행동의도는 청년공간에서 시창작 활동 체험을 경험하면서 형성된 신념이나 태도로 정의될 수 있다. 본고에서는 행동의도를 청년공간에서의 시창작 활동 교육 참여에 대한 미래의 행동계획 및 후속 행동으로 정의한다. 이때, 행동의도는 재방문의도, 상품이나 서비스가 제공하는 품질과 만족도, 방문 환경 등에 의해 결정될 수 있다는 관점을 적용한다.

현재 복합문화공간인 청년공간에서 체험경제이론에 기반한 시창작교육 사례에 대한 단독 연구는 미비하다. 본고는 청년을 대상으로 '청년공간'에서 이루어진 시창작교육 프로그램 운영 사례를 분석함으로써, 시창작교육에 대한 수강생들의 지속적인 참여에 '청년공간'이 미치는 영향을 밝혀, 지역사회 내 '청년공간'에서의 시창작교육 프로그램이라는 모델의 근거 축적을 목적으로, S시 청년공간 청년스테이션에서의 청년 대상 시창작 활동 교육 프로그램인 감성 시 쓰기 교육 프로그램을 다루고자 한다.

경기도 S시 청년스테이션은 청년 참여 활동을 위한 개방적 공간 제공, 청년 맞춤형 프로그램 운영으로 청년 역량 강화 및 청년 네트워크 활성화를 목적으로 한다.

본고에서는 청년공간에서 청년이 자신의 역량강화를 위해 자발적으로 교육 프로그램을 신청하고 서비스를 받는다는 측면에서 청년세대를 위한 시창작교육의 사례를 다루었다. 이때의 시창작교육은 각 시의 청년공간에서 설정한 프로그램 참여 연령, 교육 공간에 따라 프로그램의 특성이 달라질 수 있다.

청년공간에서의 시창작교육 프로그램은 S시 거주 및 생활기반을 둔 만 19세 이상 34세 이하 청년을 대상으로, 10명 선착순으로 청년스테이션 블로그 및 QR코드로 신청이 진행되었다. 프로그램 참여 인원을 소수로 한정한 이유는 오픈키친을 이용한 팀 프로젝트, 세미나 공간으로서 수강생들에게 자유로운 이동을 통해 편안한 교육 환경을 제공하기 위함이다. 또한, 강사가 시창작교육에서 수강생에게 1:1 피드백을 쉽게 제공하기 위해서이다.

본고는 복합문화공간과 청년공간, 체험경제이론, 지각된 가치와 행동의도에 대한 문헌조사를 시행하고, 선행연구와 이론적 고찰을 통해 유휴산업시설을 활용한 복합문화공간의 공간적 특정 요소 중 상징성, 전문성, 참여성, 예술성 등이 체험경제이론의 경험적 요소인 오락적 체험, 교육적 체험, 일탈적 체험, 심미적 체험 등으로 접목될 수 있으며, 이는 청년공간에서의 시창작교육 프로그램 인식으로 적용될 수 있다고 보았다.

지각된 가치는 '시창작 활동을 통한 일상 속 문학의 향유', '전문적 시창작교육에 기반한 문학 지식 획득', '상호작용을 통한 청년 감수성 공유 및 유대감 형성', '주체적 삶의 태도와 미래에 대한 방향성 획득'을 측정요인으로 구성하였다. 또한, 김지흔, 진철웅(2022)의 연구 모형(김지흔, 김철웅, 2020:53)을 적용하여 청년공간에서 시창작 프로그램의 지각된 가치가 청년공간에서 시창작 프로그램의 행동의도에 영향을 미친다는 연구 모형을 설계하였다. 지각된 가치는 Sweeny와 Soutar(2001)의 기능적·사회적·감정적 가치로 분류하고, 설정한 가설을 청년공간에서 청년 대상 시창작 활동 교육 프로그램으로 접목하여, 복합문화공간인 청년공간에서 청년들이 시창작 활동 교육을 받고 서비스에 대해 체험한다는 관점으로 피교육자를 대상으로 설문을 실시, 연구모형 분석을 통해 행동의도를 도출한다.

본 연구의 연구모형은 다음과 같다.

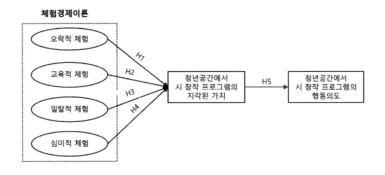

본 연구의 대상은 경기도 S시에 거주하거나 생활 기반을 둔 만 19세 이상~34세 이하의 청년 총 6명으로, 논자는 2022년 5월 7일~6월 4일까지 주 1회 총 5차시 '감성 시 쓰기' 시창작교육 프로그램을 경기도 청년공간인 청년스테이션에서 시행하였다.

청년을 연구 대상을 설정한 이유는 다음과 같다.

첫째, 시창작 활동 교육은 청년들에게 자기 생각을 진술하고 이를 작품화하는 과정을 통해 시에 담긴 자신의 진술, 정서, 정체성을 점검하고 강화할 기회를 제공한다. 이는 청년들에게 앞으로의 삶을 점검하고 준비할 수 있는 정서적 지지의 기반이 된다.

둘째, 시창작 활동 교육을 통해 청년들은 타인에게 나의 시작품을 소개, 공유하는 상호작용을 거치게 된다. 이때 청년들은 타인의 삶을 작품으로 살펴보는 과정을 통해 사회적 소통 능력, 창의 융합적 사고 등의 역량이 강화될 수 있다.

셋째, 시창작 활동 교육은 청년들에게 자기 생각을 진술하고 작품화할 기회를 제공함으로써 일상에서도 시를 접하고 향유할 수 있는 경험을 제공한다. 이러한 과정에서 시창작은 시 청년의 문화로 기능하고 소비된다.

청년공간에서의 시창작교육의 단계별 세부내용은 각 블랜디드 방식을 활용한 시창작 활동 교육 모형(권현지, 2022:50)을 참조하여 구성하였다.

이를 정리하면 다음과 같다.

1단계 : 준비단계

학습자에서 학습자 분석으로 시와 관련한 청년 학습자의 선행지식을 진단하기 위해 일반적인 요인으로 청년의 적성, 문화, 사회 요인 등이 고려된다. 시에 대한 지식이나 기능 또는 태도의 정도인 시에 대한 지식, 시창작 경험 여부, 시창작을 할 때 어려운 점 등과 같은 학습자의 선수지식 등이 고려된다. 학습 양식으로는 시각 및 영상자료를 선택하여 다양한 학습 내용을 제공한다. 교수자는 학습자의 수준과 이해도에 따라 적절한 단어를 사용하여 자유로운 분위기 속에서 피드백을 수시로 전달한다.

교수자에서 수업 목표(진술) 설정으로는 청년공간에서의 시창작 활동 교육 프로그램을 통해 청년 학습자는 한 편의 시작품을 창작하고 이를 타인 앞에서 발표할 수 있다는 내용으로 설정한다. 교수방법은 청년공간에서 대면 방식으로 설정한다. 프로그램 가설은 다음과 같다.

청년공간에서 시창작 프로그램의 체험요소와 지각된 가치와의 관계에 가설은 다음과 같다. ㉠청년스테이션에서 시창작 프로그램의 오락적 체험은 지각된 가치에 유의한 영향을 미칠 것이다. ㉡청년스테이션에서 시창작 프로그램의 교육적 체험은 지각된 가치에 유의한 영향을 미칠 것이다. ㉢청년스테이션에서 시창작 프로그램의 일탈적 체험은 지각된 가치에 유의한 영향을 미칠 것이다. ㉣청년스테이션에서 시창작 프로그램의 심미적 체험은 지각된 가치에 유의한 영향을 미칠 것이다. 청년공간에서 **시창작 프로그램에서 지각된 가치와 행동의도와의 관계에 대한 가설은 다음과 같다.** ㉠청년스테이션에서 시창작 프로그램의 지각된 가치는 행동의도에 유의한 영향을 미칠 것이다.

자료의 선정에서 자료의 선정에서는 교수 자료로 시각 자료인 사진, 그림, 디지털 이미지가, 영상 자료로 인터넷 비디오 팟캐스트 등을 활용한다. 청년공간에서 학습자의 체험 나누기 활동, 시적 기법에 기반한 난상토론을 시행하여 학습자의 생각을 자연스럽게 도출하고 시적 이해를 통해 시창작 활동 교육에서의 지각된 가치를 높인다.

2단계 : 실행단계

학습자에서 프로그램 소개 및 매체 활용 방법에 대한 안내로 PPT를 활용하여 청년공간에서의 시창작교육 수업은 총 5회를 기준으로 대면으로 시행됨을 설명한다.

교수자에서는 학습자 동기 유발 활동 제안에서 교수자료로 시각 자료인 사진, 그림 등을, 영상 자료로 인터넷 비디오 등을 제시한다. 시각 자료인 살바도르 달리의 <기억의 지속>(1931), 영상 자료인 olafureliasson의 <ice watch> 미술 영상, <오리온 情> 초코파이 광고 시리즈, <UP!> 애니메이션 영상으로 선정한다. 교수자는 시각 및 영상 자료를 학습자에게 제시하고 감상 나누기 활동과 연계한다.

자료의 선정에서 감상 나누기 활동 이후 교수자는 학습 자료를 제시 및 지도한다. 학습자에게 유인물을 배부하여 학습자가 학습 전에 미리 시를 읽어볼 수 있도록 한다. 교수자는 PPT를 활용해 해당 수업 차시와 관련된 시 텍스트를 제시한다. 시 텍스트를 중심으로 시의 감상, 시의 기법에 관해 설명한다. 대면 수업에서는 학습자가 생소하거나 낯선 단어들에 대한 의미를 웹 검색을 통해 살펴보도록 유도한다. 학습 수행에서는 시의 기법으로 연상법, 묘사, 진술, 은유와 상징 등을 배우고 시작품 합평 및 모둠 시창작 활동을 수행한다. 대면 수업에서 학습 시간 내 학습자에게 피드백해 주지 못하게 되는 상황에서는 온라인 학습 게시판을 통해 학습자의 과제를 댓글로 점검하고 피드백한다. 학습자가 최종적으로 개인 시작품을 완성하면

시 낭독회를 통해 발표 활동을 제시한다.

3단계 : 피드백과 추후 확장 프로그램 구축

청년공간에서의 시창작 활동 교육 프로그램은 추후 피드백을 통해 확장되어 프로그램의 개발하는 방안을 제안하는 과정으로 나아가야 한다. 기구축된 청년공간을 활용하여 시창작교육은 청년 개인의 정서적 고양 및 자존감의 확립을 넘어 지역사회 예술인이 참여하는 예술창작교육이라는 브랜딩화를 통해 지역 발전 및 활성화 방안을 모색할 수 있다. 이를 위해서는 청년공간에서의 프로그램이 청년공간 기관, 평생교육원, 대학교, 지역 예술가 등과 협력하여 전문인력의 확보되고 예산편성이라는 기반이 만들어져야 지속적인 프로그램이 구축될 수 있다. 이와 같은 배경으로 본 연구는 청년에게 '청년공간'에서의 시창작교육을 제안하기 위해, 경기청년공간 청년스테이션에서 시행하였던 '감성 시 쓰기' 시창작교육 프로그램을 질적 연구 방법에서 사례 연구 방법으로, 단일한 사례인 현장 내 사례를 분석하고자 한다.

2022년 5월부터 6월까지 1개월 동안 진행된 '경기청년공간' 인문학 교육인 시창작교육 프로그램은 총 5차시로, 수업단계는 준비단계, 실행단계, 검증단계로 구성하였다. 수업단계는 준비단계인 1차시에서 강의 OT, 묘사가, 실행단계인 2~4차시에서 진술, 상징, 개인(모둠) 시창작 및 합평이, 검증단계인 5차시에서 개인 시작품, 미래일기 낭독회 등으로 구성하였다. 각각의 학습 활동은 체험경제 이론의 체험요소인 엔터테인먼트 체험, 교육적 체험, 현실 도피적체험, 미적 체험을 반영한 활동으로 설계되어 교수-학습 과정에 반영되었다. 본고는 사례 연구 방법으로 S시 청년스테이션에서의 시창작교육 운영 과정과 결과물을 도출하고자 한다.

차시	활동명	활동목표	수집 자료	체험요소
1	강의 OT 미술 영상 : 묘사	• 자기소개 • olafur eliasson의 <ice watch> 설치미술 영상을 보고 대상에 대해 묘사	-감상문, 마인드맵 활동지 -묘사적 글쓰기	일탈적/ 교육적
2	광고 <오리온 情> 시리즈 : 진술	• 광고 <오리온 情> 영상을 보고 진술적 문장 작성	-진술, 묘사를 활용한 문장	심미적/ 교육적
3	애니메이션 <UP!> 영상 : 은유, 상징	• 애니메이션 <UP!> 영상을 보고 은유와 상징을 활용한 문장 완성, 시 창작	-은유, 상징을 활용한 문장	심미적/ 교육적
4	모둠 시 창작 활동, 개인 시 창작 합평	• 살바도르달리의 <The Persistence of Memory>(1931)> 명화를 보고 상호작용을 기반으로 모둠 시 창작 • 시 작품 합평을 통해 타인의 의견을 수용, 참조하여 개인 시 작품 퇴고	-모둠(개인) 시 작품	일탈적/ 오락적
5	개인 시 작품& 미래일기 낭독회	• 개인 시 작품과 미래일기를 낭독하고 문학적 실천과 삶의 방향성 설정 • 설문조사를 통해 프로그램 만족도 점검	-최종 시 작품 -미래일기 -설문지	일탈적/ 심미적

3. 청년공간에서의 시창작 활동 교육 프로그램 실제

2022년 5월 S시청에서는 경기청년공간 프로그램 청년스테이션 인문학 강좌 <감성 시쓰기> 강좌를 선정하여 청년스테이션(청년청소년과)과 강사와의 협업을 통해 청년 참여를 6명으로 결정했다. 이에 현재 S시에 거주하거나 생활기반을 둔 만 19세 이상 34세 이하 청년이 참여하여 오픈키친을 이용한 팀 프로젝트, 세미나 공간인 청년활력공간에서 강의 프로그램을 진행하였다. 먼저, 지역 버스정류장, 청년스테이션 블로그, 페이스북, 인스타그램 등에 홍보를 통해 구글폼으로 본 프로그램에 참여할 청년들을 선착순으로 선정하였다.

S시청의 재원으로 운영되는 <감성 시쓰기>는 2022년 '경기청년공간' 인문학강좌 프로그램인 최초의 시창작 수업이다. 이 프로그램은 청년들이 단순히 시를 읽고 쓰는 것이 아니라, 청년 스스로 자기 정체성을 점검하고, 생각과 감정을 정리하고 결합해 자기 자신과 타인과 관계를 맺는 능력인 정서 지능을 강화하여 자아존중감의 욕구를 높이는 것을 목적으로 한다. 이러한 프로그램의 목적은 청년의 사회적·정서적 기반으로 작용할 수 있으며, 청년의 자립기반 형성과 능력개발에 실질적으로 도움을 줄 수 있는

청년의 역량 강화 프로그램이다.

프로그램의 목적과 취지에 대하여 교수자는 1차시 OT에서 학습자들에게 설명하였으며, 개인 시작품, 미래일기, 시 낭독회 등의 활동이 진행됨을 설명하였다. 이처럼 교수자는 프로그램의 목적과 취지, 활동 등에 대한 설명과 시의 이론과 이해를 위해 콘텐츠를 활용함을 안내하였다.

프로그램의 설계 내용을 정리하면 다음과 같다.

① 운영기간 : 1개월(2022년 5월 7일~ 6월 4일)

S시의 지원을 받아 '경기청년공간' 인문학 교육을, 1개월의 교육 기간으로 설정한다.

이는 청년공간 담당 기관에서 인문학 프로그램이 대부분 5차시로 이루어지고 있는 기간적인 여건을 고려한 것이다.

② 참여자 : 청년공간 인문학 프로그램에 관심이 있는 만 19세 이상 34세 이하의 청년(청년스테이션 블로그 및 QR코드로 신청)으로 구성되었다.

이는 S시 경기청년공간 프로그램의 기관적 요건에 따른 것이다.

③ 교육 기간이 1개월이므로, 프로그램은 총 5회로 구성한다.

④ 운영형태 : S시 청년스테이션(청년청소년과), S시 평생교육원, S시청 강사는 청년공간에서 청년을 대상으로 교육한다.

청년스테이션의 목적은 청년 참여 활동을 위해 개방적 공간을 제공하여 청년 맞춤형 프로그램을 운영하는 것이고, 평생교육원의 목적은 평생학습 프로그램을 통해 자기 계발의 기회를 제공하는 데 있다.

단계별 진행 및 세부 내용을 정리하면 다음과 같다.

1단계 : 준비단계

학습자에서 학습자 분석으로 청년의 세대별 문화 특징을 전 세계의 세대별 문화 차이 요약표(박치완, 2019:29)를 참조하여 살펴보면 다음과 같다. 1981년대~2000년대에 출생한 19~38세 속하는 연령대인 Y세대의 세대 약칭은 새천년세대, 최초의 글로벌 세대, SNS 세대, 디지털 노마드 세대 등으로 불린다. Y세대의 문화 외부요인으로는 구소련 붕괴, 세계화 개시, 구글 설립, 인터넷, 스마트폰 상용화라는 특징이 있다. 이들의 세대 가치는 관용 정신, 목표 지향, 변화 선호라는 특징이 있다. 이들은 물질적 가치를 중시하고 경제적 자유를 추구하며, 노동-가족-여가의 균형 유지라는 개인 가치의 특성을 보인다. 직업윤리에서는 업무 수행력을 중시하고, 노동은 휴식·여가를 위한 수단적 가치로 본다. E-mail이나 음성 메시지라는 소통방식이 있다. 리더쉽 스타일은 Pulling together, Supporter 등으로 정의된다.

다음은 시에 대한 지식, 시창작 경험 여부, 시창작을 할 때 어려운 점 등과 같은 학습자의 선수지식 등에 대한 것이다. 청년 대상 학습자는 평소 시창작에 대한 어려움과 부담감을 가지고 있는 학습자로 매체에 친숙하다는 특징이 있다.

청년을 대상으로 한 문학 프로그램에 대한 기존 연구에서는 매체 활용을 중심으로 시각 및 영상 자료를 활용해 시를 창작하는 활동(권현지, 2022), 미취업 청년들의 회복 탄력성을 증진할 수 있는 서사를 활용한 창작 활동(배진형, 김송미, 유석, 조은상, 2022:283-317) 등이 있다.

청년 대상 문학 프로그램의 기존 연구에서는 매체를 주로 활용하고 있으며, 청년들이 자신의 힘으로 세상 밖에서 관계를 확장하고 성취를 얻어 자기 삶에 주도권을 가지고 회복탄력성을 증진하는 측면에서 학습자들에게 흥미와 참여를 높이는 방법으로 활용되었다. 이러한 근거를 토대로 본고에서는 시창작교육 프로그램은 청년의 목표, 변화 선호라는 개인적, 사회적 가치 역량의 강화라는 측면으로 접근한다. 본고에서 다루는 시창작 활동 교육은 대면 방식으로 청년 학습자에게 시각 및 영상 자료를 통해 개인/집단 학습의 다양한 활동을 제시할 수 있다고 보았다. 이는 청년 학습자의 상호협력 및 소통을 증대시켜 자신의 정체성과 정서지능을 강화할 수 있다. 이때, 시창작교육은 학습자의 정서적, 사회적 역량을 강화할 수 있는 기반이 된다. 또한, 교수자는 온라인 학습 게시판을 활용하여 학습자에게 세부적인 피드백을 제공할 수 있다. 실제 수업 시작에 앞서 학습자의 선행지식을 살펴볼 수 있다. 본 연구에서 학습자의 선행지식에 대한 설문은 다음과 같다.

<표 2> 설문조사-학습자의 선행지식

구분	내용
선행지식	시의 기법과 관련한 용어들을 이해하는 데 어려움을 느낌
	참신하고 적절한 시어를 찾아 시 창작을 수행하는 데 어려움을 느낌

첫째, 학습자는 시의 기법과 관련한 용어들을 이해하는 데 어려움을 느꼈다. 둘째, 학습자는 참신하고 적절한 시어를 찾아 시창작을 수행하는 데 어려움을 느꼈다.

시의 기법과 관련한 용어들을 이해하는 데 어려움을 느낀다는 의견에 대하여 교수자는 시의 기법에 대한 이론을 PPT 자료를 통해 학습자에게 설명할 수 있으며, 시의 기법과 관련한 시각·영상 자료를 제시하거나 인터넷 검색 활동으로 학습자들의 이해를 유도할 수 있다.

참신하고 적절한 시어를 찾아 시창작을 수행하는 데 어려움을 느낀다는 의견에 대하여 교수자는 학습자들에게 영상 자료에 대한 감상문 쓰기, 마인드맵 그리기를 통해 시적 주제 도출, 진술 문장 쓰기, 묘사적 글쓰기, 상징과 비유를 활용한 글쓰기 등을 과제로 제시해 시창작에서 참신하고 적절한 시어를 찾도록 점진적으로 활동을 확대할 수 있다.

교수자는 학습자에게 olafur eliasson의 <ice watch> 설치미술 영상을 보고 감상문 쓰기 활동을 제시하였다. 감상문 속에서 주제가 될 수 있는 단어들을 피드백하고, 이를 활용해 마인드맵 그리기 활동을 제시하였다. 교수자는 학습자들에게 마인드맵 그리기를 통해 도출한 시적 주제를 활용해 묘사적 글쓰기로 확장하는 과제를 제시하고, 온라인 학습 게시판에 게시하도록 하였다.

2단계 : 실행단계

청년공간에서의 시창작 활동 교육 프로그램 진행은 다음과 같다.

수업 시작 전 학습자들에게 청년활력공간 한편에 마련된 부엌에서 각자 음료 및 커피 등을 준비하여 편안한 분위기에서 수업에 임하도록 설명하였다. 수업이 시작되면 교수자는 학습자들의 이름을 부르며 출석을 확인하였다. 학습자 동기 유발 활동으로 일상적 이야기, 공감할 수 있는 소재 등을 활용하여 학습자와의 상호작용을 유도하였다. 또한, 자기소개 활동을 제시하여 학습자들이 서로의 관심사를 공유하고, 소통할 수 있도록 하였다.

교수자는 청년스테이션 청년활력공간에서 빔프로젝터와 노트북을 연결하고 시의 이론과 기법을 설명하는 PPT를 총 12페이지 이내로 작성하여 교수 자료로 제시하였다. 또한, 미술, 광고, 애니메이션 등의 유튜브 영상을 활용했다. 교수자는 학습자들이 흥미를 느끼고 과제를 수행할 수 있도록 유도하고자 짧은 쓰기 활동으로 영상을 보고 감상문 쓰기, 진술 문장 쓰기, 묘사적 글쓰기, 상징과 비유를 활용한 글쓰기 등을 제시하였다.

진술과 묘사를 활용한 문장에서는 학습자들이 광고 <오리온 情> 영상을 통해 진술을 활용한 문장을 작성해보고, 묘사와 진술을 활용한 문장 쓰기 활동으로 확장할 수 있도록 설명하였다.

은유, 상징을 활용한 문장에서는 애니메이션 <UP!> 영상을 참조하여 은유와 상징을 활용한 문장을 완성해보고 이를 시 문장을 창작하는 활동을 제시하였다.

모둠 시창작 활동에서 교수자는 학습자들에게 살바도르 달리의 <기억의 지속>(1931) 명화를 보고 상호작용을 통해 모둠 시작품을 창작하고 완성하도록 하였다. 학습자들은 한 모둠으로 구성되어 명화를 보고 자신이 창작한 각각의 시 문단을 다른 학습자들과 함께 배열하여 한 편의 시작품으로 완성하였다. 학습자들은 모둠 시창작 활동을 통해 다른 학습자들과 함께 상호작용하여 시작품을 완성할 수 있음을 알게 되었다.

개인 시창작 활동에서 교수자는 그동안 배웠던 시적 기법인 진술, 묘사, 은유와 상징 등을 활용하여 학습자들이 시를 창작하도록 하였다. 학습자들은 시작품 합평을 통해 타인의 의견을 수용, 참조하여 개인 시작품을 퇴고하였으며 한 편의 시작품을 완성할 수 있었다. 또한, 수업 시간 외에는 온라인 학습 게시판에 자신이 창작한 시작품을 게시하여 교수자와의 지속적인 피드백을 통해 최종적으로 시작품을 완성할 수 있었다.

교수자는 글쓰기 활동을 수행할 때 클래식, 재즈 음악 등으로 편안한 분위기를 조성하고, 온도와 조명의 밝기 조절 등 수업 환경을 수시로 점검하였다. 이는 편안하고 안락한 학습 환경을 조성하여 학습자들 개인의 자유로운 감정이 글쓰기로 표출되도록 유도한 것이다. 또한, 교수자는 학습자들의 짧은 글쓰기 과제를 다른 학습자 앞에서 낭독해보는 활동을 제시하였다. 이에 청년들은 청년 감수성을 바탕으로 서로의 생각을 공유하거나 공감하였다.

다음은 청년공간에서의 시창작 활동 교육 프로그램에서 학습자들이 '묘사' '진술' '상징' 등의 시적 기법을 활용해 완성한 최종 시작품이다.

「한여름의 아이스링크」에서 시적 화자는 "귓가를 시끄럽게 간질이는 재즈 페스타의 소리"를 듣는다. "녹고 싶은 마음이 없는 내 손목 위의 얼음 시계"는 시적 화자의 얼어붙은 마음으로 비유되며, "빙판 위의 바늘들이 만들어내는 불협화음"은 일상 속 화자가 바라보는 대상들의 모습이다. 학습사는 시적 대상에 대한 묘사와 진술을 통해 얼어붙은 자신의 마음을 깨뜨려줄 정서적 대상이 필요함을 확인하였다.

「점」에서 시적 화자는 "정오의 납골당처럼 잔뜩 움츠러드는 마음들"에 대하여 "여기는 어느 점"이라 명명한다. 시적 화자는 "다가갈수록/ 투명하게 비치는 그 속에는 내가 없지"와 같은 문장처럼 자신의 존재를 확인한다. 이때, "뛰노는 햇살"은 "얼어붙은" "마음의 파랑과 초록의 물고기를 깨뜨"리고, "메마른 비늘"은 "싱그럽게" 변주된다. 학습자는 대상에 대한 관찰과 진술을 통해 시적 공간에서 자유로운 상상력으로 일상의 새로운 변화를 체험하였다.

「자유형」에서 시적 화자는 "폭포를 배에 품은 제빙기"를 관찰한다. 이때, 대상에 대한 학습자의 상상력으로 "카페 안"은 "우리의 아지트"가 된다. 시적 화자는 "스쿱을 들어 단단한 마음을 깨뜨"리는 행위를 통해 "울컥 새어 나오는 샷 한 잔"이라는 문장으로 자신의 마음을 표현하고, "당신과 영영 떠" 다니는 모습을 그려냈다. 학습자는 사물에 대한 관찰을 통해 상상력을 발휘하고 현재에서 벗어나 새로운 세계로 이동하려는 마음을 시 문장으로 표현했다.

「얼음」에서 "어둡지만 포근했던 네모난 집에서/ 각자의 틀에 맞게 단단해져 나온 우리들"은 세상 밖으로 나온 청년세대의 모습으로 비유된다. 이때, "서서히 본연의 모습을 잃어가는 얼음"이라는 시적 대상은 청년세대를 의미한다. 학습자는 "야생의 길 위에서/ 매섭게 우리의 몸은 녹아내린다, 바스러진다"라는 진술을 통해 "자의에 변화하려는 야생의 눈동자"라는 상징물로 세상 밖으로 나온 청년의 어려움과 삶의 의지를 표현하였다.

한여름의 아이스링크 초윤한 여름의 정상에서 마주친 새빙점 내 잉가는 시끄럽게 간질이는 재즈 페스티벌의 소리 계속해서 음을 흐르는 사람들의 용기에 나는 강하게 향기를 느낀다. 녹고 싶은 마음이 없는 내 손목 위의 얼음 시계 느리게 째깍이는 차가움의 바늘 방판 위의 바늘들이 만들어내는 방법회음 그 위로 얼음이 깨지는 소리, 희미하게 들린다. 환청이 아니길 바라 빠르게 돌아가는 축제의 시간 건너편 거리 위 바쁘게 움직이는 손과 입 박수와 웃음소리, 뭐 없이 울려대는 세차 소리와 품들이 들려오는 안내방송 그러나 이 모든 건 나에게 소음공해일 뿐 덕분에 더욱 단단해지는 나의 얼음 시계 시계 속 째깍대로 움직이는 시냇물눈은 마치 손짓 뭐 포정들의 갈파소 공방이 녹아내릴까 두려워 뜨거운 행발을 억텔히 거부하네 오롯이 표갱어진 입술 그 위로 말장순 두 손 단단히 얼어붙인 내 시계를 바라보며 이윽고 괴로운 나의 기도 충당치는 행발이 함께 묘여 어서 내 시계를 깨뜨려주기를	**점** 권승민 정오의 날물달처럼 잔뜩 움츠러드는 마음을 여기는 어느 점 더 높이 더 위로 솟아나는 고드름처럼 벼랑을 붙잡고 있는 손끝, 시선이 시리게 다가갈수록 투명하게 비치는 그 속에는 내가 없지 톡 톡 튀노는 햇살이 얼어붙은 내 마음의 파랑과 초록의 끓고기를 캐돋는다 메마른 비늘이 싱그럽게
자유형 박하영 폭포를 배에 품은 제빙기 넘치는 물살에 잡은 손을 놓치면 덩그러니 남아 꼼짝없이 냉랭한 공기를 받아먹는다 카페 안 모서리가 우리의 아지트 시럽보다 달콤한 시간이 오길 스물을 들어 단단한 마음을 깨뜨리면 울컥 새어 나오는 샷 한 잔 당신과 영영 떠다니길 원해서 티스푼을 유리 돔에 싣는다 저 막이 녹아 사라지도록 발헤엄 치는 한 잔의 알치마	**얼음** 박재상 정오 모두가 섬기는 붉은 태양이 떠오른다 태양의 손이 살며시 만진 길 위에 홀로 떨어진 하얀 얼음 한 덩이 어둡지만 포근했던 네모난 집에서 각자의 틀에 맞게 단단해져 나온 우리들 야생의 길 위에서 매섭게 우리의 몸은 녹아내린다. 바스러진다 태양과 만나는 시간이 길어질수록 서서히 본연의 모습을 잃어가는 얼음의 단면 해적이는 발밑에 흐르는 저건. 타의에 스러져가는 포근한 집일까? 자의의 변화하려는 야생의 눈물자국일까?

이처럼 학습자들은 시창작 활동에서 '묘사' '진술' '상징' 등의 시적 기법을 활용하였다. 먼저, 시적 공간에서 얼어붙은 자신의 마음을 깨뜨려줄 정서적 대상이 필요함을 확인하고 현재 상황을 탐색하였다. 다음으로 학습자들은 대상에 대한 관찰과 자유로운 상상력을 기반으로 현재에서 벗어나 새로운 세계로 이동하려는 마음을 나타냈다. 마지막으로, 학습자들은 상징물을 통해 청년세대가 가진 어려움과 이를 극복하려는 삶의 의지를 표현하였다.

미래일기 쓰기&낭독에서 학습자는 그동안의 시창작 활동 교육을 통해 느꼈던 감정을 키워드로 적어보았다. 이에 커피, 공간, 글쓰기, 문장, 문학(시), 작가, 예술가, 감정, 소통, 협동, 표현, 관계, 적극성, 구체화, 수정. 업로드, 탐색, 꿈 등의 키워드를 도출하였다.

1년, 3년, 5년 뒤의 나의 모습은 어떻게 변해있을지 구체적인 문장을 적어보는 활동에 대해 다음과 같이 문장을 기술하였다.

나의 1년 후의 모습에 대하여 학습자들은 ㉠지금과는 다른 삶을 살고 있다 ㉡예전보다 문학작품과 전시에 많은 관심이 생긴 자신을 발견한다 ㉢김기택, 백석 등 시인의 작품을 감상하고 묘사를 관심 있게 공부한다 ㉣적극성을 가지고 사물이나 현상을 관찰, 사유하여 글을 쓰고 내가 무엇을 좋아하는지 탐색한다 ㉤카페에 앉아 다독, 다작, 다상량하려고 열심히 노력한다 ㉥주변에 책을 읽지 않는 사람과의 교류를 의식적으로 줄이고 초보 작가로 글을 열심히 쓴다 등의 내용을 기술하였다.

나의 3년 후의 모습에 대하여 학습자들은 ㉠현재보다 나은 사람들을 만나고 있다 ㉡견문을 넓혀줄 전시회를 찾아다니며 시창작의 소재를 발견한다 ㉢첫 단편 소설집이 완성되어 많은 사람에게 읽힌다 ㉣자서전 쓰기 강의를 시작한다 ㉤내가 좋아하는 일을 주변 사람들이 다 알게 되고, 강점을 살리는 일을 즐겁게 한다 등의 내용을 기술하였다.

나의 5년 후의 모습에 대하여 학습자들은 ㉠대학원을 다니면서 관심 있는 공부를 하고 있다 ㉡문장을 작성할 때 주변과 소통, 합평하는 시간을 가지게 되어 대중적이고 재미있는 글을 쓴다 ㉢여행을 자주 다니면서 글을 쓰며 등단을 한다 ㉣개인 작품을 다듬어 공모전에 도전한다 ㉤습작을 통해 쓴 글쓰기를 책으로 출판한다 등의 내용을 기술하였다.

청년공간에서의 시창작교육에서 학습자들은 커피를 마시며 문장의 수정과 업로드를 통해 문장과 글쓰기를 수행했다. 소통의 측면에서는 다른 학습자들과 협력이라는 관계를 구축하며 소통, 합평하는 과정을 갖게 되었다. 이러한 과정은 꿈의 탐색이라는 적극적인 시도로 구체화되었다. 미래의 모습에 대하여 학습자들은 시인의 작품을 감상하고 시의 기법을 배우고자 하였으며, 견문을 넓혀줄 전시회나 적극성을 가지고 사물이나 현상을 관찰하거나 사유하여 일상에서 시를 읽고 창작하고자 하였다. 이는 여행, 다양한 글쓰기 배우기, 습작을 통해 쓴 글을 책으로 출판하기, 개인 작품을 다듬어 공모전에 도전하기 등의 구체적인 행동 양상으로 도출되었다. 또한, 학습자들은 현재 더 나은 사람들과 함께 소통하며 자신이 좋아하는 일을 탐색하고 강점을 살려 즐겁게 일하는 모습을 그려보기도 하였다.

시작품 낭독에서 학습자들은 다른 학습자들의 시작품을 감상하였다. 타인의 삶을 작품으로 살펴봄으로써 사회적 소통 능력과 창의 융합적 사고 등의 역량이 강화되었다. 또한, 다른 학습자 앞에서 시작품을 낭독함으로써 타인과 상호작용을 통해 사회적 역량이 강화되었다. 또한, 시창작에 대한 성취감과 자신감을 얻게 되었다. 학습자들은 자기 생각을 진술하고 작품화할 기회를 얻었으며, 일상에서 시를 향유할 수 있게 되었다. 이처럼 시 낭독 활동은 청년공간에서 청년의 문화로 기능하고 소비되었다.

3단계 : 테스트-피드백과 추후 프로그램으로의 확장시스템 구축

본 연구는 궁극적으로 청년공간에서의 시창작교육 프로그램을 구축하는 데 근거가 될 수 있는 지역사회와 협력한 청년공간 활동 사례를 수집하는 데 목적을 두고 있다. 프로그램의 결과를 검증하고자 프로그램에 참여한 학습자들에게 설문조사를 시행하였다. 익명으로 설문조사의 접근성을 높이고자 학습 게시판인 네이버 밴드 링크에 구글폼을 활용하여 객관식과 주관식 문항으로 설문을 구성하였다. 본 프로그램은 **(1)청년스테이션에서 시창작 프로그램에 대한 학습자의 지각된 가치 조사에 대한 설문, (2)청년 스테이션 시창작 프로그램 장소에 대한 학습자의 지각된 가치 조사에 대한 설문** 두 가지 형태로 나누어 진행하였다.

먼저, 청년스테이션 시창작 프로그램에 대한 학습자의 지각된 가치 조사에 대한 설문에서 '청년 스테이션에서 운영하는 시창작 프로그램이 '문학 향유 증진'에 얼마나 도움이 되었습니까?'라는 질문에 전체 수강자 6명 중 매우 그렇다가 50%, 그렇다가 16.7%, 보통이다가 33.3%로 6명이 응답하였다. 응답자 중 가장 높은 비율을 차지한 것은 매우 그렇다이며, 다음으로 그렇다가 많았다. 청년스테이션 시창작 프로그램에서 심미적 체험(예술성)은 학습자들의 지각된 가치에 영향을 주었다는 결과가 도출되었다.

'청년스테이션은 정보획득, 문화예술 자체의 발전과 활성화, 공간 문화예술 기회 제공 또는 참여에 얼마나 도움이 되었습니까?'라는 질문에 대해 전체 수강자 6명 중 매우 그렇다가 50%, 그렇다가 50%로 6명이 응답하였다. 응답자 중 가장 높은 비율을 차지한 것은 매우 그렇다, 그렇다가 많았다. 청년스테이션 시창작 프로그램에서 교육적 체험(전문성)은 학습자들의 지각된 가치에 영향을 주었다는 결과가 도출되었다.

다음으로, 청년스테이션 시창작 프로그램 장소에 대한 학습자의 지각된 가치 조사에 대한 설문에서 '청년스테이션은 청년의 자율적인 참여를 통한 문화 활동 및 생활의 질 향상에 얼마나 도움이 되었습니까?'라는 질문에 대해 전체 수강자 6명 중 매우 그렇다가 50%, 그렇다가 33.3%, 보통이다가 16.7%로 6명이 응답하였다. 응답자 중 가장 높은 비율을 차지한 것은 매우 그렇다이며, 다음으로 그렇다가 많았다. 청년스테이션 시창작 프로그램에서 일탈적 체험(참여성)은 학습자들의 지각된 가치에 영향을 주었다는 결과가 도출되었다.

'청년스테이션은 문화·예술 복합공간으로써 지역 내 상징적 문화공간에 얼마나 도움이 되었습니까?'라는 질문에 대해 전체 수강자 6명 중 매우 그렇다가 50%, 그렇다가 33.3%, 보통이다가 16.7%로 6명이 응답하였다. 응답자 중 가장 높은 비율을 차지한 것은 매우 그렇다이며, 다음으로 그렇다가 많았다. 청년스테이션 시창작 프로그램에서 오락적 체험(상징성)은 학습자들의 지각된 가치에 영향을 주었다는 결과가 도출되었다.

이 연구의 가설검증 및 주요 결과를 요약하면 다음과 같다.

첫째, '가설 1'의 검증 결과, 청년스테이션에서 시창작 프로그램의 오락적 체험은 상호작용을 통한 청년 감수성 공유 및 유대감 형성에 유의미한 영향을 준 것으로 검증되었다. 따라서 청년스테이션에서 시창작 프로그램의 오락적 체험은 청년 학습자들에 지각된 가치에 유의한 영향을 미친 것으로 검증되었다.

둘째, '가설 2'의 검증 결과, 청년스테이션에서 시창작 프로그램의 교육적 체험은 전문적 시창작교육에 기반한 문학 지식 획득에 유의미한 영향을 준 것으로 검증되었다. 따라서 청년스테이션에서 시창작 프로그램의 교육적 체험은 청년 학습자들에 지각된 가치에 유의한 영향을 미친 것으로 검증되었다.

셋째, '가설 3'의 검증 결과, 청년스테이션에서 시창작 프로그램의 일탈적 체험은 주체적 삶의 태도와 미래에 대한 방향성 획득에서 유의미한 영향을 준 것으로 검증되었다. 따라서 청년스테이션에서 시창작 프로그램의 일탈적 체험은 청년 학습자들에 지각된 가치에 유의한 영향을 미친 것으로 검증되었다.

넷째, '가설 4'의 검증 결과, 청년스테이션에서 시창작 프로그램의 심미적 체험은 시창작 활동을 통한 일상 속 문학의 향유에 유의미한 영향을 준 것으로 검증되었다. 따라서 청년스테이션에서 시창작 프로그램의 심미적 체험은 청년 학습자들에 지각된 가치에 유의한 영향을 미친 것으로 검증되었다.

다섯째, '가설 5'의 검증 결과, 청년스테이션에서 시창작 프로그램의 지각된 가치는 청년공간에서의 시창작 활동 교육 프로그램의 만족도, 지속적 참여의도에 유의한 효과가 있는 것으로 검증되었다. 따라서 청년공간에서의 시창작 활동 교육 프로그램은 행동의도에 유의한 영향을 미친 것으로 검증되었다.

다음은 임수경(2021)의 프로그램 사례에 대한 설문조사의 틀(임수경, 2021:31)을 참조하여 <감성 시 쓰기> 프로그램 설문에 대한 문제점/애로

사항, 해결점을 표로 구성한 것이다.

<표 3> 설문조사-<감성 시 쓰기> 문제점/애로사항 & 해결점

순번	문제점/애로사항 & 해결점
1	프로그램의 수업 회차가 얼마 되지 않아 아쉬웠다.
	→ 심화 프로그램으로 확장 및 개설
2	학습자들과 충분한 소통의 기회가 적었다.
	→소통에 초점을 둔 다양한 활동 고안, 온라인 줌의 소모임 기능 활용
3	지역 네트워크를 확장할 수 있는 후속 프로그램이 필요하다.
	→지역예술가 중심의 운영 방식 적용, 시민들도 참여할 수 있는 프로그램 개설
4	다양한 소통의 주제를 활용한 프로그램이 고안되었으면 좋겠다.
	→청년의 문제들을 활용한 프로그램을 설계, 적용

첫째, 프로그램의 수업 회차가 얼마 되지 않아 아쉬웠다는 의견에 대해서이다. 시창작교육 프로그램의 회차는 총 5회로 진행되었는데, 이는 해당 기관과의 조율을 통해 수업 회차를 늘리거나 심화 프로그램으로 확장·개설하는 방안이 제시될 수 있다.

둘째, 학습자들과 충분한 소통의 기회가 적었다는 의견에 대해서이다. 프로그램은 콘텐츠를 통한 시의 기법 이해의 측면에서 개인(모둠) 시창작 활동으로 구성되었다. 추후 프로그램은 학습자의 소통에 중점을 둔 다양한 활동으로 고안될 수 있다. 또한, 온라인 줌의 소모임 기능을 활용하여 학습자의 소통을 활성화하는 방안이 적용될 수 있다.

셋째, 지역 네트워크를 확장할 수 있는 후속 프로그램 개설에 대한 의견에 대해서이다. 시창작교육 프로그램은 지역예술가를 중심으로 운영될 수 있다. 또한, 시 낭독회는 시민들도 함께 참여할 방안이 제시될 수 있다.

넷째, 다양한 소통의 주제들을 활용한 프로그램이 고안되었으면 좋겠다는 의견에 대해서이다. 청년공간에서의 시창작교육은 청년 문제를 활용한 프로그램으로 설계되어 학습자들이 문제 해결 방법을 모색하며 소통하는 방향으로 전개될 수 있다.

4. 청년공간에서 시창작교육 프로그램의 구축 필요성

'청년공간'에서 이루어진 시창작교육 프로그램 운영사례를 통해 지역사회 내 '청년공간'에서 시창작교육 프로그램이라는 모델의 구축 필요성을 제안하고자 한다. '청년공간'에서의 시창작교육 프로그램은 청년들에게 예술창작 경험을 통해 타인의 작품에 대한 문해력을 높이고, 자기 작품에 대한 창의적 논리력을 높이는 계기로 작용한다. 청년들은 이러한 과정을 통해 사회적 관계 속에서 타인에 대한 이해와 배려가 습득되고, 자신에게는 자존감이 향상되어 개인적, 사회적인 역량이 강화될 수 있다. 이처럼 지역사회와 연계된 시창작교육은 개인의 정서적, 사회적 역량 강화에서 나아가 지역사회의 문화적 발전을 유도할 수 있는 효과를 기대할 수 있다.

지역문화 및 문화공간과 관련한 문화체육관광부의 추진전략은 다음과 같이 정리된다.

2012년 지역문화 진흥기반 구축 및 기반시설 확대라는 배경으로 지역문화 기반의 지속적인 확대, 일상 공간의 문화공간 조성을 통해 지역 주민의 삶의 질 개선이라는 과제가 제시되었다. 2015년 문화공간 조성 확대라는 추진전략은 2018년 공정하고 균형 있는 문화에서 지역 간 균형 발전이라는 내용으로 변화되었다. 특히, 문화적 도시에서 문화적 재생은 문화적 공간+문화콘텐츠+문화 전문인력을 융합하여 삶의 질을 높이고 공동체 회복 등 문화를 통한 지역 재생 종합 지원이라는 내용으로 제시되기도 하였다. 이는 2021년 문화 인프라의 지속적 확충이라는 추진전략, 2022년 지역균형시대의 문화, 균형 발전을 선도하는 핵심동력이라는 배경에서 지역 청년을 지역 문화기획자로 양성하려는 내용이 제시되었다. 이는 2023년 현재, 공연, 시각예술, 문학 등 장르별 융복합·다목적 창작·향유 기반시설 강화, 사회문화예술교육에서 생애주기별 관심·특성을 반영한 문화예술교육 지원이라는 전략으로 이어지고 있다.

한편, 정부는 저출산 고령화 사회에서 경제활동인구의 감소에 대응하여 청년층을 경제활동인구이자 지역사회 발전을 활성화하고 유지, 관리하기 위한 계층 간 연결체로 바라보고 지원하고 있다. 이에 청년공간은 청년의 삶 전반에 걸쳐 다양한 사회참여의 시간을 제공할 수 있으며, 문화적, 사회참여의 맥락에서 삶의 가치를 성찰할 기회를 제공한다(신효주, 김민호, 2022:26). 이는 청년공간에서 시창작교육 프로그램 구축의 필요성이라고 할 수 있다.

문화적 공간인 청년공간에서 시창작교육은 전문 인력인 지역 예술가가 융합한 방식으로 지역청년들에게 제공될 수 있다. 이때의 시창작교육은 지역성 및 공간성에 맞는 교육 목적, 대상, 커리큘럼의 세분화 작업 등 교육의 방향성이 설정될 수 있다. 또한, 학습자들에게 충분한 수업 회차와 소통의 기회를 제공하고, 지역 네트워크를 확장할 수 있는 청년들의 소통을 주제로 한 프로그램이 고안되어야 할 것이다.

이러한 목적을 달성하기 위해서는 기구축된 청년공간의 활용현황 및 분석과 적용할 수 있는 예술창작 교육 프로그램 구성 및 구축, 프로그램 효과성 검증을 통한 안정적이고 지속적인 모델이 구축되어야 할 것이다. 이를 통해 청년들은 시창작교육 프로그램에서 예술창작이라는 자유로운 자기 표현과 상호작용의 기회를 획득할 수 있으며, 지역에서는 지역사회 예술인이 참여하는 교육이라는 브랜딩을 통해 지역 발전 및 활성화 방안을 모색할 수 있다.

5. 결론 및 제언

코로나19 이후 온라인 등 예술 창작·향유 방식의 다변화 및 시장의 확대로 예술창작과 미래예술 기반을 강화하여야 한다는 필요성이 제기되었다. 현재, 미래 인재의 상상력과 독창성을 키우는 기반 강화의 측면에서 장르별 융복합·다목적 창작·향유 기반시설 등 강화의 노력이 시도되고 있다. 이러한 배경에서 본 연구는 청년을 대상으로 '청년공간'에서 이루어진 시창작교육 프로그램 운영 사례를 분석함으로써, 시창작교육에 대한 수강생들의 지속적인 참여에 '청년공간'이 미치는 영향을 밝혀, 지역사회 내 '청년공간'에서의 시창작교육 프로그램의 근거를 축적하는 것을 목적으로 하였다.

시창작교육 프로그램을 통한 청년들의 오락적 체험, 교육적 체험, 일탈적 체험, 심미적 체험 등의 지각된 가치는 청년공간에서의 시창작 활동 교육 프로그램의 만족도, 지속적 참여의도에 유의한 영향을 미쳤다.

시창작교육 프로그램은 궁극적으로 청년들의 정체성 형성, 세계관 정립, 삶의 방향성을 새롭게 구성하는 데 영향을 미쳤다.

첫째, 청년들은 사람들과 함께 소통하며 적극성을 가지고 사물이나 현상을 관찰, 사유하고 자신이 좋아하는 일을 탐색해나갔으며 강점을 살려 즐겁게 일하는 자신의 모습을 그려나갔다. 청년들은 시창작교육 프로그램을 통해 현재, 자신의 위치를 점검하고, 할 수 있는 일을 탐색함으로써 사회로 이행해나가는 자기 모습을 그리며 정체성을 형성하였다.

둘째, 청년들은 청년공간에서 커피를 마시며 문장을 수정하고 다른 학습자들과 소통, 합평하는 시간을 가지며 자신의 꿈을 탐색하는 과정을 거쳤다. 이는 자신의 자서전을 기반으로 강연하기, 글쓰기 습작을 통해 책 출판하기 등의 행동으로 구체화되었다. 청년들은 일상 속 문학적 실천을 통한 꿈의 탐색이라는 과정으로서 세계관을 정립하였다.

셋째, 청년들은 시의 기법 관심 있게 공부하기, 시인의 작품 향유하기 등 견문을 넓혀줄 전시회에 참여하여 창작의 소재 발견하기, 현재 더 나은 사람과 소통하기, 대학원을 다니며 관심 있는 공부하기, 작가로 등단하여 글을 열심히 쓰기 등 시를 향유·창작하고, 견문을 넓히고자 하였으며, 타인과의 소통과 긍정적인 관계 형성을 통해 삶의 방향성을 새롭게 구성하고자 하였다.

참여자들의 설문조사 결과, 프로그램의 문제점은 네 가지로 도출되었다.

첫째, 프로그램의 수업 회차의 부족 문제이다. 이는 청년공간 담당 기관에서 인문학 프로그램이 대부분 5차시로 이루어지고 있는 기간적인 여건을 고려한 것이다. 시창작교육 프로그램의 회차는 해당 기관과의 조율을 통해 회차를 늘리거나 심화 프로그램을 확장하는 방법이 적용될 수 있다.

둘째, 학습자들과 충분한 소통의 기회가 적었다는 점이다. 프로그램은 콘텐츠를 통한 시의 기법 이해의 측면에서 개인(모둠) 시창작 활동으로 구성되었다. 추후 프로그램은 학습자의 소통에 중점을 둔 다양한 활동이 고안되거나 온라인 줌의 소모임 기능을 활용해 학습자의 소통을 증폭시키는 방법이 적용될 수 있다.

셋째, 지역 네트워크를 확장할 수 있는 후속 프로그램 개설에 대한 것이다. 시창작교육 프로그램은 전문 시창작 강사를 중심으로 진행되었다. 청년공간에서의 시창작교육은 지역예술가를 중심으로, 운영될 수 있으며, 시낭독회에 시민들도 함께 참여하는 방안이 검토될 수 있다.

넷째, 다양한 소통의 주제를 활용한 프로그램 필요에 대한 것이다. 청년공간에서의 시창작교육은 청년 문제를 활용한 프로그램으로 설계되어 학습자들이 문제 해결 방법을 모색하며 소통하는 방향으로 전개될 수 있다. 이는 지역 네트워크를 확장할 수 있는 후속 프로그램이라는 내용과 연계될 수 있다.

앞으로의 청년공간에서의 시창작교육은 청년 학습자의 공통 감수성을 통해 상호작용할 수 있는 다양한 주제의 프로그램 고안, 학교와 지역 등의 기관과 연계되어 전문적이고 지속적인 프로그램 내용으로 시행되어야 한다.

본 연구는 특정 시의 청년공간에서의 시창작 활동 교육 운영 사례에 한정된 연구이므로 청년공간을 운영하는 기관의 지역성, 공간성, 교육 목적 및 대상, 커리큘럼에 따라 연구 결과가 달라질 수 있다. 본 연구는 지역사회 내 '청년공간'에서의 시창작교육 프로그램이라는 모델의 근거를 축적하는 것을 목적으로 지역사회 내 기구축된 청년공간에서 시창작교육 프로그램의 확장 가능성을 타진할 수 있다는 점에서 실험적이며, 청년역량 강화 및 사회통합에 기여할 수 있는 교육모델 개발이라는 후속 연구의 기초 자료로 활용될 수 있다는 점에서 의의가 있다.

참고문헌

- 고명지(2020). 청년세대 문화와 경제짓기, 문화와 사회 28(2), 207-271.

- 고영선, 허철무(2020). 복합문화공간의 기능이 재방문의도에 미치는 영향, 디지털융복합연구 18(7), 57-71.

- 구경여, 김영국(2012). 자아 일치성과 기능적 일치성이 관광객 행동의도에 미치는 영향, 서비스경영학회지 13(5), 107-127.

- 권현지(2022). 시창작 활동 교육 프로그램 사례 연구, 단국대학교 일반대학원 박사학위논문.

- 김경례(2017). 청년문화정책의 필요성과 방향, 인문사회21 8(3), 1177-1198.

- 김상훈(2019). 인문학에 대한 고등학생들의 인식과 중등학교에서 인문학 프로그램 모델 제안, 서강인문논총 56, 309-348.

- 김선희(2022). 청년 취·창업을 위한 청년커뮤니티공간 서비스 품질 평가지표 연구, 한양대학교 대학원 박사학위논문.

- 김지윤, 주경희(2014). 모바일 SNS 지속 사용의도에 있어 지각된 가치의 역할, 디지털융복합연구 12(10), 211-222.

- 김지흔, 진철웅(2022). 복합문화공간 방문객의 체험, 지각된 가치, 행동의도 간

의 구조적 관계 연구, 관광연구저널 36(12), 49-62.

- 김희정, 김시중(2012). 관광지 선택속성과 경험적 가치가 행동의도에 미치는 영향, 국토지리학회지 46(2), 147-159.

- 문수빈, 장우권(2022). 공공도서관 상주작가 문화프로그램 개선 방안에 관한 연구, 정보관리학회지 39(3), 23-50.

- 박성미(2022). 자기서사 쓰기를 통한 문학치료 연구, 영남대학교 대학원 박사학위논문.

- 박수린, 이정교(2018). 유휴산업시설을 활용한 복합문화공간의 공간적 특성에 관한 연구, 한국공간디자인학회논문집 13(6), 155-164.

- 배진형, 김송미, 유석, 조은상(2022). 미취업 청년을 위한 회복탄력성 증진문학치료 프로그램 개발 연구, 인문과학연구 72, 283-317.

- 백현기, 강경숙, 노정은(2017). 대학생의 대인관계 역량 강화를 위한 표현 중심 문학치료 프로그램의 효과, 학습자중심교과교육연구 17(11), 601-625.

- 설동희(2014). 대학 평생교육원에서의 문학교육 활성화 방안 연구, 전남대학교 대학원 박사학위논문.

- 쉬지아량, 윤지영(2021). 유휴산업시설 재생을 통한 복합문화공간의 지속가능성 연구, 한국공간디자인학회논문집 16(4), 381-393.

- 신효주, 김민호(2022). 제주 청년의 '청년공간지원사업' 참여 경험의 교육적 의미, 평생교육학연구 38(4), 1-30.

- 양길승, 조은주(2016). 체험요인에 따른 지각가치와 삶의 질과의 구조 관계, 관광연구저널 30(5), 17-30.

- 엄희수, 양윤정, 조은상(2022). 설화그림카드를 활용한 청년 대상 자기성장 집단문학치료프로그램 실행연구, 고전문학과 교육 51, 157-203.

- 업무계획(2023.02.01). 문화체육관광부, https://www.mcst.go.kr.

- 용석홍, 박철호, 한수정(2019). 문화관광축제의 체험경제요소, 체험만족, 행동의

도간의 관계 연구, 관광레저연구 31(2), 151-172.

- 유해연, 박연정(2019). 서울시 청년시설의 정책적 개선방향 연구, 대한건축학회 논문집 35(5), 31-40.

- 이영주, 이병훈(2019). 지역문화공간 설립을 위한 문화공간 콘텐츠 연구, 한국 공간디자인학회논문집 14(1), 129-140.

- 이원영(2021). 인문 소양 강화 교육으로서 문학교육의 모색, 학습자중심교과교 육연구 21(21), 687-703.

- 이진영, 김면(2018). 문화의 공익적 기능 활성화를 위한 복합문화공간 운영방 안, 문화와 융합 40(1), 215-238.

- 임수경(2021). 디자인 씽킹을 활용한 리빙랩 융합 비교과프로그램 사례, 문화와 융합 43(12), 21-39.

- 임종훈, 전재현(2014). 치유개념이 적용된 복합문화공간 사례 연구, 한국공간디 자인학회논문집 9(4), 257-265.

- 자치법규(2023.02.01). 국가법령정보센터, https://www.law.go.kr.

- 장윤영, 서원석(2014). 외래관광객의 쇼핑 체험요소가 만족도, 정서적 몰입에 미치는 영향, 관광학연구 38(10), 199-219.

- 장창영(2018). 멘토를 활용한 지역 거점형 창작 글쓰기 교육 방안, 국어문학 68, 271-294.

- 장혜임, 이진우(2020). 리딩테인먼트형 복합문화공간의 체험요소(4Es)가 방문 객의 지각된 가치 및 만족도에 영향을 미치는 영향, 문화경제연구 23(2), 251-278.

- 정인희(2012). 성인 생애주기별 자아존중감과 영향요인 연구, 한국위기관리논 집 8(6), 231-247.

- 정진철, 홍성표, 박보람(2020). 청년센터 운영 메커니즘에 관한 근거이론연구, 직업과 자격 연구 9(4), 61-89.

- 정철현, 김철중(2020). 배달음식 앱 특성이 지각가치와 소비자 사용의도에 미치는 영향, 유통경영학회지 23(2), 75-90.

- 소정은(2021). 베를린 문화예술센터의 고찰을 통한 국내 복합문화공간의 예술 교육프로그램 분석 연구, 유럽문화예술학논집 12(2), 1-24.

- 채승현, 김주연, 임선희(2020). 도심 복합문화공간의 장소성 형성을 위한 장소 특정적 공간 요소에 관한 연구, 한국공간디자인학회논문집 15(5), 189-200.

- 하동현(2009). 테마파크에서의 체험요소에 관한 연구, 한국사진지리학회 19(1), 37-47.

- 하진(2022). 교육연극을 활용한 지역문학관의 이용자 참여 교육프로그램 기획, 건국대학교 대학원 박사학위논문.

- 홍제남(2019). 지역사회협력 청소년 자치배움터의 학습과 실천에 대한 의미 분석, 한국교원대학교 대학원 박사학위논문.

- 황미진(2014). 지각된 가치 측정 도구 및 소비 후 감동, 만족 창출을 위한 인과 모형의 개발, 소비자문제연구 45(1), 1-23.

- II Pine,B.J., Gilmore,J.H.(1999). The experience economy, Boston: Harvard Business School Press.

시창작 활동 교육 프로그램 사례 연구

Case Study on Education Program of Poetry Creation Activities

초판 1쇄 발행 2023년 7월 1일

지은이 권현지

펴낸이 임현경 **책임편집** 홍민석 **디자인** 김선민

펴낸곳 곰곰나루
출판등록 제2019-000052호 (2019년 9월 24일)
주소 서울특별시 양천구 목동서로 221 굿모닝탑 201동 605호 (목동)
전화 02-2649-0609
팩스 02-798-1131
전자우편 merdian6304@naver.com
유튜브채널 곰곰나루

ISBN 979-11-92621-08-1 (03800)

책값 20,000원

• 이 책은 경기도, 경기문화재단의 2023년도 경기도 예술인자립지원사업[청년예술인 자립준비금]
  의 후원을 받아 발간되었습니다.